大魚讀品
BIG FISH BOOKS

让日常阅读成为砍向我们内心冰封大海的斧头。

大魚讀品

A
BOOK
MUST
BE
THE
AXE
FOR
THE
FROZEN
SEA
INSIDE
US

所谓书，必须是砍向我们内心冰封大海的斧头

—

卡夫卡

KAFKA

RACHEL JOYCE

THE UNLIKELY PILGRIMAGE OF HAROLD FRY

一个人的朝圣

（英）蕾秋·乔伊斯 著 黄妙瑜 译

欧洲首席畅销小说，热销 5 年不衰，入围 2012 年布克文学奖。全球销量过 4,000,000 册，简体中文版销量过 1,500,000 册。

这一年，我们都需要哈罗德安静而勇敢的陪伴。

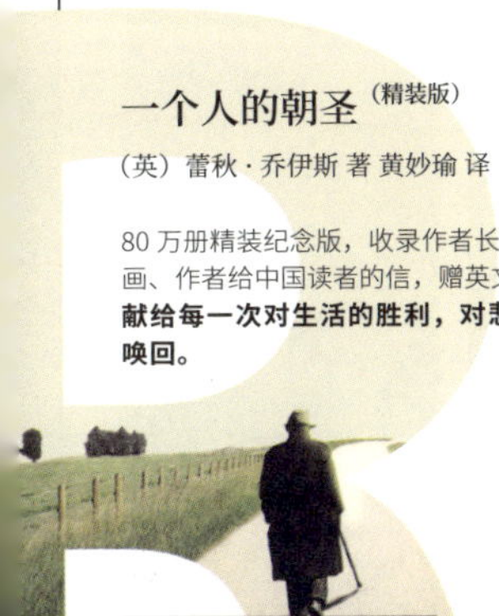

一个人的朝圣（精装版）

（英）蕾秋·乔伊斯 著 黄妙瑜 译

80 万册精装纪念版，收录作者长篇专访、原版木刻插画、作者给中国读者的信，赠英文别册。

献给每一次对生活的胜利，对悲伤的疗愈，对爱的唤回。

THE LOVE SONG OF MISS QUEENIE HENNESSY

一个人的朝圣 2：奎妮的情歌

（英）蕾秋·乔伊斯 著 袁田 译

布克奖入围作品《一个人的朝圣》相伴之作。

献给每一次对生命微小瞬间的朴素歌唱，对自我的照见，对爱的唤回。

RACHEL JOYCE

PERFECT

触动万千读者的全球热销书《一个人的朝圣》作者口碑新作。

别害怕失去生活的勇气，因为它一刻也未曾离开过我们。

时间停止的那一天

（英）蕾秋·乔伊斯 著 焦晓菊 译

MATT HAIG

THE HUMANS

我遇见了人类

（英）马特·海格 著 李亚萍 译

英国文坛公认超会讲故事的当红小说家！

《别相信任何人》作者盛赞！

《卫报》直言此书将整个人类送上了靶场！

如果能让一颗心免于破碎，我就不算虚度此生。

FREDRIK BACKMAN

EN MAN SOM HETER OVE

一个叫欧维的男人决定去死

(瑞典) 弗雷德里克·巴克曼 著 宁蒙 译

畅销 44 国，全球销量超过 730 万册。
第 89 届奥斯卡最佳外语片提名电影同名原著。
来，认识一下这个内心柔软，充满恒久爱意的男人。

ERLEND LOE

DOPPLER

我已经结婚了
我心情还不好

(挪威) 阿澜·卢 著 宁蒙 译

《我是个年轻人，我心情不太好》第二季。
“我是自行车手。我是丈夫、父亲、儿子和员工。还是房产所有者。以及一堆其他身份，我想逃。”
一则迷人的现代寓言，关于一个男人和他的小驼鹿。

JONAS GARDELL

TORKA ALDRIG TÅRAR UTAN HANDSKAR

戴上手套擦泪（三部曲）

（瑞典）乔纳斯·嘉德尔 著 郭腾坚 译

头脑可以接受劝告，心却不能。

北欧版《霍乱时期的爱情》，**瑞典每 8 人手中就有 1 人观看并为之落泪。**

作者因此书获年度风云人物，瑞典王储亲自颁奖！

同名影集击败《权力的游戏》荣膺欧洲电视大奖，豆瓣 9.0 高分！

ERLEND LOE

北欧头号畅销小说，挪威版《麦田里的守望者》。

给每一个迷茫的孩子和心情不太好的大人。

（挪威）阿澜·卢 著 宁蒙 译

我是个年轻人
我心情不太好

NAIVE. SUPER

GUNVOR RASMUSSEN

MONSTERBOKA

怪物书

（挪威）龚沃儿 · 拉斯姆森 等著 宁蒙 绘

北欧童话之乡作家、画家、作曲家、心理学家等 20 位想象力大师献给孩子的礼物。
让想象力醒来，让快乐爆表，在笑到岔气中增长智慧，学会爱与温柔。
如果你相信这个世界上有怪物，那这本书就是为你准备的。

MILENA BUSQUETS

TAMBIÉN ESTO PASARÁ

这也会过去

（西班牙）米莲娜 · 布斯克茨 著 罗秀 译

2016 年全球文学事件，触动千万人心。
我恐惧你的离开，内心的一部分将变为空洞，然而生活即是不停的告别，我们由此得以顿悟和成长。

JÚLIA SARDÀ

ALICE IN WONDERLAND

爱丽丝漫游奇境

（西班牙）茱莉亚 · 桑卓 绘 里所 译

一本真正适合成年人的爱丽丝。
每个女人都曾经是爱丽丝。

ROLAND MERULLO

与佛陀一起吃早餐

（美）罗兰 · 梅鲁洛 著
袁田 译

以阳光般的治愈力及启发性席卷全美和欧洲。
与《禅与摩托车维修艺术》并称为美国十年来深刻而重要的心灵小说双雄。
如果购物／吃／结婚／放假也无法令你真正快乐，请读本书。

BREAKFAST WITH BUDDHA

WENDELIN VAN DRAANEN

FLIPPED

怦然心动（精装）

（美）文德琳·范·德拉安南 著 陈常歌 译

豆瓣 130 万读者共同认可，电影原著白金纪念版。
有些人浅薄，有些人金玉其外败絮其中，
但是总有一天你会遇到一个如彩虹般绚烂的人！
韩寒、卢思浩、《成语大全》评委郦波教授推荐电影原著小说。

GARTH STEIN

A SUDDEN LIGHT

穿过森林的男孩

（美）加恩·斯坦 著 袁田 译

全球热销 4,000,000 册，感动 35 国的超级畅销书《我在雨中等你》作者睽违六年重磅新作。
爱不是握着拳，而是松开手。

WENDY WALKER

ALL IS NOT FORGOTTEN

一切未曾遗忘

（美）温迪·沃尔克 著 侯茜 译

惊艳奥斯卡影后、一举征服二十国的新人作家。
一经出版，华纳兄弟旋即高价买走电影改编权。
瑞茜•威瑟斯彭将担任制片人并有望出演女主角。
所谓勇敢，不是遗忘，而是要和痛苦再一次狭路相逢。

ASLI E. PERKER

SUFLE

忧伤的时候，到厨房去

（土耳其）爱诗乐·沛克 著 韩玲 译

土耳其备受瞩目新生代才女作家年度畅销疗愈小说。
一笔写尽生活真谛，以及味觉与情感间最紧密的联系。
厨房是母亲的乳房，恋人的双手，宇宙的中心。

JÓN KALMAN STEFÁNSSON

HIMNARÍKI OG HELVÍTI

没有你，什么都不甜蜜（精装）

（冰岛）约恩·卡尔曼·斯特凡松 著 李静滢 译

冰岛值得阅读的桂冠级诗人小说家，入围 2017 年布克文学奖。
一场大风雪，一个男孩的三天三夜，那个古老迷人的冰岛世界。

FELICITY HAYES-MCCOY

THE LIBRARY AT THE EDGE OF THE WORLD

世界尽头的图书馆

（爱尔兰）费莉希蒂·海斯-麦科伊 著 常鸿娜 译

抚慰全欧洲的爱尔兰才情女作家治愈佳作。
售出 20 余国版权，遍布欧洲几乎每家书店和图书馆。
再艰难，也要找到你孤独与梦想的出口。

ANTOINE PAJE

ET IL ME PARLA DE CERISIERS, DE POUSSIÈRES ET D'UNE MONTAGNE

法国备受瞩目的心灵小说作家黑马处女作，未经宣传，悄声热销超 6 万册。读者称“我们都相聚在这个角色里，读完让人感到安慰、沉思与宁静”。

我不再害怕，我大步向前，我好好生活。

（法）安东尼·帕耶 著 高原 译

他跟我聊到樱桃树、灰尘以及一座山

非虚构类 NON-FICTION

ROBYN DAVIDSON

TRACKS

我独自穿越沙漠，领略了安全感和自由

（澳）罗宾·戴维森 著 袁田 译

一个女人 9 个月穿越 2700 公里沙漠的史诗般旅程。

“我要剥除所有的社会支撑，不要被保护，学着依赖大地，学会尘土飞杨地玩耍和响亮地放屁。”

武志红

WHY FAMILY HURTS

为何家会伤人（升级版）

武志红 著

中国式家庭问题第一书。

家是港湾，爱是退路。

CRAIG CHILDS

THE ANIMAL DIALOGUES

遇见动物的时刻

（美）克雷格·查尔兹 著 韩玲 译

2008 年盖伦·洛威尔探险艺术奖。2008/2013 年西格德·奥尔森自然写作奖。

博物学家、冒险家、美国当代最优秀的自然主义作家之一克雷格·查尔兹代表作。

给每一个热爱动物的孩子和大人。

NORA EPHRON

I FEEL BAD ABOUT MY NECK

我的脖子让我很不爽

（美）诺拉·艾芙隆 著 李亚萍 译

连续 50 周占领亚马逊畅销榜，

38 次登上《出版商务周刊》畅销榜单。

《西雅图不眠夜》《电子情书》编剧兼导演诺拉·艾芙隆代表作。

NICHOLAS D. KRISTOF & SHERYL WUDUNN

HALF THE SKY

天空的另一半

(美) 尼可拉斯 · D . 克里斯多夫、雪莉 · 邓恩 著
吴茵茵 译

每一个地球公民的必读书。——比尔 • 盖茨
普利策新闻奖得主讲述女性的绝望与希望。

A PATH APPEARS

走的人多了，就有了路

(美) 尼可拉斯 · D . 克里斯多夫、雪莉 · 邓恩 著
张孝铎 译

普利策新闻奖得主、美国畅销书《天空的另一半》作者重磅新作。
讲述微小个人也能让世界变得更好。
帮助他人所带来的力量，最终也能帮助到我们自己。

CAITLIN DOUGHTY

SMOKE GETS IN YOUR EYES

烟雾弥漫你的眼：我在火葬场学到的人生哲学

(美) 凯特琳 · 道蒂 著 崔倩倩 译

中世纪历史专业“乖乖女”美国殡葬业工作六年真实记录。
我在火葬场学到的生命学。
一本改变你死亡观的动情之书。

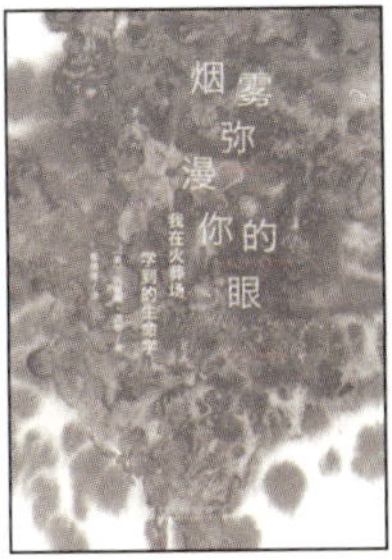

VIVIAN MAIER

VIVIAN MAIER:
STREET PHOTOGRAPHER

VIVIAN MAIER:
SELF-PORTRAITS

我是这个世界的间谍：
薇薇安·迈尔街拍精选摄影集

我与这个世界的距离：
薇薇安·迈尔自拍精选摄影集

（美）薇薇安·迈尔 摄 （美）约翰·马卢夫 编 oneone 译

传奇保姆摄影师、街头摄影女王薇薇安·迈尔，隐没 60 年作品原版引进！
她的出现，改写了摄影史！媒体称其为这个时代的伟大发现。
她的故事，《寻找薇薇安·迈尔》，获奥斯卡最佳纪录长片提名。
“这两本书，留存下了她对街拍摄影贡献的精华。”

——底片发现者 约翰·马卢夫

CLARE CONVILLE & LIZ HOGGARD & SARAH-JANE LOVETT

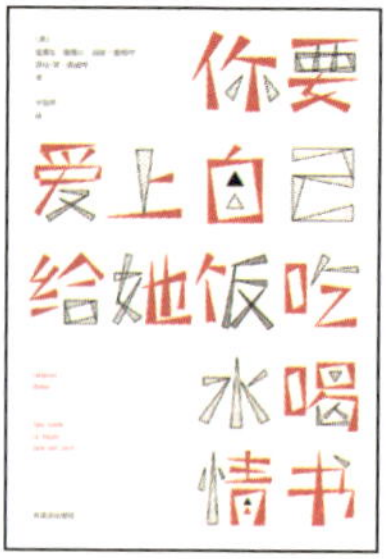

THE BOOK
FOR DANGEROUS WOMEN

你要爱上自己，
给她饭吃，给她水喝，给她情书

（英）克莱尔·康威尔、萨拉·简·洛维特、利兹·霍格德 著
李亚萍 译

都市女性涨姿势香艳手册，史上较好的生活态度。伦敦白领称其为“比男人强 100 倍的床上伴侣”。

大山旬 & 玄长 NAOKO

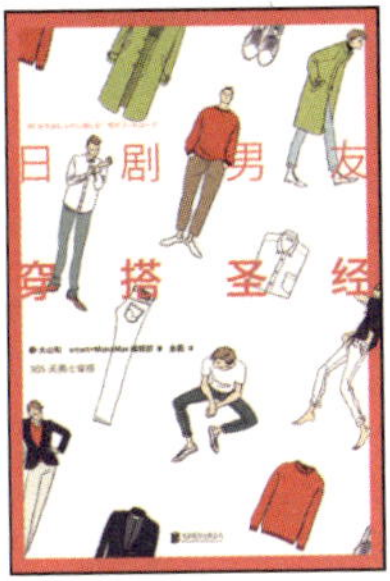

365日をおしゃれに楽しむ男のワードローブ

日剧男友穿搭圣经

（日）大山旬 著 金磊 译

手把手教你把男朋友打造成**得体讲究的日剧男友**！
日本两大时尚杂志《Smart》《MonoMax》强强联手推荐！

365 REAL CLOSET

日剧女主穿搭圣经

（日）玄长 NAOKO 著 伍佳妮 译

日本“穿配女王”教你一件多搭的 **365 天穿搭 Look 全书**。

大魚讀品

big fish studio
磨铁图书旗下品牌

出 品 人 | 沈浩波　　主　编 | 冯倩
产品经理 | 魏凡 聂文 万巨红 王书莉　　营销编辑 | 花卷 黄筱萌 张睿珺 董子鹤
书目设计 | 付诗意

微 信 号 | bigfishbooks
豆瓣小站 | https://site.douban.com/249541/　　联系邮箱 | bigfishbooks@163.com
地　　址 | 北京市西城区德外大街 83 号德胜国际中心 B 座 10 层

一切未曾遗忘

All is not Forgotten

Wendy Walker

[美] 温迪·沃尔克——著
侯茜——译

四川文艺出版社

献给安德鲁、本以及克里斯多夫

他一直窥视着她。

过去的半年里，天气转凉。路上到处都是发黄的腐叶，还有枯朽的树枝。冬天到来了，雪花降落，把枯叶掩盖，成为树木来年的养料。

她早该察觉到有人在跟踪她的。她早该看见他的。

他一直戴着那个黑色的羊毛口罩。那晚，她在挣扎中还曾用指甲抠下上面的毛细纤维。

那个混乱的夜晚，她被蛮横地推倒，树枝嘎嘎作响，被碾成碎屑，剐得她皮肤生疼。歹徒把她死死按在地面，制住她激烈挣扎的双手。就在不远处，草地的自动洒水机不知疲倦地工作着，带来的水汽打湿了她的头发，也氤氲了她的脸庞，模糊了她脸上的泪水。

直到很久之后，才有人发现了她。

她小时候贪凉，每个夏日炎热的午后，都喜欢追着自家花园里的洒水机转圈。而在寒冷的初春傍晚，她则会调皮地躲开洒水机的轨迹。她年幼的弟弟尚在蹒跚学步，他太小了，手脚软弱无力，四肢不够协调，却很爱跟着她东奔西跑。有时，家里的狗也会加入他们的玩闹，乱跑乱叫，狗吠声夹在姐弟俩的笑声中，传得很远。蔚蓝的天空，飘浮的白云，妈妈靠在窗台上，目光温柔，看着他们玩耍。爸爸也许正走在回家的路上，他的西装外套上常年带着办公室茶水间的劣质咖啡味，有时修车了，就会带着一股新轮胎的橡胶味，换了双新皮鞋，衣服上还会沾到皮革的气味。她能分辨爸爸身上每一种味道来自何处。

她看到自动洒水机就仿佛感受到了爸爸的气息、妈妈的温柔、弟弟的活泼可爱，这些记忆原本该是温暖的，但此刻，只会让她更加痛苦。

在后来漫长的调查过程中，警官不断问她，在被侵犯的过程中，洒水机究竟在哪个方向，以及当日她在草坪和灌木间挣扎移动的具体情形。这些都让她不断回想起那些耻辱。

强奸进行了整整一个小时。这样精确的一个数字，看上去有点不可思议。警方是根据衣物上血液的凝结状况，还有她背部、胳膊以及颈部瘀伤的情况推算出具体时间的。在她生命中最灰暗的那个小时，室内的派对仍在进行，她的同学们无知无觉，在屋里纵情狂欢。在被侵犯时，她和那些喧嚣不过数米之遥。她甚至能看到屋里的灯光，感觉到狂欢的人们来来往往、进进出出。只可惜没有人发现她的惨况。

这是一场盛大的派对。高一和高三很多人都来了，高二生基本都到齐了。她就读的费尔维中学位于康涅狄格州郊区，不管怎么算，都不是一所规模很大的学校。也正因如此，这里班与班之间不像别的中学那样泾渭分明。在费尔维，像体育队、话剧团、音乐会这样的团体成员常常来自不同的班级。有些特别聪明的学生，甚至可以跳出自己的年级，和高年级一起参加数学或者外语活动。珍妮·克莱默不算是尖子生，但她一直乐观开朗，充满自信。她在运动方面很有天分，在游泳、曲棍球和网球上都表现不错。不过，直到开始发育，她才逐渐走进学校里男生们的视线。

在派对刚刚开始时，她觉得今晚会是她人生中最美妙的时光。我几乎能想象她说这话时的语气和表情，她眼里藏着得意，带着小小的骄傲，仰着头对别人回忆“那是我人生中最美好的夜晚”。

刚刚进入青春期时，她很不好意思和人交往。头发乱糟糟的，穿着不修边幅，胸部尚未完全发育，脸上的婴儿肥没有退去，还有恼人的青春痘时隐时现。她是个假小子，是男生的好哥们儿，和他们打成一片。青春期的男孩们总是格外躁动，却没有目光为她停留。这些都是她的原话。她因此而感到格外自卑。

但我觉得她说的这些都是15岁发育期的正常情况，她有些过分敏感了。老师和家长都曾为此开导过她：“你还在发育阶段，不要想太多了，长开了就好了。”

但她难以这样轻易被说服。毕竟，在费尔维，漂亮女生受到的优待是成人世界难以想象的。对于青春期少女来说，美貌就像是大人们买彩票中奖，让人做梦都想得到。

她至今仍然记得清清楚楚，那个周一的早上，在化学课和历史课之间的休息时间，道格·黑斯廷斯主动邀请她前去参加派对。她记得他说话的神情和语气，记得他那天穿的衣服，也记得他明明很紧张，却努力装得镇定和无所谓的样子。因为这个邀请，她整整一周都在胡思乱想，直到周六早晨和妈妈出门的时候，都还没有完全决定到底应该在派对上穿什么衣服、梳什么发型、涂哪种颜色的指甲油。其实这让我有点惊讶，我对道格·黑斯廷斯的印象并不太好。我觉得只要是为人父母，都不会对他有什么很好的印象。我的确很同情他的家庭环境——家暴的父亲，个性软弱、无力管束孩子的母亲。但我一直觉得很遗憾，珍妮为什么没能早点看穿他的真面目。

少男少女们总是渴望长大，而这个派对恰恰满足了他们对成人世界的一切幻想。爸妈不在家，他们把头发梳成大人模样，故作成熟，喝鸡尾酒和啤酒。

她在派对上看到了道格，还没来得及惊喜地跟他打招呼，就看到了他身边的另一个女孩。

在嘈杂的音乐声和人声中，她的脑袋瞬间一片空白。屋里放的是很经典的歌，就是那种几乎每个人都很熟悉，能跟着哼哼几句的曲子。屋里的笑声和歌声顺着窗户飘了出去，如果她没有因为受到打击而神思恍惚，就该发现，窗外除了她的哭声，风中夹杂着的，还有袭击她的人似有若无的叹息。

歹徒终于结束自己的暴行，悄悄溜走了。她竭力想要起身。空气微凉，带着些许的湿意，拂过她的脸颊和裸露的皮肤，让她不自觉地战栗。她身下的那片灌木丛已经被压得变形，仿佛被黏糊的胶水固定住了，留下一个可笑的形状。

她慢慢撑起身子，坐立起来。她想把周围的混乱清理干净，假装什么都没有发生。她用手背大力擦自己的脸颊。枯叶被风吹动，沙沙作响，落在地面。她的裙子被褪到臀部，暴露出女生的幽秘所在。她手脚并用，艰难地爬着捡回了散落在四周的贴身衣物。别人找到她时，她将那些紧紧攥在手里。

后来，不远处的一对幽会的情侣发现了她。地面上因为她的爬行留下了不少痕迹，她的手掌和膝盖也沾到很多泥土。我能想象当时她是如何艰难地完成了这些动作。在这个过程中，她的身体该是如何左支右绌，心里该是多么度秒如年。我也能想象她在经历创伤后，还要强打精神捡回自己的内衣时，该是怎样的悲伤和无助。

内裤被撕烂，已经没办法再穿了，上面沾满了她的血液和泥巴。她又动了，我们无从知晓她事后到底在灌木丛中待了多长时间。她爬了很久，脑袋嗡嗡作响，但不管她如何努力逃离一切发生的地方，依旧有挥之不去的尖锐噪声，如同附骨之疽，环绕她，吞噬她。

她终于爬出灌木丛，到达前面的草地。她的内心无限绝望。洒水机仍然在工作，她用这清水冲刷自己的身体。

她努力挪动。有人一直啜泣，吵得她的脑袋要爆炸。片刻之后，她才惊觉原来是自己在哭。灵魂和身体仿佛抽离开来，疲倦如潮水般涌来，让她脊梁弯折，手脚无力。

她一直觉得自己是个勇敢和坚强的女孩，从身体到心灵。她一直记得小时候父亲曾经说过："只有同时具备强壮的体魄和坚韧的心智，才是真正的强大。"她以为自己做到了。

此刻，她告诉自己要振作，她命令自己站起来，但这无济于事。她的身体不堪重负，无力地倒在地上，她不自觉地蜷缩起来，希望给自己一些安全感。她的喉腔发出如同小动物受伤后的呜呜声，她终于忍不住哭了出来，她之前被压抑住的情绪此刻仿佛有了一个突破口，汹涌而至。

她诘问自己，为什么她曾经引以为傲的那些东西——她健康的身体、她的沉着冷静、她的坚强勇敢——在今晚没有发挥任何作用。她甚至忘了自己到底有没有反抗、和歹徒斡旋、大喊着求救，还是在极度惊恐之下，像只待宰的羔羊一样软弱，任由歹徒为所欲为。从开始到结束，没有人能帮她。她说自己好像终于明白了，为什么战场之上只有胜负。不能戴上胜利的王冠，就只能做丢盔弃甲的俘虏。此刻，她不得不接受这个事实，她被击败了，从身到心。

我不能保证，上述珍妮·克莱默被强奸的过程，细节是否完全真实。毕竟这个版本是警方在事后的推断，通过案发现场的物证、目击者回忆、专家对犯罪嫌疑人的心理侧写，以及珍妮在接受心理治疗后说出的一些模糊细节。她接受的是一种非常神奇的心理疗法，能够完全抹去受害人脑海中那些痛苦的记忆，不留下任何心理创伤。也因此，珍妮对当晚的记忆支离破碎，所剩无几。也许有人会质疑这种神奇疗法的真实性，少安毋躁，稍后我会向大家细细解释原理。现在我想说的是，这个本该完美的疗法，在珍妮身上并没有取得我们意想中的效果。记忆可以抹去，但留在身体上、刻在灵魂里的那种伤害，迫使她努力去回想自己究竟遗忘了什么。那种感觉常人很难体会。在人群中，她总会无来由地焦躁不安，觉得若有所失。

之前提过，费尔维中学是在一个小镇上。我好几次看到珍妮·克莱默参加话剧或者网球赛的活动照片出现在小镇的报纸上。我也在镇上见过她好几次，有一次她和朋友说笑着从电影院出来，我和她擦肩而过。我的孩子也在费尔维中学念书，因此我在参加校园音乐会时，和她有过一面之缘。她还是个青涩的孩子，对自己的美丽一无所知。即使穿上热辣的短裙和短袖，她也只是一个小女孩，没有什么女人味。当我看到她，我就会由衷地感叹，这个世界非常美好。

不是对每一个青春期的孩子，我都有这种好感的。

有些熊孩子像蝗虫过境，让你的生活一团糟；有些像脑瘫一样，整天只知道盯着手机屏幕，对身边发生的一切事情都很冷漠，只有那些名人的八卦消息能引起他们的兴趣。他们每天看视频、听歌，只关心他们自己的推特、埃恩艾思[①]和色拉布[②]。他们非常自私，思想幼稚。

不过也有一些人，从小到大都是乖巧的孩子，他们听话懂事，彬彬有礼；他们谦让克制，尊重长辈；他们心地善良，并且懂得换位思考。

珍妮就是后一种人。

她被强奸之后，就再也不是从前那个爱笑的小姑娘了。那个歹徒犯

---

① 埃恩艾思（Instagram），一款分享图片的手机应用。——译者注，下同。

② 色拉布（Snapchat），一款阅后即焚的照片分享应用。

下的罪行简直令人发指。我没法想象，那晚在小树林里，珍妮遭受了怎样的痛苦。人们总是对这类犯罪事件特别感兴趣。大家假装不在乎，其实对这类新闻津津乐道，讨论起来眉飞色舞，眼睛里写满了窥私欲——人类丑陋的天性。那晚，救护车来了之后，路边的每一辆车几乎都放慢速度，想要看看救护车里的人是谁。没人觉得这有什么不妥。

珍妮的身体遭到侵害，贞操被人夺走。她的精神受到重创，意志遭到打击。我没有夸张。那个歹徒造成了她下体严重撕裂，不得不送往医院急救。

也许是因为歹徒有处女情结，他就这么对一个孩子伸出了魔爪，残忍地玷污了她的身体和心灵。她身上最柔软私密的地方被强行撕裂和贯穿。更可怕的是，这个过程持续了将近一个小时。他会在这个过程中欣赏她变幻的表情吗？她从惊慌害怕到愤怒恐惧，再到无奈认命，直到最后完全地封闭自我，这些是否更加激起了歹徒的凶性？

真相，不得而知。但她身上的每一寸都被那只禽兽吞噬占有，留下青紫的痕迹。

即使接受了可以忘记一切的心理治疗，她也没办法完全摆脱阴影，因为她的身体知道发生了什么，有些事情是永远回不去的。她曾经幻想过自己的第一次该是什么样的，总之应该是和心爱的人一起的，每个少女都爱做这种冒着粉色泡泡的白日梦。世界上会有一个人，给你独一无二的爱，让你只要想起他的脸就会微笑。现在，所有天真蒙昧的幻想都被击碎了。这个女孩一夕之间被迫成了女人。不仅如此，她还失去了一种我们与生俱来的对未来的憧憬，以及永远期待的明天。

她记得她当时闻到了一种浓郁的气味，但她分不出来那究竟是什么。她记得她当时听到了某首歌，那首歌可能被播放了好几次。她记得当时自己为何要跑出房间穿过草坪去小树林，想要在无人处痛哭一场。她印象有些模糊的洒水机，则是推断案发时间的重要线索。自动洒水机的开关时间是固定的，9点开，10点关。当那对情侣发现珍妮的时候，草坪还很湿，空气却已经干燥了，因此案发的时间也就能大致确定了。

道格当晚的那个女伴是一个低年级的女孩。她说自己并不是道格的女朋友，之所以和他走在一起，是为了让别的男生觉得自己很受欢迎。但此刻再去探究这个女孩当时的动机，已经毫无意义了。

对当时的珍妮来说，她只觉得自己一周的期待在那一秒都成了笑话。她当时只是低头喝闷酒，想要掩饰自己心中的失落。她的好朋友薇尔洛回忆说，珍妮当时喝了很多杯伏特加。

不到一个小时，珍妮去厕所吐了。这引起了一些有心人的注意，也让珍妮再次被羞辱。就像电视剧里的那样，校园中总是有一些坏女孩欺负弱小，以此为乐。在被同龄的女生欺凌之后，珍妮一个人跑到了小树林，哭得很伤心。

我很愤怒，也无法原谅这些人。我希望法律能够给她一个交代，但是珍妮已经失去了大部分记忆。那个禽兽事先做好了预防措施，因此除了珍妮手指甲里有一些纤维，其他的证据，警方一无所获。他实施了一场有预谋的犯罪，而法律对此毫无办法。

我不得不再说一次，费尔维是个小镇。通常这种小镇的流动人口是很少的，因此这次有很大可能是熟人作案。镇上只有两条街，如果有人进入，基本上每个居民都会注意到。这缩小了嫌疑人的范围，但却让真相更加扑朔迷离。到底是谁呢？会是节日时和你相对而坐的某个亲戚吗？会是每天下班都和你打招呼的邻居吗？在一些特殊的时间段，费尔维偶尔会迎来一些生面孔，比如体育赛事，或是节日庆典。人们会从别的镇赶到这里，费尔维热情好客，我们欢迎他们，也信任他们。但在平时，一个外来者还是很引人注目的，因此，我们可以肯定的是：如果珍妮没有接受治疗，如果她的记忆是完整的，她肯定能够认出歹徒究竟是谁。她指甲里的纤维说明至少她抓到了歹徒脸上的口罩。她可能把口罩抓下来了，看清了那个歹徒的脸。也可能她并没做到，只是听到了他的声音。毕竟，歹徒在整整一个小时的强奸过程中，真的能保持一声不吭吗？不可能的，对吧？她还应该知道他大致的高矮胖瘦，年轻与否。他是否戴了项链，是一条金链还是某个球队的纪念吊坠？他穿的究竟是运动鞋、休闲鞋，还是皮靴呢？鞋子是破旧还是整洁，有没有上蜡？她之前见过这个人吗？当她再次遇见这个人的时候，她能否将他认出来？她能通过自己的感觉，指认罪犯吗？毕竟，他们曾在一个小时中，有过非常“亲密”的接触。

这一连串的问题，对珍妮·克莱默来说，都太沉重、太残忍了。我在逼她不断回想那段痛苦的经历，而这很可能带来让人措手不及的不良后果。受害者遭受巨大的痛苦，歹徒却依然逍遥法外，这让我非常愤怒，促使我更执着地想要找到事情的真相，将凶手绳之以法。要做到这一点，就必须让珍妮想起，在那个像噩梦一般的夜晚，她到底经历了什么。

珍妮的父母直到10点半才得知这个消息。那天晚上，他们参加了一个晚餐聚会。这个聚会还有另外两对夫妇，他们都是在乡间俱乐部认识的。不过这次小聚没在俱乐部，而是在家里举办的。珍妮的妈妈——夏洛特·克莱默夫人还曾经和她的丈夫汤姆在去的路上议论过这次小聚的场所，他们觉得大家应该选择在乡间俱乐部里面聚餐，这样才不会浪费每年缴纳的会费，而且夏洛特太太也比较喜欢俱乐部的氛围。俱乐部提供鸡尾酒，因此在聚餐过程中，大家还有机会多认识一些新朋友。

汤姆先生喜欢在周末享受俱乐部的高尔夫活动：他有固定的球友，一个大学同学，还有另外两个人。他们的孩子和珍妮都参加了学校的田径队。夏洛特太太热衷于社交，很愿意参与组织各项活动。她几乎每周六都会来俱乐部参加活动。夫妻俩还曾经因为行程安排闹过矛盾，因为他们只有一辆车，因此两人大部分时候还是不得不互相妥协，保持行程一致。

当他们知道自己的女儿被强奸之后，之前的一切，都显得那么微不足道。

小城市的好处就是，大家相处时更有人情味，因为怕被指责“古板”“不近人情”，人们会更照顾别人的感受。当警官帕森斯找到克莱默夫妇时，他没有马上告诉他们事情的真相，只说珍妮喝醉了，现在被送到了医院。帕森斯警官还特意跟他们强调珍妮没有生命危险，汤姆先生向他道谢，带着几分被打扰的郁闷，提前离开，开车前往医院。当他知道珍妮其实是被强奸了之后，他心里只剩下无尽的痛苦和愤怒。

夏洛特夫人刚刚听到善意的谎言时，对帕森斯警官有点埋怨，她觉得女儿在聚会上粗心酒醉实在是有失庄重，让她很生气。明天，整个镇子都会知道珍妮酒醉进医院的事情，别人会不会觉得他们家教不严呢？他们在去医院的路上，还商量这次之后，必须收走珍妮的手机，以示惩戒。知道真相后，夏洛特夫人觉得非常难过和内疚。她之前从聚会提前离开，还对女儿很不满。不过作为家长，听到女儿在聚会醉酒，生气是可以理解的，毕竟他们后来才知道孩子其实是被强奸了。我几乎能够感受到汤姆在听到这个噩耗时的痛苦，毕竟，我也是一个父亲。

他们到达医院时，大厅里空空荡荡。他们还有闲情注意到，医院这些年应该发展得不错，装修上可以看得出来花了不少心思，比之前更好看了。休息室的木制隔间里铺着崭新的地毯，灯光温暖，安定人心，还播放着柔和的古典音乐。夏洛特太太怒气冲冲地赶到前台，汤姆先生紧跟她身后。他觉得医院的音乐非常抚慰人心，让他觉得很舒服。他心里对妻子的急躁不以为然，觉得她太过激动了，完全应该“淡定”一点。

珍妮在酒醉之后，应该会需要好好睡一觉再来面对他们的诘问。他们应该等到珍妮酒醒之后，和女儿好好地谈一谈。

克莱默一家对家庭角色的分工定位很明确。夏洛特太太在珍妮面前是一个“严母”，而对珍妮的弟弟卢卡斯则比较宽容，毕竟他只有10岁，而且男孩子总是要更淘气一点的。汤姆觉得这很正常，就像吃饭、喝水一样。理论上说，他是对的。每个家庭都有角色分工，家长们一个唱白脸，一个唱红脸，才能约束好孩子。在克莱默一家，夏洛特太太掌管着“生杀大权”，其他人只需要乖乖顺从她的决定。汤姆先生觉得这是每个家庭的常态，这种想法其实有点站不住脚。

护士挂着职业的微笑，眼里夹杂着几分不易察觉的同情，领着他们进去。这些辅助人员承担了医院的大部分工作，毕竟费尔维实在太小了，开出的薪水也不够丰厚。没有专家在这里坐诊，他们只在有需要的时候，从隔壁的克兰斯顿赶到这个小镇。汤姆记得护士那个笑容，他也察觉到了她好像在掩饰些什么。不过他那时还没意识到，事情没有他想象的那么简单。人们总是低估微表情的准确性。一般来说，我们听到别人家孩子喝醉的时候，应该是那种有点无奈的会心一笑。我们可能会宽慰对方：“好吧，青春期的小鬼就是这么难搞，想开点，记得我们年轻的时候吗？也好不到哪里去的！”可是，听到别人家孩子被强奸了呢？我们的反应就是：“天！怎么会发生这种事情！好好的一个小姑娘，真是太可怜了！”人们可能不会说出来，但他们的眼神、他们的行为举止，无一不传达出同情和怜悯，以及急切地想要宽慰你的心情。当那个护士微笑的时候，汤姆隐约觉得有点不对，只想和夏洛特太太尽快去看看珍妮。

他们一路走进医院，穿过回廊，来到护士整理病人档案的工作台。另一个护士知道他们的来意后，也露出了一个意味深长的微笑。她把电话打给了医生。

我可以想象当时的画面。夏洛特太太穿的还是酒会的礼服，头发卷成一个精致的弧度。她双手交叉抱在胸前，雄赳赳地进入诊室，想训斥珍妮没有分寸，在聚会醉酒。当她看到一群人围着珍妮忙忙碌碌时，突然觉得有点不对。汤姆比她晚了半步，挽着妻子，手插在裤袋里，一同走过来。他一步一步，心如擂鼓，越走越近，他心里的不安越来越强烈。在等待医生对他们说明情况之前，他们觉得度秒如年。

夏洛特太太眼尖地发现有三个警察在急诊室外面，他们一边喝咖啡，一边和护士交谈。护士看见夏洛特太太之后，对警官说了些什么，警官扭头看她。汤姆这才注意到，原来走廊上还有几个警察。

当医生告诉他们真相时，他俩都没回过神来。夏洛特太太其实之前就认识这个大夫——他也有一个女儿，和卢卡斯读的是同一所小学，比卢卡斯低一个年级——夏洛特太太敏锐地想，自己女儿名声上的污点，会不会对儿子在学校有什么影响。医生名叫罗伯特·贝尔德，他30多岁，矮矮胖胖，有着棕色的头发，湛蓝的眼睛。他的眼睛不大，在他严肃起来说话的时候，就显得更小了。他们还记得医生说起珍妮情况时的神态和语气：“阴道口和肛门处撕裂……会阴和直肠壁均有裂伤……颈部和背部伴随瘀青……马上手术……缝针……修复……”

他的嘴巴一张一合，说出的话如同天书。夏洛特太太摇着头，难以置信，一直说“不”。她只觉得是医院弄错了，把另一个女孩的情况错认到了珍妮身上，她想打断医生的话，告诉他不是的，他们的女儿只是因为醉酒才来到了医院。她重复了珍妮的名字，强调是那个因为在派对上“醉酒”送来医院的女孩。汤姆一直很沉默，他觉得时间好像凝固了，这一秒钟无穷无尽，无比漫长。

贝尔德医生暂时停下来，用眼神示意警察。帕森斯警官迟疑了一下，走上前来。他俩在旁边商量了一会儿。贝尔德叹了口气，摇着头，低头看着自己的脚尖，帕森斯警官带着歉意耸了耸肩膀。

贝尔德重新回来，站在克莱默夫妇跟前。他的双手交叉成十字，缓慢却又清晰地告诉他们事情的真相：“你们的女儿在杜松路旁边的那片树林里，被人强奸了。”

贝尔德医生还记得汤姆·克莱默当时的反应。汤姆没有说话，没有大吼，甚至没有发出一丝声音，那是一种贝尔德之前从来没见过，也无法用言语形容的反应。汤姆好像瞬间就死了，他的躯体变成了一具行尸走肉，了无生气。他突然膝盖一软，直直倒向贝尔德，惊得贝尔德赶紧扶住了他。一个护士也赶紧上来帮忙，想把汤姆搀到椅子上坐着。不过汤姆只有一个反应，就是大喊：“她在哪儿！我的女儿，她在哪里！”他推开医生，急切地想要去病房找到珍妮，但护士阻止了他，抓住他的手臂。护士告诉他：“她现在情况还不错，已经稳定下来……已经睡着了。”

我的妻子告诉我，她曾经担忧过我们的第一个孩子——快要大学毕业的梅根——发生什么意外。她是个母亲，曾经无数次地患得患失，担忧某些事情发生。从我们看到梅根蹒跚学步，到夏天她离家去非洲参加实践活动。仿佛昨天，我们还看见她在院子里爬树，转眼就过去了很久很久。我们有许许多多这样值得回味和怀念的瞬间。我妻子合上眼睛，脑海里全是回忆。回忆里的人音容笑貌犹在耳旁。她有时会梦到我们女儿走在路上被车撞了，或是在战场上瑟瑟发抖，向士兵求饶；她有时也梦见我们女儿的生命在树下悄然委顿，再无声息。父母永远活在恐惧和患得患失之中，至于如何消化它、克服它、战胜它，不多赘述。我的妻子常常想那些可怕的场景，咀嚼那种痛苦。然后她把这些封存在盒子里，掩埋在心底。等某天真的有了类似的忧虑和烦恼，她就打开盒子，借此摆脱当下的苦厄与困顿，好给自己继续走下去的勇气。

她常回想起我们孩子年幼时的情景，说到一些伤心的往事，她甚至会哭。回忆有好有坏，有的美好温馨，有的冷漠悲伤，有些让人发自心底地微笑，有些让人一想起就皱眉。孩子最是天真无邪，可如果伤人，也是最深、最痛的。

我的妻子只是想象这些事情的发生，就已经难以接受。而汤姆·克莱默却是亲眼看到了，他看到珍妮头发凌乱，脸上满是瘀青。她的妆花了，露出一张孩子气的睡颜。她的手指满是伤痕，指甲油斑斑驳驳。她的一边耳朵上还戴着他送的耳钉——那是他给女儿的生日礼物，另一边耳垂被扯得血肉模糊，耳钉也不见了。她身侧堆满了治疗的仪器和手术用品，还有很多染血的棉花棒。初步的诊断和治疗还没结束，这个房间一团乱。一个穿着白大褂的女人坐在床边，在为珍妮量血压。她戴着听诊器，不时记录些什么，偶尔看一眼血压计。一个女警察低调地站在角落里，回避众人的目光，也不停地在本子上写写画画。

就像人死之时“一生的光阴都在眼前走马观花”，汤姆也想起了很多。他想起自己当年初为人父的喜悦，抱着粉粉的、皱巴巴的小珍妮；想起她骑在他的脖子上，睡在他的臂弯里，他的心也随之化作一汪春水；他想起更早时候，他伏在妻子肚子上，听胎儿心脏的跳动。他和女儿的关系一直很好，夏洛特太太更多地扮演那个严厉的家长，虽然她本意并非如此，但这的确让父女间的关系更加亲密，他们彼此信任，互相依赖。

对那个强奸犯的愤怒在他的胸腔沸腾，但现在不是算账的时候。汤姆先生在这一刻看到的、听到的、感觉到的，都让他陷入深深的自我厌弃之中，他为什么没能保护好自己的女儿。他内心的绝望难以衡量和诉说，他开始掉眼泪，像个孩子一样无助，护士站在他的身旁，而他的女儿，躺在病床上，面色苍白，似无生机。

夏洛特太太和医生一起站在后面，她觉得自己女儿被强奸，是一个需要解决的问题。听上去让人惊讶，这个问题就像是水管爆裂，把整个地下室都给淹了；又或者是一场大火让整栋房子灰飞烟灭，只有他们幸免于难。关键在于，他们还活着，只要人活着，再破的房子也会修好的；只要人活着，就还有希望。

她双手环胸，直视贝尔德医生，问道：“强奸的具体情况是什么？”

贝尔德沉吟，不确定她想问什么。

夏洛特太太便继续问道：“是在派对上，那些男孩喝多了，做下这件事的吗？”

贝尔德摇摇头：“我不清楚，不过帕森斯警官应该知道。”

夏洛特太太有些失望，但还是追问道："那在检查时，你有做强奸取证吗？"

"对，按照法律，我们必须做这些。"

"那，你有看到一些，就是说，能让我们知道那个浑蛋是谁的关键性证据吗？"

"夏洛特太太，"贝尔德医生回道，"也许我们应该先去看看珍妮，然后再坐下来，和您的先生一起讨论这些事情。"

夏洛特太太被敷衍了，她没有一意孤行继续追问。她并不是一个非常固执的人，如果我的一些描述让你们有了这种想法，我只能说这并非我本意。我其实很尊敬夏洛特·克莱默，她并不是只会享受安逸生活的人，自己的孩子受到这么大伤害，她的反应冷静得出人意料。她的内心自有一套应对事物的法度。我相信，她是爱着自己丈夫的，即使有时候她在他面前并不是那么温柔。她也是爱着自己每一个孩子的，即使她总是对珍妮有更高的期待和要求。爱是一门艺术，不能被精确丈量。我们每个人，都可能对爱有不同的描述、不同的感受、不一样的定义。是爱让人受伤害，让你哭，让你笑，让你生气，让你难过。是爱在每个早晨唤醒你，是爱在每个夜晚让你安然入睡。

夏洛特太太的爱有很多面，我们很难定义她的爱是否有错，或者她会不会因此不讨人喜欢。夏洛特太太所做的一切，都和她童年受到的教育有关，她认为一个传统的美国家庭就应该是这样——不过她自己也认为，在一定程度上，传统意味着古板无趣。她热爱自己生活的地方，这里的人们勤奋善良，和她相处融洽。她热爱自己居住的房子，新英格兰安宁祥和，节奏缓慢，十分宜居。她也非常爱自己的丈夫，汤姆的工作并不忙碌，有充足的时间照顾家庭。汤姆先生是汽车销售员，店里有不少品牌的代理权，比如宝马、捷豹，还有一些别的豪车。这种车不像经济实用的车型，需要销售人员不断推销。除了顾家，夏洛特太太是否还欣赏汤姆先生别的优点，这个可能他俩自己都说不清楚。她爱自己的孩子，因为他们是她的孩子，也因为他们真的值得被疼爱。两个孩子聪明、活泼好动、乖巧懂事。当然，有时也会吵闹，弄脏衣服，做些傻事，这时候需要家长的耐心教育。她对这种职责乐此不疲，这也是她和朋友的谈资。她对这种生活游刃有余，非常满意。因此，珍妮出事了，她有点茫然无措。她一直把自己的家打理得很好，但现在，事情超出了她的能力范围。

珍妮被送进急诊室时，被注射了镇静剂。发现她的人说当时珍妮已经目光呆滞，不像是酒醉，更像是受到了惊吓。她没有昏迷，还能坐起来，还能在别人搀扶下自己躺到担架上去。有段时间，珍妮好像知道他们是谁、这是哪儿、发生过什么；有时候她又好像完全放空，对万事万物都失去了反应。她像根紧绷的弦，希望得到帮助。她开始时大哭大叫，后来才慢慢平静下来。按照规定，医务人员一开始并没有给她用药，后来检查开始，她情绪失控，反抗异常激烈，贝尔德医生才注射药物，让她平静下来。只有患者失控以致检查无法进行时，医生才有权不开处方，直接用药。

夏洛特太太面沉如水，却早已因为女儿珍妮的模样心如刀割。我觉得，她第一时间就感受到了和汤姆先生同样的痛苦。他俩除了在床上，很少有肢体接触，但这时，她紧紧抓住了汤姆先生的胳膊。她把脸埋进他的衬衫，嘴巴不住喃喃：“我的天啊！”她没有哭，汤姆感觉到她的指甲深深地嵌进了自己的肉里。她口干舌燥，几乎失语，连吞咽口水都很困难。

帕森斯警官隔着窗户，看着他俩。帕森斯永远记得他们看向自己孩子时的表情，汤姆先生的脸因为痛苦而扭曲，满是泪水。夏洛特太太先是茫然失措，然后又努力使自己变得镇静下来。那是一种咬紧牙关，强作镇定的感觉。帕森斯警官那一刻看到他们的样子，心里觉得很不是滋味，不过他什么也没有说。他觉得很吃惊，汤姆先生流露出了脆弱，而夏洛特太太却出人意料地坚强。不过事实可能和表象相反，正视和面对自己心中的悲痛，可能比刻意忽视悲伤需要更大的力量。

贝尔德医生站在夫妻俩的身后，翻阅着珍妮的病历诊断。

他开口：“我们还是去外面谈吧。”

汤姆先生点点头，擦掉眼泪。他弯腰吻了吻女儿的额头，这场景让人又是一阵心酸。夏洛特太太轻轻抚摩着珍妮的脸颊，把黏在珍妮脸上的头发拨开。她喃喃道：“我的宝贝，可爱的……可爱的……我的宝贝。”

夫妻俩和贝尔德医生以及帕森斯警官穿过大厅，经过走廊，来到家属休息室。这里有一个小沙发，还有一台电视。贝尔德医生问他们是否需要吃点或是喝点什么，夫妻俩拒绝了。贝尔德医生关上了门，帕森斯警官坐在医生旁边，和克莱默一家相对而坐。

据夏洛特太太后来回忆，当时是这样的：

“他们拐弯抹角，问我们珍妮平时交了哪些朋友，我们是否知道她去参加派对的事情，她之前有没有和某个男孩有感情纠葛，珍妮以前有没有提过镇上谁在学校里或是网上纠缠她。汤姆回答时颠三倒四，他的心思完全不在这些问题上。我不是说觉得这些问题不合法，或者说不应该回答。但是我需要的，并不是别人不断向我发问，你懂吗？我希望别人能对我说清具体情况。我希望汤姆先生能够‘强硬起来’，让我能够依靠。我们的家一直井井有条，他们想吃什么、想穿什么，我都能安排得妥妥当当。但是，现在，我真的受不了了，我受不了了……

“我打断他们，说：‘你们现在只需要告诉我，我女儿身上究竟发生了什么？’贝尔德医生和警官你看看我我看看你，谁都不说话。最终还是医生先开口了，他告诉我们……他告诉我们，我们的女儿珍妮被强奸了。这比我想的还要糟糕——我以为她是和自己喜欢的男孩出去之后，那个男生一时冲动……我知道自己的这种想法不对，女权主义者会愤怒，这两种都是强奸，毫无差别。我不是说这样就不是强奸，或者说可以从轻处罚。即使我自己的儿子卢卡斯长大了，我也会告诉他，哪些是可以做的、哪些是绝对不能做的。我认为在这种事情上，男人要负很大一部分责任，毕竟，男女在性爱上并不处于平等地位。不光是生理上，心理上也是。一个女孩变成女人要经历些什么，男人并不能完全感同身受。不管怎么说，实际情况完全出乎我的意料，简直是最糟糕的情况了，那恰恰是我最不希望发生的。帕森斯警官还接着补充道，那个男人戴着口罩，而且他在野外强迫了她……我……我简直没办法把那些话再复述一遍。那些话，我听是一回事，自己说出来，又是另一回事了。”

夏洛特太太停下来，整理了一下自己的心情。她在这方面很有一套，闭上眼睛深深吸气，甩甩脑袋，然后呼出一口浊气。再次睁开眼时，她眼角低垂，不时点头，以示真的在梳理自己的情绪。

“那我就简单说下，他们告诉我当时的情况。她被强奸了整整一个小时。不光是阴部，还有肛交。嗯，就是这样。他们做了强奸取证，可是没有发现任何关键的证据。这个畜生，他戴了安全套。他连自己的一根毛发都没有留下。后来从城里赶来的法医说，他可能是特意剃毛了。你能想象吗，这个王八蛋就像是去参加奥运比赛一样，一丝不苟地做了赛前准备。呵，我们是不是还应该给他一枚奖牌？身体上的创口都会愈合，珍妮以后和别的姑娘不会有任何不同，可是，心理上的呢？”

她再次停顿，这一次，她用了更长的时间来稳定自己的情绪。可她开口时，声音仍然掩饰不住愤怒。

“我从前一直觉得，要感恩上帝所做的一切。但他让我们的女儿承受了这些，承受了这些我们从来没想过的伤害。我很抱歉自己要说脏话，但是我真的要说，去他的上帝。他根本就不存在。”

夏洛特太太和汤姆先生在珍妮是否接受治疗这一点上，并没能达成一致，不过还是夏洛特太太的意见占了上风。

医学界一直在探索研究记忆的形成和保留。研究一直在进行，每天都有新的发现。我们的大脑有长期记忆和短期记忆之分。储存记忆的过程，定位及唤醒记忆的方式，一直有很多种不同的学术解释。多年来，神经学家一直认为，记忆主要是编码保存在神经元互相连接的突触上，而非神经元本身。不过现在他们有了新的观点，认为神经元细胞也是我们记忆的载体。而人们也逐渐发现，记忆并不是静止的，而是动态的。事实上，每次我们唤醒某段回忆时，它们都在变化。

过去的许多年里，一系列试验表明，无论是人还是动物，在经历了一些急性突发的创伤性事件后，都会出现一定程度上的顺行性遗忘，即记忆力衰退，难以把短期记忆转为长期记忆，因此需要一定的治疗手段，最早是用吗啡。早在20世纪50年代，医生就注意到，大剂量的吗啡可以有效治疗创伤后应激障碍（PTSD）[①]。最开始，人们只是注意到，给从火灾现场逃生的儿童使用吗啡，可以减轻他们的痛苦。而且在治疗中使用大剂量吗啡的孩子比少用或者不用的孩子患上PTSD的概率显著降低。在2010年，有文章明确指出，吗啡对于被烧伤的儿童患者有明显功效。吗啡和一些别的药物多年来一直被用于服役军人的治疗。研究者针对创伤、吗啡和PTSD做了大量试验，证实了人在受到心理创伤后，大剂量使用吗啡，可以显著降低患上PTSD的概率。

因为，我们清醒的每一刻，都是有记忆的。我们看到、听到、感觉到。大脑对我们获取的信息进行加工，并将之储存在记忆中，这就是所谓的记忆固化。我们记住每一件发生的事情，都带着我们当时的情绪，这会在我们大脑中产生化学物质，让我们得以根据情绪将不同的事情分类，并存储记忆。正因如此，我们能轻松想起发生过的事情，不会被别的事情所替代、覆盖。而一些普通的日常，比如我们上周三晚上吃了什么，可能就没有被归类。随着时间的流逝，这种记忆被别的琐事覆盖，我们逐渐遗忘这些小事。有时，这些记忆我们甚至根本不保存。一些研究者相信，吗啡是通过减少人的肾上腺素，降低我们对情绪的感知力，从而减少个人在受伤后的一些不良情绪反应。这是这种疗法的第一层机制。

我们的经历变成记忆，在脑海中是一种化学反应。在多重化学物质的作用下，记忆存储并且分类。这就是为什么宿醉之后我们会“断片

① 患者一般经历或目睹了令人极其害怕的事件创伤后发病，通常会持续惊恐并不断地回忆起那件令人煎熬的事情，并可能出现睡眠障碍、抑郁、感情冷漠或麻木、易受惊等症状。

儿”；这也是为什么氟硝安定（迷奸药）之类的药品会让人看似“正常”，却对所发生的事情失忆。因为当时我们大脑的记忆机制失效了，发生过的事情无法在脑海里存储分类，就像一阵风拂过，不留下任何痕迹。但这只适用于短期记忆。这个疗法第二步的关键在于一种革命性的药物，这种药可以阻止我们的大脑把短期记忆变成长期记忆。人们叫它“苯扎酚”[1]，它可以抑制蛋白酶的活性，使我们的神经突触失灵，丢失短期记忆。

疗伤的最好方法就是时间，事实上短期记忆和长期记忆之间并没有明显的界限。记忆的存储由我们大脑各个部分共同作用完成，只是每段记忆的具体内容有所不同。可能是一段光影、一些声音、一种感觉；可能是一首歌、一道数学题或是认识了一个新朋友。我们的大脑飞速运转，然后我们记住一些事情。这种疗法就是在事情发生之后，通过一些化学手段，打断大脑将其加工整理的记忆过程。

珍妮非常适合接受这种治疗。她在被强奸时已经喝醉了。在受害过程中，她因为恐惧而接近休克。随后半个小时，她又被注射了镇静剂。再过两小时，她就要接受药物治疗了。十二个小时后，她再次苏醒，记忆就像水一样，几乎被蒸发干净了。

汤姆·克莱默先生至今还会想起他和警官、医生的那番对话。我很难用语言复述出他当时的全部感受，只能把他的话原封不动地写在下面。不过，他没有哭，可能那时候，他的泪水已经流干了吧。

---

① 作者虚构的药物词汇。

“我不记得他们具体对我说了什么，我只是一直听到‘强奸’‘强奸’，一直一直。这个词多么残忍和羞辱啊。他们没有嫌疑人范围，因为那个浑蛋非常小心，他戴了安全套，还刮掉了自己的毛发。警方开始只是推测，后来经过鉴定也的确如此，那个浑蛋戴了一个黑色羊毛口罩——类似滑雪用的那种面罩，可以包住整张脸和头发。他们说强奸持续了一个小时。我想了很多，可是我却什么都不能做。八个月后，珍妮出院了。我知道一切都没有结束，我回到家，趴在地板上，脸贴在地上，我告诉自己，珍妮曾经被这样对待过。我就这么趴了一个小时。对于她受到的折磨来说，一个小时已经足够长了，长到我们难以想象。

“不管怎么说……治疗还是需要的。他们也给我解释了这种疗法的过程。如何用药，药物会让她遗忘那一天。如果够幸运，她会完全忘记被强奸这件事情；最坏的情况下，她患PTSD的概率也会大大降低。他们说即使是PTSD，经过多年的治疗，也是可以减轻的。贝尔德医生问我们是否想咨询一下精神科医生，以便更好地理解这种疗法，以及不接受治疗对珍妮来说意味着什么。他说我们做决定的时间越长，这个治疗成功的把握就越小。

“夏洛特太太听到这里，瞪大了眼睛，脱口而出‘好’！她没有看我，‘当然要治疗，你们还在等什么呢！’她站起来，手指向门，恨不得他们能马上冲过去帮我们的女儿减少痛苦。我抓住了她的胳膊。我并不聪明，但我也知道，这种治疗并非全无坏处。如果她什么都不记得了，那我们怎么抓住那个畜生呢？我们又如何把罪犯绳之以法，让他受到应有的惩罚呢？帕森斯警官点头，很赞同这个观点，但他低头看着地面，回避我们的目光。他承认，这个案件很难。即使珍妮没有接受治疗和失忆，她的口供在法庭上也是无效的。正义会迟到，但不会缺席，迟早有一天我们要和那个浑蛋对簿公堂的，我知道迟早有一天要的。不是说我不在乎自己女儿的康复，只关心让那个浑蛋受到惩罚。她的妈妈认为只要她忘记一切，我们就可以假装什么事情都没有发生过，那就是康复了。而我觉得，我们必须面对那些事情。我们必须直视深渊，夺回被它偷走的、属于我们的东西。我是对的吗？我是对的吧！上帝啊，我希望我的想法大错特错，但事实上我又知道，只有这样才能让我们真正解脱。”

于是我追问汤姆先生：“既然你觉得自己的想法才是正确的，那后来为什么又同意珍妮接受治疗了呢？”

他沉默了数秒。我觉得他可能也在心里无数次拷问过自己这个问题，但是从来没有一个能说出口的答案。他看着我，面无表情，仿佛我早该知道那个答案。汤姆先生从未审视过到底是什么维持着他的婚姻，但现在，在这件事情上，很明显了。

“因为，如果我错了，如果珍妮不能走出这件事，我会因此被许多人责备。我害怕啊！为什么我会同意？因为我是个懦夫。”

我之前没有提到过，珍妮的背上有一道伤口。在我讲接下来发生的故事之前，我会先解释这到底是怎么回事。在珍妮被强奸的那个晚上，一切事情都发生得太快了。她被发现后不到一个小时，就被送进了医院，然后就被注射了镇静剂。不到半小时，她的父母就赶来了，并且仓促地做出让她接受治疗的决定。他们本应该让精神科医师仔细讲解，护士注射进珍妮手背的药物到底是什么。有很多免责声明以及表格需要克莱默夫妇确认和签字，还包括付款的账单。这种治疗不在保险的范围。并且，珍妮除了要进行外科手术治疗，还需要进行详密的司法鉴定。

汤姆先生一直陪着珍妮，一直到她被推进手术室。他说自己感觉看着女儿进了一个加工厂。他卖车的时候，曾经去过底特律的一家福特汽车制造厂。各式各样的金属零件、螺栓、螺钉、塑料、电线、电子元件，成百上千的工人忙碌其中，机器嗡嗡作响，飞速运转。他看到珍妮赤裸着身体，有五个人在她身上忙忙碌碌，做着不同的工作，负责不同的部位，而她因为药物毫无知觉。汤姆至今回想起那一刻，仍然觉得十分难受，他也恨自己没能替珍妮拒绝这个治疗。他想冲过去，把她从病床上抱走，挥舞自己的拳头，告诉每个人滚开，离他的女儿远一点。当然，他并没有勇气这么做。

夏洛特太太的想法完全不同，她恨不得自己也能像珍妮一样打镇静剂，睡着，然后忘记所有发生过的事情。她没有看医务人员的治疗过程，直接回家去了，给保姆放了个假，吃了一片安眠药，帮卢卡斯盖好被子，她就蜷着身子挨着卢卡斯睡着了。她听着儿子的呼吸声，慢慢入睡。以前，她为了避免和汤姆同床，也常常这么做。

当珍妮的阴部和肛部做完医务处理后，她就被转入了重症监护室，留待观察。贝尔德医生总算能从忙碌中抽身，去看看汤姆先生的情况。帕森斯警官也和他一起过去了。汤姆这时候才知道珍妮背上还有一道伤口，帕森斯警官是这么说的：

“警方初步取证检查后，会有一个报告。精液和毛发样本还要等化验之后才有结论，不过这些通常帮助不大。在初步检查中，他们发现珍妮背上有伤，根据伤口的形状和深浅，并不像是利器所致。伤口大约一英寸长，不过医生处理的时候足足缝了十七针。开始时我们并没有注意到这个伤口，因为她身上有许多大大小小的瘀青、擦伤和泥巴，直到医务人员清洁完她的体表，才发现这道伤。这个伤口一直流血。警察细细探查了珍妮的受害现场，终于发现了一根木棍。这根棍子大概一英尺长，一头被削尖了，像一根长矛。上面除了珍妮的血迹，还有一些橡胶纤维，看着很像是运动手套的材质。警方认为，嫌疑人就是用这个木棍一点点刺进了珍妮的背部。”

帕森斯警官还很年轻，今年才31岁，可能这也是他在告诉克莱默夫妇珍妮被强奸一事之时，不够谨慎的原因。年轻人做事总是很少考虑后果。人们总是这样，当我们察觉到自己可以把事情做得更得体一些的时候，有些已经无法挽回了。

费尔维是个平和的小镇，警察在这里的发展空间不大。有野心的警察只是将这里作为一个跳板，希望攒资历去大城市克兰斯顿；老警察在这里安心养老，提前过安逸的退休生活。帕森斯是个好警官，但是他在处理这种案件上实在是毫无经验，否则他早该注意到这次强奸中一些不同寻常的细节。他竭力想让自己表现得公正和专业，而事实上，他因为这个案子有一种隐秘的兴奋和激动，这是不妥的。人类的天性就是如此，不可避免。我们都在竭力掩盖自己天性中的凉薄。帕森斯警官努力让自己显得冷静克制，继续说道：

“我们请教了克兰斯顿来的专家，他们对案情发生的时间存在疑虑。对于一起室外强奸案来说，一个小时实在太长了。的确，那晚月影稀疏，夜色低沉，人们很难看到树丛里是否有人。肯定有人路过了离她很近的地方，就像最后发现她的那两个人一样，如果真的有一个小时那么久，应该会有人听到响动和她的呼救过来帮忙的。不过也有意见认为珍妮当时已经接近昏迷了，木棍和伤口也是一种佐证。他们觉得嫌疑人在途中停下侵犯，并且用各种各样的方式，来……（一阵古怪的沉默）折磨珍妮。她背上的伤口位置很低，接近腰部，那种女孩子爱文身的地方。他们觉得嫌疑人可能是为了在她身上做标记，他享受这种掌控的快感，喜欢看别人的挣扎和恐惧，慢慢地把木棍刺进了珍妮的皮肤……（更长的沉默）他们认为，可能这种虐待的方式是罪犯再次勃起的快感来源。这些专家的意见给我们提供了一种崭新的思路，歹徒比我们想象的还要反社会。我们考虑的角度可能有些偏了。”

珍妮身上的伤并不能很快恢复。伤口被缝合了，不是说马上就完好如初，恢复的过程还伴随着持续不断的疼痛。珍妮试过减少进食，以减轻排泄时的痛苦。结果两周内她瘦了十磅，在这期间，她服用了大量的止痛药，大部分时间都待在床上或是沙发上。关于她是否回学校，家人的意见有了分歧。不过，当她身体好转之后，这个学期只剩下三周时间了，校方和老师都提供了很多学习资料，并且表示她可以推后期末考试。

我对克莱默夫妇的态度很好奇。有趣的是，夏洛特太太希望隐瞒这件事情，让珍妮在家里多待一阵，而汤姆先生则觉得要“以牙还牙，严惩凶手”。我不知道夏洛特太太的想法是不是因为珍妮的状态欠佳。珍妮不光体重下降、面色苍白，还死气沉沉、目光暗淡。她有很重的黑眼圈，当然这也可能是止痛药的副作用。总的来说，就是她好像失去了她的“精气神”。夏洛特太太把这些看在眼里，她不想让任何人看到这样的珍妮，看到还没完全从被强奸案阴影里走出的珍妮。

因此，最后汤姆先生还是屈服于夏洛特太太的想法，和以往一样。

克莱默夫妇于是在布鲁克岛买了一套避暑别墅。夏洛特太太不得不放弃她在乡村俱乐部旁边的房子，这也是她自己的主意，她说这样就能有一个新的开始。我想这也是一个好的改变。只是克莱默家的夫妻关系越发紧张，两人都很害怕，什么时候飘来压死骆驼的最后一根稻草。汤姆一般周末才有空来布鲁克岛，只有8月的时候待了两个星期。卢卡斯参加了当地的一个夏令营。大人对他说了姐姐被“欺负”的事情（没说是“强奸”），但他并没想过这会给他的生活带来什么影响。毕竟，他还这么小。珍妮完成了本年度的学业和考试，顺利结业。她还邀请薇尔洛来家里住了一个星期，她们一起去海边玩耍，庆祝珍妮的16岁生日。她们谈笑打闹，汤姆看在眼里，痛在心中。夏洛特则只觉得眼前的才是真实的，她把照看珍妮当成了自己的头等大事，在乎珍妮的情绪、饮食、性格、睡眠，她观察女儿在康复过程中的每一个情绪波动和变化。夏天就这么平平淡淡地度过了，当然，这只是暴风雨前的宁静。

珍妮在出院后没有接受任何专业的心理疏导，除了必要的日常检查，没有任何的药物治疗和心理咨询。事实上是夏洛特太太和汤姆先生拒绝了这些。对夏洛特太太来说，他们想要遗忘这件事情都已经很难了，为什么还要让别人来反复提醒呢？而汤姆先生则是一开始就不赞同珍妮接受这种心理治疗，在他看来，如果继续接受更多的治疗，就意味着找到强奸犯的可能性更小了。

新的一学期开始了，克莱默夫妇和专家们再次见面时，他们都觉得这种治疗非常成功。珍妮已经忘记了自己被强奸这件事情。她饮食正常，睡眠规律。她的父母希望她能够在这个学期努力准备SAT考试，预修一些大学课程，多多参加志愿者活动以及体育比赛，以便考上一个好大学。她看上去没有丝毫PTSD的症状，没有被回忆的阴霾笼罩，她不害怕独处，也没有在别人触碰她时表现出任何不同寻常的反应。她的案例非常成功，在本州诺威奇市，有个针对退伍军人做类似研究的军方医生还特意借阅了珍妮的病历用来参考。

只有一件事情，背上的那个伤口。

“今天在学校里过得怎么样啊？”夏洛特·克莱默问珍妮。

现在是冬天，离强奸案发生已经八个月了。这个问题打破了餐桌上三个人之间的沉默。这是周一的晚上，卢卡斯去参加冰球训练了。他是个天生的运动员，夏洛特送他加入了康涅狄格州郊区的教会运动队，冬天训练冰球，春天打长曲棍球，秋天踢足球。家里常常只剩下夏洛特、汤姆、珍妮三个人，强奸案发生之后，这种时候变得超乎想象的难挨。卢卡斯在的时候，总爱喋喋不休地讲学校的澡堂里发生了哪些趣事，他的哪个朋友表现得多像个小姑娘，他又如何在比赛中表现出色，他的童言稚语打破了餐桌上的那些尴尬和沉默，让气氛欢快起来。

晚餐都是珍妮爱吃的菜，烤鸡、迷迭香烤土豆、法式青豆。但她毫无食欲，她觉得自己的父母都在隐瞒些什么，她机械地咀嚼和吞咽着食物，回答母亲：“很好。”

她的爸爸凝望着她，连他自己都没有意识到自己在看女儿。但是珍妮感觉得到，从布鲁克岛回来以后，爸爸就经常看着她发呆。他看着她一丝一毫的表情，仿佛想要看出些什么。因此她很小心翼翼地控制自己的情绪，避免让父亲看透。她的嘴角是在笑，可能今天有什么开心的事情发生吧。她在皱眉，是因为烦躁吗？还是因为青春期的女生讨厌大人们在吃饭时一直提问呢？更多时候，她脸上的任何一点情绪，都会被爸妈解读为是不是还没有完全从阴影中走出来。因此，珍妮现在可以很熟练地避免在脸上显示自己的内心想法了。

她回望父亲，露出一个练习了千百遍的完美无瑕的微笑。汤姆回之以微笑，但是珍妮可以看出他眼底深藏着的痛苦。她很好奇，爸爸能否察觉到，自己在笑的时候内心与他有着同样的苦涩呢？如果他能看到，那他们面带笑容的时候是否都在刻意忽视对方的悲伤呢？

珍妮不知道的是，汤姆并没有在研究她的表情。他的确是在凝视她的脸，但是他发呆，只是因为他总会不自觉地想起自己的女儿曾经被强迫对待时留下了怎样的伤口。

夏洛特太太继续她的问话：“我今天在商店里看到了一条非常可爱的裙子，也许周六我们可以一起过去逛一逛，试一下。或者你想和同学一起去吗？嗯，宝贝？”

珍妮心想，她妈妈转移话题真是非常自然。我也觉得的确如此。夏洛特太太感受到了丈夫和女儿之间紧张的氛围，因此她刻意用尖锐、欢快的语调来打破这种尴尬的气氛。她竭力想把生活恢复成以前的样子，忙碌、友好、充实，她参加瑜伽课、午餐会、学校的志愿者活动。她从没注意过，珍妮常常摩挲自己背上的疤痕，即使这件事最后被摆到台面上来说，她也坚持说从没看到珍妮这么做过。

珍妮也没意识到自己会有这种下意识的动作，不过好友薇尔洛倒是数次问起她。她做这个动作就跟小孩子咬手指甲一样自然，一种潜意识的习惯，让她不自觉地想触碰自己背上的那个伤口。可能这时候就已经现出了端倪，治疗的结果并不像专家想的那么好。

那天晚上发生的强奸，被精心地掩盖了，那个伤口也只是其中的一件小事。大家只知道珍妮被强奸了，但不清楚时间和具体情况。她的失忆，被解释成受到惊吓以及心理创伤。这是夏洛特太太对外人的说法。汤姆还是如以往那样，没有反驳她。珍妮更是什么都说不出来了，她因为接受治疗而忘记了一切。珍妮也从未提起任何相关的事情。

一切看起来都在变好，但事实上，有一只怪物无声无息地侵入了珍妮的大脑和身体，偷走了她的快乐，让她时时刻刻都感觉到非常不安。

“宝贝，你说呢？”妈妈探询地看她，问她想不想买裙子。爸爸看着妈妈。没有人再提到那一夜的事情，但是珍妮觉得，好像那件事情已经融入了他们一家的每一次呼吸和心跳。她知道，父亲一直在后悔让自己忘了那天的事情。他想抓住凶手，让坏人受到应有的审判与惩罚，但现在一切都不了了之。她的母亲刻意回避这件事。就像我之前说过的，修补后的房子也总比什么都没剩强。即使待在漏雨的房子里，也好歹能挡些风雨，不用直面惨淡的世界。珍妮知道，这是母亲的选择。

珍妮之前曾经听到过父母在房里争执，爸爸哭了，妈妈歇斯底里，骂他“懦夫”。她觉得好像一切都是自己的错，她不能摆脱蛰伏在黑暗中的怪物，她不愿出门去逛街买裙子。她心底有东西已经坍塌了，这不仅毁了她，还毁了她的家。珍妮好像一夜间就长大了，她隐隐约约察觉到生活中有些地方错位了，这是她以前从不会考虑的事情。

于是她这么回答母亲：“好的，妈妈，这听起来真是棒极了！我们可以先吃饭吗？”她想转移话题，让母亲少说点话。

夏洛特太太微笑：“很好。”她看向汤姆先生的眼光也有了一丝不易察觉的自得，一切都在往好的方向发展。

珍妮一直吃到足够让父母觉得她已经饱了，才离开餐桌。她把自己的盘子收好放进水槽，对父母说她想回房间和朋友在网上聊天。

然后她才回房。

我觉得自己已经说了足够多珍妮的小细节了。你脑海中有这样一个小姑娘吗？金棕色的长发，蓝色的眼睛，体形匀称健美。她的脸介于小孩和成人之间，颧骨已经不像孩子那么低平，鼻子也很挺翘。她有一些雀斑，嘴角有一个小酒窝。她说话大方得体，不像同龄人老喜欢用一些"嗯""啊""呃"之类的语气词。她能够非常自然地和别人用眼神交流、和人对视，有些人就不行，他们看着别人时目光常常闪躲，不够坚定，或是把目光移到别的地方去。她就像一个成年人那样，有非常坚定的目光以及娴熟的社交技巧。

她一夕之间失去了自己的纯真（原谅我想不出一个更妥当的表达），她仍然可爱、甜美，但她就是不再像孩子一样天真了。她对我说出这些的时候，面无表情，语调平淡，没有一丝波动。

"我坐在自己的床上，环顾四周。一切都是那么熟悉，全是我自己买来装饰我房间的东西。墙的颜色类似玫瑰的颜色，比少女的粉色要更深一点。忘了是谁对我说，这种颜色很优雅，很有女人味。我记不得这种颜色具体的名字了，反正就是一种玫瑰的红色。书架是亮白色的，上面有很多书，不过我很少看。不是因为那件事发生了，事实上，12岁以后，我就很少再看课外书了。上了中学之后，我们课内有大量的指定阅读材料，而且我们年级不像别的年级那样常常举办读书竞赛。架子上的书，要么是老师要求我们读的，要么就是我很久之前看过的童话书。"

"我还有很多毛绒玩具。以前每当去一个陌生的地方时，我都会带一个走。嗯，但现在已经不会了，比如这次我去布鲁克岛就没带。我不知道是为什么，或者说，我知道是因为什么，但我很难表达出来。如果一定要说个所以然来，大概是我的过去和现在割裂了，我努力表现得和过去截然不同，我已经不是从前的我了。比如说，你以前喜欢蓝色，你常穿蓝衣服，你觉得你现在还喜欢，但你就是不穿了。这么解释你能懂吗？我就是厌恶过去的我。有些事情我还保持了旧习惯，但其实我并不喜欢，我只是觉得，如果我不那么做的话，好像有什么会崩塌。我坐在床上，看着房间里的一切，这些我过去非常喜欢、现在不感兴趣的东西，我想把它们一把火统统烧光。从我有这个念头开始，我就知道，我没法一直装作若无其事。"

她继续说她的决定，我很惊讶她会有这种决心。我并不信教，对我来说，尘世的幸福才是可靠的，活着意味一切。但是"青少年"这个词听起来总是和"做决定"不太沾边。

我搞不懂年轻人脑子里在想些什么。青少年确实不该喝酒、嗑药、偷食禁果，或者开车、选举、去打仗，并不是大人觉得他们没资格，或者他们缺乏经验，不能做出理性决定。诚然，青少年考虑问题尚不成熟，不过他们的身体发育已经相当完善。我曾经见过一个16岁的男孩，他有胡子、有体毛、有肌肉，看起来就像是26岁。女生的胸部、臀部也发育得很好，化妆之后看起来和成熟的女人没多大区别。我比过去有了更加宽容的心态，当我女儿想要打扮得更成熟一些，或者我儿子对我说，他真的没有在和朋友看球赛时用假身份证去买酒，我就对这些睁一只眼闭一只眼，不再揭穿他们的小心思。

他们外表看起来像个大人，但如果你能看到他们的内心，你就会发现，他们离成熟还差了十万八千里。由于缺乏经验，他们常常做一些错误的决定。他们并非有意，只是因为他们的局限性。看看珍妮那天晚上坐在床上都乱想了些什么："我闭上眼睛，看到我心底的那只怪物。我静静地凝视着它。它隐没在一团迷雾之中，而我却能清晰地看到它的模样。它在动。它皮肤粗糙，表面坑坑洼洼。我能感觉到它就蛰伏在我的身体里，就像在你很紧张的时候，什么东西突然炸开了，发出巨响。比如田径运动会等发令枪的那段时间，不过比那种感觉还要糟糕一万倍，我快控制不住自己了。我摸着那道伤疤，我控制不住自己，我想要尖叫，但是我知道这于事无补。我经常会这样，有时候我告诉爸爸妈妈我出来跑步，事实上我也的确是跑步，我跑到公园的网球场，离家有了一定距离，我就会抑制不住自己，大吼大叫，发泄情绪。每件事情，无论是跑步、睡觉还是喝酒，都只能让我暂时麻痹，一旦我停下，这只怪物就如影随形，将我包围。我想放下、想忘记，事实上我用了整整八个月的时间，这已经足够久了，但还是不行。"

珍妮用一些东西来缓解自己的焦虑。开始是酒精，后来是大麻和安眠药。她用自己的一切渠道来找这些东西，比如安眠药就是她在朋友家的盥洗室拿到的。她身上的伤已经全好了，但还在继续服用镇痛药。她父母对此毫不知情，意料之外，情理之中。他们只看到了她交友的变化以及成绩的直线下降，不过"总要给她一些缓冲的时间嘛"，父母如是自我安慰。

专家对珍妮采用这种疗法，是一种不幸，甚至是不可原谅的。即使不是珍妮，是其他人，也是如此。他们根本没有考虑到，即使我们干扰了短期记忆存储为长期记忆的过程，情绪可以被吗啡改变，但我们身体上遭受的伤害，终将如实记录到我们的大脑中去。苯扎酚无法消除这些。简单地说，如果你不小心碰到了炉子，手受伤了，也许你会忘记你怎么被烫伤了，但是你生理上仍然会有害怕被烫的应激反应。可能平时没事，但在你靠近热源比如炉子的时候，你的身体就会下意识地躲避或者远离。这是一种下意识的反应，无法控制，也无法人为地停止。这也是为什么传统的PTSD疗法一般是给患者做心理疏导，使他们在想起这段回忆时，情绪平静下来。随着时间流逝，这段记忆逐渐减轻或是摆脱和负面情绪的关联性，对于患者来说，就不再是一段痛苦的回忆。当然，这是一个艰难的过程。直接让患者失忆听起来的确是简单得多，但心理创伤并不能直接被药物治疗。这种情况，药物就像20世纪50年代那种宣称能够“不运动，不节食，通过震动消耗人体脂肪”的瘦身带一样，毫无作用。

珍妮失去了她被强奸的具体记忆，但她的恐惧仍然留在身体里。她身体有记忆，还有随之而来的情绪反应，如影随形，无处不在。尽管强奸最后只在她的背上留下一道伤疤。

她应该寻求帮助，这种话旁观者嘴上说得容易，但她毕竟还不是成年人，对她来说，八个月已经“太久了”，她觉得这么久之前的事情不该再向别人提起了。

她走进浴室，打开盥洗台下的抽屉，从指甲工具包里取出粉色的一次性刀片，把玩片刻，胡乱刮东西。刀片卷刃了，她就随手丢掉。做完这一系列事情后，她回到自己的床上，呆坐着，等天亮。

关于珍妮的事，我说得有点太快、太多了，让我们调整一下节奏，先说些别的。

汤姆·克莱默先生一直活在他自己创造的地狱中，那种他没能保护自己女儿的感觉时时刻刻折磨着他。

他知道这种想法不够理性，我们不可能每分每秒都看着自己的孩子，而且总会有坏事发生，这是事实。在当代，父母越来越细致地保护自己的孩子。我觉得这种趋势是受互联网普及的影响，信息的传播改变了人们的思想观念。孩子被绑架、折磨、骚扰，或者说孩子在游泳、滑雪、骑车时出事，甚至是吃饭时被噎死的这种消息大量传播。信息时代，家长们可以轻易得知千里之外发生的事情，而且由于传播手段的多样性和及时性，好像每时每刻都在发生事故。这是一场信息时代的商业革命，大量的“家长须知”应运而生，安全产品被制造和销售。婴儿不能趴着睡觉，儿童不能单独上学或者独自在车站等校车。我每次看到这些“家长须知”就想笑，小时候我妈把我送到车站就直接走了，并没有一定要看着我上车。我上学的时候，她有时都没起床送我。看看现在，人们如此谨慎，事事担心，会不会有点好笑呢？

与“放养”这种类型的父母相对应的是时时刻刻监控孩子一举一动的“直升机父母”，他们像直升机一样盘旋在孩子上空。究竟是家长的疏忽大意，还是过度保护会对孩子造成更大的影响，目前尚无定论。

不过，再怎么精密地保护，只要有人刻意想要伤害你的孩子，他总会找到机会的。

强奸案过后，汤姆一直想找到那个强奸犯。即使全家去了布鲁克岛休养，他也从未放弃调查。他不再和朋友出去玩，他不去健身房，不看电视。早上8点到下午6点，他虽然人在上班，可心也飘到这件事上来了。汽车销售工作每天都能碰到很多新面孔，克兰斯顿不是一个大城市，但也有超过8万的居民。汤姆先生受雇于沙利文汽车经销商，方圆60英里，只有这家店卖宝马和捷豹。我们可以想象出，汤姆先生每天要见多少新面孔，而每一个人在汤姆看来，都有可能是强奸女儿的罪犯。

警察已经做了他们所能做的一切。他们询问了当晚每一个参加派对的人，尤其是男孩，更是受到了警察的重点关注。不过他们很多都是律师陪着接受询问的。汤姆想搜查每一个人，比对DNA和皮肤样本。他想检查他们的汽车和住宅，看是否有黑色面具和橡胶手套，还想检查哪些人刮除了身上的体毛。当然，他的想法是注定不可能实现的。

邻居也接受了警方调查，无论他们那晚在不在家。几乎每个人都有完美的不在场证明。不过，有一个12岁的邻家男孩，叫泰迪·邓肯，晚上8:45的时候，他和狗狗一起出门玩耍了。他养的猎犬，名叫梅西（没错，和那个球星同名），在灌木丛里发现了一个狗洞，钻进了小树林。猎犬总是喜欢钻洞、追东西。这个时间正是珍妮被强奸之前。但是因为他家位置离案发地点有点远，他很快就从小树林回到了杜松路。他说他记得在路上看到了一辆汽车，不是特别高端，好像就是多用途车。在帕森斯警官的帮助和谷歌识图的比对后，泰迪终于想起，那辆车是一辆本田思域。

在那个夏天，蓝色本田思域就成了在费尔维寻找强奸犯的重要线索。车辆管理局的档案和警局的犯罪记录，尤其是关于性侵的犯罪记录交叉比对，光是纽约州，就有数以千计的蓝色思域。更何况泰迪的印象很模糊，他不确定那辆车是蓝还是白。这条证据很有可能将我们引入一个错误的方向，毕竟，泰迪当时是在另一个邻居家的院子里发现了自己的狗，他9点15分就回家了，而且他只有12岁。

帕森斯警官用他的专业知识做了大量的调查。开始，他被强奸案所吸引，非常有责任感和使命感。但是他的侦查重心总是放在费尔维之外的地方，他拜访了周边地区的警局，询问该地有没有手法相似的强奸案——年轻女生，嫌疑人戴了滑雪面具，犯罪现场没有任何痕迹，以及蓝色思域。当然，还有受害人背上的伤口。有很多强奸案符合其中一项或者某几项元素，但是并没有完全符合的。其他分局的同僚答应帮他留意这些。问题在于，那些被逮捕的强奸犯现在全都在监狱里，而那些没被找到的强奸犯根本就无迹可循。很难统计有多少女性曾经遭受过强奸，毕竟这种犯罪全美报警率最低。而且据专家估计，只有25%的强奸案能够破获。到了圣诞节，只有汤姆还在不知疲倦地寻找罪犯，珍妮此案前景不容乐观。

每年圣诞节，汤姆的父母都会来和他们团聚，今年也一样。学校放假的时候，他们到了汤姆的家。汤姆先生的母亲米莉老太太是个洞察力很强的聪明女人，这让夏洛特太太觉得很不舒服，因为她在婆婆米莉面前常常有一种毫无秘密、无所遁形的感觉。汤姆的爸爸阿瑟是个非常严谨克己的人。他是康涅狄格学院的退休教授。他平日的生活里不太看重物质，从这点来说，他和儿媳妇相处得还挺融洽的。

汤姆是这么形容他见到父母时的心情的："我觉得自己好像还是个孩子，想扑进妈妈的怀里，痛痛快快地哭一场；坐在爸爸的膝上，和他一起看球赛。我希望听到他们告诉我，一切都会好起来的，不管局面多么糟糕，妈妈给我分析当下的状况，爸爸则一下指出问题的关键。他们对珍妮很好，我妈带珍妮去逛街买东西，和珍妮一起讨论未来的学业和工作。她仔细问珍妮参加了哪些活动、交了哪些朋友、明年想做什么。我的爸爸也很好，他带着卢卡斯玩，陪他滑冰，或者是搭乐高积木。我只是个旁观者，从没有要加入的意思。我无法加入，这些太正常、太平静了。我内心快疯了，我愤恨这不公的命运，恨它让那些苦难降临在我的家庭。我无法接受，我没保护好自己的女儿，事情本不该这样的。我内心知道，时间每过去一秒，我找到那个畜生的可能性就小一点。我想做个让人可以依靠的男人，一个真正的男子汉。表面上，我面无表情来回踱步，看起来就像个真正的男人。但内心里，我仍然是一个爱发脾气、渴望父母照顾的小男孩。"

在这个星期，夏洛特太太做了一个梦。这个梦的根源大概是在几周前，他们一起看了一部关于狼的纪录片。片中有个场景是，一只狼追着一只羚羊，穿过丛林来到悬崖边。那只羚羊敏捷机智，稳步越过了悬崖。而狼只能含恨停下，眼睁睁看着自己的食物溜走。尽管它已经追了整整一小时。

在梦里，夏洛特太太远远地看着这一幕。她知道结局：每一次，当羚羊以为自己已经安全了却又被狼抓住，或者是狼冒险越过悬崖追逐羚羊。结局不外乎这两种，总是相同的。夏洛特太太心跳加速，随之惊醒，发现自己仍然身在家中，躺在自己的床上。

这个梦在她脑海里挥之不去，追逐的狼，逃跑的羚羊。法律的不作为，驱使汤姆先生追寻强奸犯。珍妮想要逃脱那个强奸犯留下的阴霾。夏洛特太太想要守护自己的秘密，逃脱家庭的阴影。汤姆在逃，珍妮在逃，夏洛特也在逃。

我问过她，在梦里，她扮演的是哪个角色呢？是失去盘中餐的狼，还是死里逃生的羊？

她回答我："我不知道，我的梦并没有那么清楚。我只是远远地看着这两只动物。一只逃命，另一只追逐。我不是任何一方，我也没从它们的角度去考虑过。圣诞节那周，直到汤姆爸爸妈妈走后的几个星期，我几乎每天都做这个梦。我觉得我是那只狼，毕竟我幸福美满的家庭也是像猎物那样突然就消失不见了。我又觉得我是羚羊，为了生活疲于奔命。我真的觉得，有时候可能只差一步，我就会粉身碎骨。听起来好像是我太过焦虑了，但是我觉得汤姆的妈妈应该会懂我。我从她眼中能看到相同的情绪，这也是我讨厌她的一点。我知道她想帮珍妮，我本该让她多住一段时间的。平安夜那天，全家共进晚餐，一起唱圣诞歌，第二天到教堂聚餐，互赠礼物。每当我想起她做的一些事情，都觉得如鲠在喉。”

夏洛特太太有她的秘密，这个秘密不仅仅是她不喜欢汤姆先生的父母，尤其是汤姆的妈妈。我之前提过她的童年，现在也许是时候细说了，希望你们不要觉得我太啰唆。

夏洛特太太在新伦敦长大，也许你们并不熟悉这个地方，这是美国康涅狄格州东南部的一个海港城市，有不少军队驻扎在此。夏洛特的妈妈露瑟妮23岁时，意外成为单亲妈妈。露瑟妮没有受过高等教育，在一家小工厂做手工蜡烛。夏洛特太太一直记得，她的童年里，妈妈身上总是有蜡的味道。露瑟妮一家住在乡下，父母一开始对小女儿露瑟妮心怀希望，给了她不少帮助，不过后来他们逐渐认清现实，冷淡了下来。夏洛特太太还不到10岁，外公和外婆就都去世了，他们不太注重保养身体——抽烟、酗酒、过度肥胖。又过了两年，露瑟妮再婚了，继父的名字叫格雷格。

这是夏洛特太太深埋在心底的第一个秘密，她毫无保留地告诉了我，我很荣幸自己赢得了她的信任，说实话，这挺不容易的。

“我那时候很漂亮，棕色的长发，湛蓝的眼珠，苗条匀称的身体。如果你看过我年轻时的照片，就会发现珍妮跟我年轻时长得一模一样，一眼就能看出是我女儿。我的妈妈后来成了蜡烛厂的经理，厂里24小时开工，工人们分白班和夜班。我想他们大概有很多客户，所以才要生产那么多的蜡烛。我知道他们有些行为是不合法的，也许他们知道夜里不会有人来检查吧。”

“我的妈妈曾经提过，他们有两套工资单，一个是账面上的数字，一个是实际的现金。继父格雷格是个木匠，他叮嘱过我妈，对这些账要心里有数，不要相信任何人，尤其是那些不合法的事情。继父有好几个文身，其中一个在脖子上，是一条蛇和一行字，文字是‘不要践踏我’[①]。他并不是政府的拥趸，他把政府称为‘那位’。就像嬉皮士一样，他们喜欢把任何有点权威的事情称为‘那个’。但这只让我感觉到他的愚蠢。

“有一天晚上，我妈在工作。我17岁。我们那时挤在一间狭小逼仄的公寓里，只有一个卧室，墙也不隔音。厨房只有一个电炉子和微波炉，甚至连灶都没有。只有一个小厕所可以洗澡，每天早晨淋浴头热水都不够，因为邻居有很多非法移民，六七个人挤在一个小屋子里。格雷格不喜欢那些偷渡者，他也不喜欢政府。他常常走来走去，喃喃自语。那时他和妈妈住在卧室里，我睡沙发。因此，那天晚上，当他来到客厅时，我无处可去。我听到他说了一连串脏话。

“如果说，我从没考虑过这种情况，那肯定是假话。女性对这种情况有很准确的直觉，可能男生也有，我不太确定。其实很容易分辨的，一个男人看向你的时候，眼里是否有欲望。在学校时，我曾经从我的男性朋友身上感觉到过。在酒吧里这种目光更是常见。工作中的同事有时

---

① “Don’t tread on me”图形源自美国独立战争时期的海军军旗，一直沿用至今。

候也会有。我清晰地从格雷格身上感受到相似的眼神。我努力忽视他，和他保持距离。我在家尽量穿长袖长裤，把自己遮得严严实实的，但这没有丝毫用处。正如我说过的，如果一个男人对你有了欲望，是不会轻易消退的。那时候我在一家餐厅做服务员，刚刚上了一周班。我还记得那个晚上，我下班回家之前，碰到了一个很讨厌的客人。我记得那晚每一分每一秒的细节。那个客人大声地斥责我，因为我给他上的馅饼里有冰淇淋，而他已经说过他不要冰淇淋。是我的错，我一直在道歉，但他不依不饶，一直要找我们经理，争取这餐免单。老板发话让我先别上班，回家去吧。我哭了，我觉得我可能会失去这份工作。我知道我这个想法现在看起来是那么愚蠢。后来事实证明，那个客人经常用这招来让餐厅免单。”

“对于17岁的小姑娘来说，这件事情的确很让人沮丧啊。”我安慰她。

“我一路胡思乱想。一直到家，还在忍不住地哭。格雷格在家，我们坐在沙发上，他听我说了一大堆话，还给我俩都倒了啤酒。他说，一切都会好起来的。我的确被他的话安慰到了，逐渐卸下了自己的防备心。”

接下来的故事有一些可能会让诸位觉得不适的细节，但是我认为这很重要。抱歉。

格雷格对夏洛特笑着，摸摸她的头发。我想，他可能觉得继女能接受他，即使她已经穿了很久高领的衣服和长裤。人们只相信他们愿意相信的。她的心跳加速了，但她僵直着一动不动。他发出一声意义不明的喟叹。他凝视着她的眼睛，仿佛凝视自己的爱人。他把手伸进她的衬衣，摸到她的胸部。他又发出一声似有若无的叹息，当他俯下身来亲她的时候，她甚至能感觉到他呼吸的热气喷到自己的脸上。

夏洛特仍然记得，她那时觉得自己全身的血液都好像凝固了。他抚慰了她，而她还想要更多。不只是这样，不只是身体。她一动不动，内心挣扎。她是厌恶这些的，但此刻却想被安慰、想被爱。她说，他就像一只野兽，将自己的猎物玩弄于股掌之间。他们之间，就像是羚羊和狼。他压着她，慢慢倒向沙发。他的手指伸进她最隐秘的地方，这是她从未有过的新奇体验，感觉很舒服。在此之前，夏洛特甚至没有和男孩子接吻过。

她仍然记得他的呻吟，在他贯穿她的那一刻他身体的重量也压在她身上。当一切结束之时（其实也就过去了几秒钟），他退出她的身体，调整了一下位置，让她背靠着沙发。他吻着她的脖子，无意识地哼哼。在快感面前，身体变得像一部机器，她暂时忘记了羞耻感。

他们变成了秘密“情人”。夏洛特的欲望盖过了她的良知、道德以及意志。格雷格给她买礼物，带她去看电影。他们在餐桌上眉目传情，并且在露瑟妮去上夜班的时候在沙发上做爱。夏洛特知道，这是错误的，而且她仍然常常被格雷格给恶心到。但是，就像她自己说的，她溺于其中，无法停止。

“我为此感到羞耻。但事实的确是这样。肌肤相触，鱼水之欢，接吻、拥抱、灵肉合一，到达高潮，我无法抗拒性带来的快乐。我不确定，可能就是单纯因为性吧。但当时，真的觉得这应该算是爱情。我真的是个婊子。”

直到六个月后，露瑟妮终于发现了他们之间的不正当关系。那时候，格雷格失业在家，全靠妻子养活。我简直能够想象到会发生什么，对那时的夏洛特来说，她的心像是被活活扯成了两半。

露瑟妮把女儿送去和哈特福德[①]的佩格姑妈一起住。佩格比露瑟妮大6岁，她的丈夫是一个保险推销员。他们有三个孩子，都在寄宿学校念书。他们捏着鼻子接受了远道而来的侄女，并且让她也去念了寄宿学校。从那天起，夏洛特再也没有回过家。

汤姆对夏洛特的这段往事毫不知情。

现在你可以理解了，为什么夏洛特太太想方设法维护他们家庭的稳定。我猜你们还会想得更深远，为什么夏洛特太太坚持让珍妮接受治疗，会不会和她过去这段不伦关系有关。但是你错了。沙发上的那一夜，夏洛特太太不仅把它当成一次欲望驱动下的引诱，还觉得是一段爱情关系的开始。不过她也承认，自己和继父“有悖伦常”，“道德上站不住脚”。也因此，她没有和任何人说过这件事情，包括她的丈夫。

不过，这还不是夏洛特太太竭力掩盖、害怕被自己婆婆发现的那个秘密。

---

① 美国康涅狄格州首府。

让我们把视线收回到珍妮一个人坐在床上的那天晚上。

汤姆的老板叫作鲍勃·沙利文。鲍勃在康涅狄格州有12家汽车销售门店，每年可以净赚2000万美元。他的头像被印在大街小巷的广告牌上，你肯定在某处见过他的肖像。他有着乌黑的头发、坚定的眼神、圆圆的鼻子，脸上挂着值得信赖的笑容。鲍勃·沙利文是最受杂志编辑青睐的那种白手起家的成功人士。他就是个工作狂，行程满满当当，扛着这么多压力没有炸成天边的一朵残霞，简直就是个奇迹。鲍勃·沙利文也住在费尔维。他有一个体重超重的妻子以及三个被寄予希望继承家业的儿子。他总是第一时间开上最新款的样车，宝马、法拉利、保时捷。他崇尚原始人饮食法[①]，不过很爱喝红葡萄酒。他为人慷慨，野心勃勃，

① 原始人饮食法，尽量吃未经加工的食物；少吃谷物，少吃盐；主要以蛋白质、不饱和脂肪酸、新鲜蔬菜和水果为主。

正在为本州议员竞选四处活动。

他和夏洛特·克莱默之间有一段隐秘的感情。

我们总觉得婚外情都是有原因的。婚姻不幸，只是为了孩子勉强维持。他们的性需求在婚内得不到满足。他们受欲望驱使，人类的本能战胜了道德感和自制力。但是夏洛特太太并不属于这种情况。

夏洛特太太是个割裂的人。她是史密斯学院①的优秀毕业生，她还是《康涅狄格》杂志的前助理编辑。现在，她是全职太太，抚养着两个孩子，丈夫汤姆·克莱默出身书香门第。她是费尔维乡村俱乐部的成员，举止得体，谈吐不俗。她小心翼翼地维护着她美满、幸福、被人羡慕的家庭。

没有人知道，夏洛特太太还有另一副面孔。没人知道她睡了自己的继父，多年来有家不得回。没人知道她的很多亲戚是没有受过教育的酒鬼，在穷困的生活中苦苦挣扎，早早逝去。她曾经和一个年龄大她两倍的男人上床，他的身上甚至还残留着污垢和劣质香烟的气味。没有人知道这一切，除了鲍勃·沙利文。夏洛特把另一个自己关在笼子里，但随着时间的流逝，那个女孩不甘寂寞，她想要从笼子里出来。鲍勃·沙利文是夏洛特太太保持冷静、释放压力的一剂良药。她掩饰得很好，好像真的只是费尔维镇上那个普普通通的夏洛特·克莱默太太。

---

① 史密斯学院创建于1871年，是美国最出色的私立女子文理学院之一。有许多举世闻名的女性毕业于此，包括前美国第一夫人芭芭拉·布什、世界名著《飘》的作者玛格丽特·米切尔等。

“当我和鲍勃在一起的时候，我又变回了另一个我。那个阴暗的、深陷在泥淖之中、满身污秽的女孩。鲍勃是个好男人，但是我们都结婚了，所以我们做的事情是不好的。我不知道该如何解释。我一直努力，甚至竭尽全力去过‘正确’的人生。你知道我的意思吗？我杜绝自己一切阴暗的念头，避免自己言行失规失矩，但是那些欲念和渴望一直在那里，从未消失，就像是忍不住躲在柜子里偷偷吸烟，如果不停下就会被烟熏死，但是宁愿死也不愿打开柜子让别人知道，因为这样就没办法再抽了。时不时来一根烟，就能在这浮浮沉沉的人生中聊以慰藉。饮鸩止渴。鲍勃，他就是我的烟。”

也许你会对夏洛特太太的香烟理论嗤之以鼻，对她无法从欲望的旋涡中自拔不屑一顾。你会轻视她，她没有说出全部的真相，没有让丈夫知道她全部的人生。当你站在道德制高点鄙视夏洛特太太时，我也要鄙视你这个伪君子。

没有人，我们中没有人会把全部的自己展示给别人。如果你觉得你是，请扪心自问：你有没有装作你妻子做菜好吃，即使那盘菜味道欠佳？你有没有夸你女儿的裙子好看，即使她穿着真的很丑？你有没有嘴上对你丈夫甜言蜜语，心里却想着别的事情，比如说这周要去超市买些什么？你称赞过相貌平平的同事吗？你安慰过别人一切都会好起来的，尽管你知道事实并非如此吗？我知道你肯定这么做过。无论动机是好是坏，每时每刻，我们每个人都在撒谎。我们都在别人面前或多或少地隐藏了自己。

也许你会觉得有点灰心。你想起妻子告诉过你，她相信你会升职加薪，或者你想到丈夫称赞你在家长教师协会（PTA）[1]上表现得平易近人。你永远不知道真相是什么，也没有真相。如果所有人都知道真相，那恐怕大家都要努力维护自己岌岌可危的婚姻。可能我表现得过于与众不同，这番话听着挺像歪理邪说，但是没有任何关系承受得住全部的、赤裸裸的真相。一旦一对夫妻知道了彼此之间真实的感觉，不管是通过什么方式，这段婚姻也就走到了尽头。你能装作没看见吗？难道你不知道自己内心的真实感受吗？我们爱一个人，因为他们是怎样的人，给我们带来怎样的感觉。我们容忍他们犯错，甚至把他们纳入自己的境内。但如果我们发现，我们爱的人并不是我们想象中的样子，他们并不是我们所爱的那个样子，一段感情也就随之破碎了。

汤姆从来没有机会看到夏洛特的另一面。夏洛特展现给他的一切，都是她想让他看到的，他只知道她其中的一面。唯有鲍勃·沙利文知道夏洛特太太的另一副面孔。

夏洛特太太每次和鲍勃见面，都在家中院子偏僻处的一间小屋里。那条路满是尘土，被树掩映。即使冬天草木凋零，鲍勃的车停在这条路上也不会被人发现。这个院子有围墙，而且他们一向很小心。他们都是有家室的人，因此顾虑得很多。

珍妮坐在床上的那一个晚上，妈妈晚饭做了烤鸡排，也没能让她开心起来。她听到妈妈出门去接弟弟卢卡斯。她听到他们回家的声音，她

---

① PTA，也作家长教师联谊会，美国的家校互动组织。在PTA组织中，家长既是参与者，也是组织者。PTA的家长们经常联合学校老师发挥各种优势资源，有组织、有计划、分主题地为孩子提供综合能力培养的系列活动。

想上床睡觉，但是耳边一直传来若有若无的说话声。她取出药片，从她朋友爸妈的浴室里拿到的药片，服下了一小片白色的药，可能是阿普唑仑、氯羟去甲安定或者安定。她自己并不知道自己吃的是什么，我从她说的药片的外观以及她服用后的反应推测出来可能是这几种药物。20分钟后，她睡着了。

第二天早上，她坐车去学校，妈妈招手对她说再见。她来到教室，上了化学课和历史课。中午，她慢慢走回家。

我曾经说过鲍勃·沙利文正在积极准备本州的议会竞选。也正因如此，他的妻子弗兰请了私家侦探跟踪调查他，以期收集证据。我发现，人们其实都有能够察觉到不对劲儿的直觉。一段婚姻，即使两人之间的关系不再亲密如初，但你依然很难掩盖一些别的变化，而快乐恰恰是最难掩饰的东西。对于鲍勃来说，他的妻子实在是太了解他了。

那个下午，珍妮走回家时，夏洛特正和鲍勃在他们的老地方幽会。院子里的那个小屋并不大，也就是几平方米的一个更衣室，带一个小小的厕所。门上有帘子，地上铺着瓷砖，房间里有个小沙发，浴室里有几个架子，上面放着防晒霜和一些泳池装备。除了这些，还有一个小小的、弗兰·沙利文太太请的私家侦探安装的录音器。

这是那个录音器记录下来的声音：

（关门声，门帘响动声，笑声和说话声。）

“宝贝，这里，很好……”

（亲吻声，喘息声。）

“你今天能待多久？”

“半小时吧，脱衣服抓紧时间吧。”

（笑声，叹息声，脱衣服的窸窸窣窣声。）

“今天想要我咬吗？今天想让我舔你吗？”

“当然。”

（夏洛特的呻吟声，鲍勃的喘息声。）

“如果你是我老婆，我每天晚上就不吃饭了，吃你。”

（夏洛特的呻吟逐渐变大。）

“等等……”（夏洛特说。）

“什么？”（鲍勃警觉道。）

“浴室的门……是关着的，但是从门缝里，我感觉灯是开着的。”（夏洛特小声道。）

（一阵杂响，然后就是安静。）

（夏洛特尖叫。）

“天哪！我的天哪！”（鲍勃惊恐。）

（夏洛特更加尖锐地惊叫。）

“救她！我的宝贝！我的女儿！救她！”

“她还活着吗？该死！”

“把那个淋浴头的管道拿下来，用那个缠住她的手腕！缠紧点！”

“我的宝贝啊！”

“缠住她的手！缠紧点！我的上帝啊！好多血——”

“我感觉到她的脉搏了！珍妮！珍妮！你听得见我说话吗？把那些

管道线给我！上帝呀！我的上帝呀！”

“珍妮——”（夏洛特绝望地哭喊。）

“快打911！珍妮，醒过来！珍妮！”（鲍勃。）

“我的手机呢？”（夏洛特很慌乱。）

“在地板上，快点！”（鲍勃。）

（脚步声，兵荒马乱，向911快速报地址、接近崩溃歇斯底里的女声。）

“马上来！现在！请你们马上来！”（夏洛特大叫。）

“这血不能止住了！上帝哪！”

夏洛特太太一直不能准确说出那天下午的情形。直到某天早晨，她终于克服了种种困难，重新整理好自己的心情，说出了当时的情况：“鲍勃真的是个英雄，当我们发现珍妮躺在浴室血流不止，生死不知，我拨电话向911求助后，就让他先走，但是他没有，他不在乎。在那一刻，我觉得他是个真正的男人。不管别人怎么说他，贪婪也好，别的也罢，但他冒着失去一切的风险，留下来救我的孩子。他把淋浴的管子扯下来，紧紧地绑在珍妮的手腕上。他告诉我按住上面的血管脉络。那根管子很粗，绑不紧。他对我大吼‘按好！’然后我用力按住，他用管道紧紧地在手臂上打了一个结，然后对珍妮的另一只手腕如法炮制。上帝啊，当时我俩满身是血，全身都被血浸透了，地板滑得根本站不住。然后我打了911，当时我让他先走，他拒绝了。我抱着珍妮，让她枕在我的腿上。我开始哭，不是之前的那种尖叫着哭，而是无声地悲恸地哭，眼泪一直不停地流。鲍勃也哭了，他看着我的脸，也看着珍妮的脸，好像不知道谁让他更难过。他轻柔地摸着珍妮的脸，眼睛一直看向我。他说：‘你听我说！她是真的想死啊！你知道吗！她是真的有求死之心啊！’我们听到警笛声了。我冲他大喊，让他走，甚至求他走。他一直说‘不’，但我想最后他懂了，我在乎的不是他的事业、他的名声或者他的妻子，我在乎的只有珍妮和我的家庭。警察到这里的时候，他绝不能出现在这里。鲍勃懂了，他站了起来，泪流得更凶，他说‘我爱你’，然后头也不回地离开了。”

珍妮活了下来，我也是在这个时候参与到这个案件之中的。

我叫艾伦・福瑞斯特，是个精神科医生。你可能对研究人精神状况方面的各种资质不太明白。这么说吧，我在医学院接受过正统的教育，获得医学博士学位，是约翰斯・霍普金斯大学[①]的优秀毕业生。我曾在哥伦比亚–康奈尔大学纽约长老会医院实习，有二十二年的临床经验，获得过很多荣誉和奖项。你可能会看到很多医生喜欢把他们的证书和奖项挂在墙上，但我并不觉得证书能判断一个医生是否专业。这些证书和奖杯，在我心中和我儿子以前在每个赛季结束时收集的纪念奖杯没什么区别，廉价而毫无用处。只是顾客对此趋之若鹜，证书是客户的定心丸，是医生的活广告。

这是一份非常有挑战性的工作。不管之前曾获得过怎样的荣耀，在

① 约翰斯・霍普金斯大学（The Johns Hopkins University），简称Hopkins或JHU，成立于1876年，是一所世界顶级的著名私立大学，美国第一所研究型大学，拥有全球顶级的医学院。

下一个病人走进我的屋子时，一切又都是新的开始。当然，之前的经验会让我们在工作中更加驾轻就熟，我也的确比刚刚入行时成长了很多。我觉得其实诊断是一个相对简单的部分，难点在于治疗中我们如何在药物和心理疏导之间寻找一个平衡点，这才是最重要的挑战。我们需要用自己专业的知识和经验来判断，并且谨慎、谨慎再谨慎。每一个个体都是不同的，因此我们也需要给每一个案例制定方案。我从不自以为是，觉得什么一定会“有用”，或是说一定能帮助病人摆脱心灵的痛苦。

可能我这些话表现得有点自大，但是我从业多年的每一个病例都得到了成功的治疗，只有一个例外。从我在费尔维樱桃街85号的心理诊所，到我在萨默斯监狱对犯人进行的心理疏导，只有一个案例未能完全成功。

我是费尔维唯一有执业许可的心理医生。克兰斯顿的马科维茨医生，他几乎算是一手主导了珍妮·克莱默治疗的全过程，但他并不提供私人心理咨询服务。我们镇上也有一些心理学家、社工或是治疗师，他们不能开处方药，也没有受过正统的精神药理学教育。因此，我成了克莱默家的心理医生。

还有，我在萨默斯监狱担任心理辅导。每周，我都要去州北部工作一天（八小时，收费四百美元），给那些在康涅狄格州北部监狱里的犯人做心理疏导。这是一所最高安全级别的监狱①，可想而知，萨默斯监狱

① 美国的联邦监狱分为五级，超高安全级别、最高安全级别、近距离警戒级别、中等安全级别、最低安全级别。

里的人都是一些罪行比较严重的犯人。他们中的不少人心理方面存在一定问题。无民事行为能力的精神病患者，犯罪行为是可以免责的，他们一般会在州立的精神病医院接受治疗。不过有时治疗还没有完全结束他们就被释放了。讽刺的是，一个罪犯精神上存在的问题和他能否得到精神障碍免责辩护并不总是正相关的。一个平时“神志清醒”的人，也可能被视为间歇性短暂障碍，得到法律辩护，而真正具有反社会型人格的杀人犯，往往会被判处死刑。我这只是一个简单的例子，真实情况比这复杂得多。如果你是一个律师，你可能会对我过分简化案情中包含的法律内涵十分不满。不过想想这种情况：查尔斯·曼森[①]指使他的邪教信徒连杀七人，难道不是个疯子吗？亲手淹死自己孩子的苏珊·史密斯[②]难道不是个疯子吗？更别说制造了庞氏骗局的伯纳德·麦道夫，他已经赚到了几辈子都花不完的钱，却还不愿停手，让美国无数家庭家破人亡、妻离子散。这些人，难道不都是疯子吗？

“精神障碍”只是一个名词。我治疗的那些罪犯，他们都有不同程度的厌世或是精神问题。我对他们进行传统的“谈话治疗”，辅以药物治疗，不过谈话的时长一直不够。事实上狱方希望我专注于药物疗法，若非法规限制，他们恨不得让我给高墙之内所有人都开药，方便狱警管理。不过，这是不被允许的。你应该可以理解吧，他们想把一切他们觉

① 查尔斯·曼森，1934年出生，臭名昭著的连环杀手，杀害过七人，被判处终身监禁。

② 冷血母亲苏珊·史密斯，谋杀两名亲生幼子并假意报案博取社会同情，被判处终身监禁。

得有点问题的人都送来我这儿。罪犯在心理诊疗室门外排着队鱼贯而入，有时队伍长得一天都接待不完，我不得不压缩单个治疗的时长，以便加快速度，我的良知因此备受考验。在回家的路上，我想起一张张面孔，那些这周我没能接诊的人，还有那些我仓促之间用几片药就打发走了的人。

会计对处方药的开销总是精打细算，但他们并不敢质疑我的用量。和各类罪犯打交道一整天并不是什么愉快的事情，尤其是我担负的职责相当重要。我们监狱太多的犯人存在心理问题。究竟是因为这种心理问题导致犯罪，还是在监狱的环境中产生了心理问题，目前尚无定论。就我而言，我觉得其实关系不大，但是我理解他们的心态。

我成为珍妮·克莱默的心理医师，还有一个原因，和一个叫肖恩·洛根的年轻人有关，我大概说下这件事的情况。

珍妮割腕被送诊后，她在下半夜醒来了。她的爸爸就在房间里守着她，坐在椅子上睡着了。从她对自己当时心情的描述来看，她轻生的想法很坚定。

“我突然醒来，睁开眼睛第一眼看到的就是窗帘。重症监护室病房，蓝色的窗帘挂在金属架子上。我接受治疗的那天晚上，也是在这样的一个屋子里。就是我被强奸的那个晚上。我讨厌这么说，但他们告诉我，我应该接受并习惯，才能够彻底走出来。但是我想他们大概错了吧，是吗？”

珍妮把她缠了厚厚绷带的手腕举起，凝神细看。

“他们给了我很多镇静安眠的药物，我感觉很好，意识很清醒。”

我问她："就像是你之前从你朋友家拿的那些安定药吗？"

"差不多，无数的思绪纷至沓来，就像是一连串子弹。我死了，我还活着。这一年的时光好像没有发生，我还在自己被强奸的那个晚上。这一年就像是个漫长而糟糕的梦境，而我置身其间无法摆脱。其中最糟糕的就是，我自杀了。我的思绪很乱，我有点惊讶自己有勇气这么做，自己一定是疯了才会想割腕，也有点庆幸我没有真的死去。但是想到自己究竟为什么割腕，啊，又觉得一切都是事出有因。事出有因，而这些原因还在那里，那些日日夜夜折磨着我的事情还在那里，就像是在游泳池底奋力想要来到水面，但到了水面又发现自己本来想潜水，你懂吗？一切都回到了原点，我割腕了，但没有丝毫改变。我想把手移到身上，想要感受我内心汩汩流动的愤怒和不甘，但我的手被固定在了床的栏杆上。当我意识到这一点之后，我很愤怒。"

珍妮哭了，这不是她第一次哭，但这次的眼泪是因为她内心的愤恨。

"（割腕）不是件简单事，你知道吗？我很害怕。我坐在浴室里，一直哭，一直哭。我想的最多的是我的弟弟卢卡斯，还有我的爸爸，我的死让他们怎么办。我也想了妈妈，尽管她不像爸爸和弟弟那么脆弱，我想她应该会非常恼怒。我几乎要放弃了，但我心底有个声音说，结束吧，赶紧结束这一切吧！刀片很锋利，过程有点出乎我之前的想象。我感到尖锐的刺痛以及灼烧感，你知道那感觉多难受吗？当你已经觉得非常痛的时候，伤上加伤。我的心狂跳，并且脑海中有个声音在尖叫'停下！停下'，我看向四周，想要找东西包扎伤口，但是我事前已经把周围的东西都清空了。我想过这种情况会发生，因此做好了预防措施。我努力挣扎，你无法想象这有多艰难。我最终还是慢慢合上了双眼，昏倒在地，人事不知，觉得自己好像摆脱了一切，这样倒也还好。我闭着眼睛，蒙眬中听到我身边有人在尖叫，在呼唤我的名字，但我已无暇顾及，只能感受到手上的灼痛。我放空自己，放空了一切。我想要摆脱，但却不能。”

“因此你觉得愤怒？”我问她。

她哭着点头，脸上满是泪痕。

“因为谁生气？”

她过了一会儿才回答。她的答案没有提到具体的名字，但我们都知道她愤怒的对象。“为什么她会在那里？她去哪儿不好，非要在那里。那个地方几乎都废弃了，明明都没有人去打理。总之，她到底为什么会出现在那里？”

珍妮醒来后见到了父亲，但她并没有对父亲说这些。她把这些默默埋在了心底。汤姆·克莱默一直坐在珍妮的床边，陪护女儿，他第一时间发现女儿醒来了。

“我一直在心底说感谢上帝！我想拥抱她，但她是如此虚弱。她细瘦的胳膊缠了一圈又一圈的纱布，被固定在病床栏杆上。我们的脸紧紧贴在一起，我闻到她头发和皮肤的气味。看到她醒来还不够，我想感受她的气息。上帝啊，她的脸色是那么苍白，和她遭到袭击的那天晚上又不同，那晚她看起来‘像是死了’，今天她的脸色简直难看得和尸体无异。我以前是感觉不出来这种差别的，但它的确存在，毋庸置疑。她的眼睛睁着，看着我，看着天花板，心却像是飘浮着。我美丽的女儿已经不在那里，那只剩下一副躯壳。贝尔德医生和马科维茨医生进来了，我看到他们再次出现，有种恍如隔世的不真实感。曾经，我已经相信了我妻子的说法，珍妮已经好多了。她也会一直变好的，我们终将度过这段难挨的日子。我也必须相信，我把所有的疑问装进肚子，假装我们家只是暂时出现了难关，假装我女儿很好，而我不该给她更多压力。但事实上，我不能接受我们找不到那个畜生，让他逍遥法外。天哪，我真的不敢相信我说出口了，事实上我快要气疯了，因为珍妮遗忘了一切，她无法协助警方抓到罪犯，让他得到应有的惩罚。我的想法很过分吗？难道我真的被复仇蒙蔽了双眼吗？”

“不，”我肯定他，“你是一个父亲，这是父亲的本能。”我这么回答他，想要减轻他的内疚。但我这么说，使他更加努力地想要调查强奸珍妮的罪犯。我有点后悔自己的草率和片面。我们的本能的确会影响我们的行为，让我们没办法做出最好的选择。不过不管怎么说，汤姆的确得到了些许安慰。

“对！我真的就是情不自禁！我每天看新闻，电视新闻网、财经新闻台、福克斯，期待听到下一起类似的案件。我把‘强奸’设定为自己的谷歌关键词。你相信吗？我内心甚至希望那个畜生再次作案，好让我们发现蛛丝马迹抓他归案。我变得很可怕，我什么都不在乎了！你知道吗？其实对别人说出这些，感觉真的很好。我不管不顾，我心中的暴戾够让我下地狱和进监狱。我们又回到了这家医院，同样的医生，我女儿又躺在了重症监护室里！我……我早该知道她其实不好！我是她的爸爸啊！经过这一次进医院，我才终于认清了这点。”

汤姆几周后告诉我，他那天没有说的是，他已经决定不再事事听从他的妻子。错误已经发生了，他们的婚姻和家庭都摇摇欲坠。珍妮割腕之后，夏洛特在家人心中的地位一降到底，不管是汤姆还是他们的女儿珍妮。

我并不为此感到惊讶，治疗的关键就在于让患者认清自己的内心。作为治疗师，需要非常强大的耐心来完成这个过程，并保证其不被外界干扰。让汤姆草率地得出结论，认为一切错都在妻子，让他相信女儿正在好转，是非常简单的。通过一些诱导性的话、一些似是而非的问答，他很容易就会认为一切错都在妻子。毕竟，最初是夏洛特坚持让珍妮接受治疗，也是夏洛特放弃了后续的治疗，让珍妮搬到布鲁克岛度假，远离人群，更是夏洛特在珍妮对生活绝望时竭力装作若无其事，维持虚假的和平。每次汤姆先生提到他们女儿被强奸一事，她都反应强烈，让他闭嘴。我对此不予置评，我必须谨慎自己的言行。毕竟，治疗师的一个建议可能会对一个家庭造成非常大的影响，带来非常严重的后果。

我不对汤姆直视自己内心之后得出的结论发表任何意见，这没必要。一方面，夏洛特太太对自己认定的事情非常固执。强奸这件事既然已经从珍妮的脑海中被抹去，那就当它没有发生。不过，很显然她错了。尽管她的出发点是好的，她的想法也并非全无道理。另一方面，马科维茨医生用药之后，珍妮的记忆的确发生了改变，她忘了强奸这件事。尽管因为夏洛特夫人对于人脑思维的轻视造成了灾难性后果，但她的拳拳爱女之心本身是没错的，这些深层的东西还有待我们慢慢讨论。现在，让我们再说说肖恩·洛根这个人。

肖恩·洛根以前是海豹突击队[①]的一员。他在新伦敦附近的郊区长大，和夏洛特·克莱默是同乡。他的父亲也曾在海军服役，他的爷爷是一名光荣战死的海军士兵。他排行第四，有六个兄弟姐妹，在家里常常被忽视。他是个漂亮的男人，不管你是男人还是女人，性取向如何，年龄多大，你都很难不对肖恩·洛根的美貌感到惊异。他有湛蓝的眼眸、乌黑浓密的头发，面容刚毅俊挺。他的五官像是一幅画，一喜一怒，就像是画里的人倏然有了表情。肖恩不会掩饰情绪，他幽默乐观，是一个非常风趣的人。我的客户中没有哪个像他那样有趣，很多次跟他谈话时我都在努力憋笑，但是很难憋住。他爱憎分明，感情纯粹。

肖恩没有上过大学，即使他高中毕业时拿到了布朗大学的奖学金。他是个聪明又非常努力的人，只是天性有些好动。我们每个人都会有非

---

① 美国海军的特种部队，即海豹部队。

常情绪化的时候，想象一下你“初恋”的感觉，或者是你的第一个孩子出生的时候。你在遇到一些事情的时候会觉得害怕，在别人故意伤害你或者你的家人时会感到愤怒，这些事情都可能影响到食欲和睡眠，打扰到你的正常生活。如果影响到你的事情是正向的、积极的，比如“恋爱”，你可能会觉得快乐。我们之所以会被影响，是因为我们之前的生活常态被改变了，我们不能确定这种改变是暂时的还是持续的。你的大脑处于一个适应的状态，想要理解在这种新的情绪环境下我们需要做出哪些改变。当这段恋爱关系平和稳定下来，我们就感到了真实的“快乐”。你逐渐适应晚上你的爱人睡在你身边，不再受到影响。

再想一下分手的感觉，你的心再次变得漂泊无依，强烈的悲伤笼罩着你。你必须度过一段非常痛苦、难以忍受的日子。

心理学一般会把人们的各种烦恼都归类为焦虑，强迫症也是一种焦虑，或者我们将其称为泛化性焦虑症。长期焦虑也是一种精神障碍。我们必须对一个现象命名，以便对人们进行形容或描述。但焦虑症和流感不同，我们用显微镜无法观测到病毒，只能依靠我们的观察和推测。

我接待过很多像肖恩这样的病人，不过他比较特别。这种类型的病人很难依靠药物来治疗，我可以使他们得到暂时的平静，但很快他们就会故态复萌。随着时间流逝，普通人能够自然摆脱情绪的影响，回归常态，但他们不行。这种情况有点类似吸毒，没办法自愈。是就此麻痹自己不断沉沦，还是清醒过来回归正常的生活，要看他们自己。不过我肯定会选后者的。

我不知道肖恩参军前的情况。他那时候17岁，用他的话说“从毛细血管里散发着年轻的感觉”。他交了好几个女友，每天喝酒、嗑药，上学时也是如此。他妈妈很忙，他有哥哥姐姐，都待在家里，一个大学毕业，一个辍学了，比他更小的三个弟弟妹妹每天只会要这要那，衣、食、住、行都要人操心。他的长姐是一名办公室助理，23岁时未婚先孕，有时候会把孩子托付给妈妈照顾，以便工作。我想说的是，在这种情况下，肖恩不知如何自赎，也没人能帮他。因此他高中毕业之后，就入伍参军了。

这对他来说是个不错的选择。大量的训练锤炼了他的身体，消耗了他的精力，也缓解了他的焦虑。简言之，就是运动后身体因为缺氧，分泌了内啡肽和肾上腺素，让人觉得很好。对于焦虑症患者来说，运动到达身体极限之后，可以缓解他们的症状。肖恩的训练取得了不错的效果，十八个月后，在他18岁那年，他去了伊拉克。19岁生日刚过，他服役完毕回家了。他的父母非常骄傲，他的兄弟姐妹又羡慕又嫉妒。但离开军队后，他的精神再次陷入紧张之中，焦虑再次缠上了他。

“医生，你试过可卡因吗？”他明知故问，他总是喜欢说这种话，乐此不疲，“那种感觉爽得就跟飞起来一样。”

他坐在我办公室的沙发上，两腿叉开，双手握拳，整个人开始抖。

“就像是这样，你控制不住地晃起来，舒缓自己的神经。你不饿，你不睡，你可以一连说好几个小时的蠢话。”

“这听起来可不是什么舒服的事。”我说。

肖恩笑了：“医生，难道没事做的时候要喝茶、看书？我们又不是圣人。”

“你是何时开始服用可卡因的？”我问。

“啊，好像是高一，其实我觉得它好像一直都陪着我。我已经记不得没有可卡因的日子了，就像是在沙漠中长途跋涉的旅人，终于得到了片刻的熟睡，不用想任何别的事情。”

“那你执行完任务，回家之后呢？”

“呵，那感觉就像是活在笼子里，就像是野生动物被关进了动物园。每天我醒来，肠饥肚饿，只想逃离这个家，呼吸外面的新鲜空气。我亲吻我妈的脸颊，抓着啤酒跑去地下室喝得烂醉如泥、全身哆嗦。这能让我在这几个小时里摆脱那些，然后清醒之后接着喝。你知道吗？我只是逃避，我只能逃避。”

“你的妻子塔米呢？你之前说你在休假的时候会去见她，她怎么样了呢？”

肖恩笑着对我眨眨眼睛：“酒和性分不开的。我年轻的时候一边做爱一边喝酒，就这么虚度一天。我在酒馆常常看到些漂亮姑娘，真的很多。我感觉自己挺浑蛋的，但是她们一个个朝我扑过来，我也不知道为啥，我在学校也没这么有女人缘啊。也可能是老天觉得亏欠我，现在补偿我吧。”

我从来没怀疑过肖恩告诉我的话，肖恩真的是很吸引女人的浪子。

“可能是某次我疏忽了，反正有天回家的时候，我有了孩子，于是也有了老婆。”

尽管他滥交，但我想说他真的是个好人，不是因为他愿意为了孩子跟塔米结婚。他是个军人，在战场上为了健康和生命而战斗，对他来说，战斗就是他生命的唯一意义。退役组建家庭之后，他虽然努力去爱妻子，去了解自己的孩子，但也常常怅然若失。可能我们通常看到军人中的PTSD患者或是药物成瘾者，是因为战争给他们留下了心理阴影，但肖恩相反，战争让他摆脱了生活的阴影。

他的妻子塔米是这么说的：

“我爱他。毫无疑问，我真的爱他，他不相信我甚至可以为了他去死。从我第一次见到他，我就对他一见钟情。我知道这听起来有点傻气，但是我真的爱他。你可能无法想象那个雨天，那个午后，闷热潮湿，我和几个朋友在喝酒、打台球。那是一个无所事事的周六，我记得很清楚，他在酒吧里，在给别人讲他在伊拉克捉弄人的那些事情，惹得周围人哈哈大笑。他就是那种能够活跃气氛的人，用他的故事和笑容感染别人。我走了过去，他看到了我，顿了一秒，他的听众催促他，于是他继续讲下去，但他的眼睛当天一直追随着我。我是后来才觉得，当他认定某件事、某个人的时候，真是很像一只斗牛犬。他不会放走任何他想要的东西，而那个下午，他想要的是我。”

塔米是个美人，一头金色的短发，一双棕色大眼睛。我第一次见到她的时候她24岁，可能是因为做了母亲，满脸疲态，初现老相，但我觉得有很大一部分原因是她和肖恩的婚姻。其实我觉得她用斗牛犬来形容丈夫是个很有趣的事情。斗牛犬只有咬死了猎物，才会松口。我努力不去过度解读这个比喻。斗牛犬是个很通俗的比喻，大多数人只是顺口打个比方，并没有什么深意。她的脸上已有岁月的痕迹，她对我说那些感情中的亲密细节时有点尴尬，但我觉得这种细节很重要，所以我努力使她放松下来。

“那天下午，我和他调情，欲拒还迎。我和他对视，目光一触而分，就是那种女人的小把戏，很蠢吧？结婚，孩子，使这些事情看起来那么荒诞，但这就是真实。”她的脸上有几分笑意，一瞬间，我恍惚看见她年轻时的样子，那个雨后的下午，肖恩回首看见的美人。

“当他讲完那个故事之后，他对人群说抱歉，然后拿着他的啤酒和一杯波旁[①]走到我们这桌来。他嬉皮笑脸，表情明晃晃写着‘我过来约炮，如果没达到目的我是不会走的’。这话听起来很讨厌，但是他看起来就是个玩世不恭的小痞子，而我沦陷其中。他邀请我跳舞。他放了一首大卫·鲍威[②]的歌，说道：‘跳舞吧。’你知道那首歌吗？‘……穿上你的红鞋子……’他的手环绕着我的背，向下滑到大腿，然后又穿过我的头发。从来没有一个男人带给我这样的心跳。忘记了一切，只余最原始、最热切的需要，好像只有这样才能把我填满。任何一个体会过性爱的女人，好像都会有这种感受，但是我的感觉又略有不同。不过都无关紧要。我们跳舞、喝酒、谈笑，两人靠得越来越近。出了舞厅，到了走廊。外面下着瓢泼大雨，他吻我，手伸进我的衣服里。他的表情变得严肃。他竭力满足我的需求，就像是如果他不能满足我，就会痛苦至死。他的这番作态击中了我。我热情地回应他，取悦他。我很快乐。我们都

---

① 一种威士忌。

② 英国著名摇滚音乐家，20世纪60年代后期出道，是70年代华丽摇滚宗师，英国代表性的音乐家，其音乐影响现今众多西方乐坛歌手，与披头士、皇后乐队并列为英国20世纪最重要的摇滚明星。

释放了。我感觉自己只剩下动物本能，开始撕扯他的衣服。我们相互抚摩，挑逗彼此。他把我举起来，我背贴在墙上，那种感觉，我简直难以形容。”

塔米沉默了一小会儿，从那段记忆中回过神来。我留给她足够的时间整理她的记忆，回味他们的相遇。她继续说之后的事，她把他带回家。接下来两天他们都待在床上，直到他不得不离开。塔米要讲的事情很多，这些事情对肖恩的治疗很重要。我开始没想过塔米也需要心理疏导。但是很久之后，当我接触到了克莱默的案例后，我突然就想起来塔米对我说过的那些事。

对于没有接受过心理治疗的人来说，在咨询中说出一些私密的事情是非常奇怪的事情。因此有些患者会更倾向于同性的心理咨询师，以减少尴尬。不过这其实没必要，心理治疗是一件很严肃的事情。当我的女性患者向我倾诉她们的性经历时，我会有一种代入感，对她们的经历感同身受。我需要了解这些事情，并不是因为我有什么奇怪的爱好，而是我作为一个临床人员、作为一个医学工作者的职责所在。这和妇科及泌尿科没什么区别，肉体的性别并不影响我们的专业水平。

我唯一要忏悔的地方就是：听到女性患者吐槽她们做爱时假装高潮，我会重新审视自己婚姻中夫妻的亲密关系。我不是在意这种欺骗，我知道这无法避免。之前我说过，每个人都在撒谎，都在掩饰自己。其实我也不希望我的妻子如实告诉我，每一次床笫之欢她真实的体验和感受。这些年来，我们的默契与日俱增，我有足够的洞察力和判断力，我知道怎么在合适的时间说合适的话，我不愿在性上假装快乐。我努力取悦她，为了我们能够同时达到快乐，也为了我的男性尊严。事实上我很希望每天我一回到家，就完全忘记患者曾经对我说过些什么。但是这是很难忘记的，就像电工不会忘记如何处理电路故障。人类的基因就决定了我们不能完全忘记已经知道的东西。

塔米说那几天她从未在做爱时出现高潮。她说得比较含蓄，因为她本性比较羞涩，而且她也不是我的病人。她第一次参与这种谈话治疗，她努力说出自己知道的一切，希望能够帮到她的丈夫。当时说到他俩初见时，她问他们做爱的频率是否太高了。她告诉我这个真相，他们也许做了很多次，但她并没有达到高潮。我没刨根问底，只是问她为什么这么觉得。

“他太热情了，太急切了，因此我们过于激烈了。他又心急又粗鲁，即使接吻的时候，他也是很用力地咬我的嘴唇，我的嘴被咬破流血了。我简直要窒息了。可能因为我全程没法放松，所以就没有到达顶点。有时我们一做就是一个小时，我的心脏都不太舒服了，我俩身上都是汗，两人黏糊糊的。我全身的每一寸力气都在这个过程中耗尽，感觉就像是跑完了一场马拉松。但是现在不会了，我们彼此了解对方的敏感之处，他能让我也从中获得愉悦。药物能够缓解他的焦虑。一切都是那么好，真的很好。这时候的他，的确让我觉得很好。”

我们的谈话至此结束。我一直没有想过她话中的深意，直到一年后我和夏洛特太太有了一段相似的谈话。是时候说说在成为克莱默一家的心理医生后我都做了哪些工作了。我每两天就要给珍妮做一次深入的访谈，她很快被我归入创伤后遗症患者中，这种病人会受到不少特别的对待。我每周见一次她的父母，有时候根据他们的需要酌情增加。珍妮和汤姆简单得就像白纸，夏洛特太太要更复杂。她的痛苦挣扎和内疚自责，一半是因为她对珍妮低沉的心理状况视而不见，一半是因为她和鲍勃·沙利文的不正当关系，因此，她在面对我的时候，有非常重的防备心。

我治疗开始了差不多三个星期，才逐渐让她卸下防备。我一直都感觉到，她有秘密，直到这天，我才终于决定去揭开它们。我刻意在我俩说话之后，留出一段令人难堪的沉默。说不清到底有多长，即使知道具体的时间，但在这种情况下，一分钟就像是十分钟。她很紧张，一会儿左腿放到右腿上，一会儿右腿又放到左腿上。长久的沉默后，我说话了。

“你相信我吗？我会保守你的一切秘密，不管内容是什么，即使有悖于法律，我也会对你说的一切守口如瓶。”

“当然，嗯，我知道啊。”

我点头：“那你为什么还是不愿意坦诚呢？”

我不知道她的秘密具体是什么。她是个聪明女人。不用怀疑，因为事实上不是我诈出了她内心的秘密，而是她愿意说出口，而我给了个台阶让她有理由倾诉。

“我不知道，”她说，“我看起来遮遮掩掩，有那么明显吗？”

就在这一天，她告诉了我她偷情的事情，让我想起来很久之前，我和塔米的那一番谈话。

“为什么你觉得自己是在偷情？”我问夏洛特。我们探讨了她的过去，她不为人知的少女时代，她身上那些被掩盖的另一面。因此这个问题是个开放性问题，但这个问题还没有一个答案。

“我不知道。”

我问她是否想探讨一下这个问题，如果她能够厘清这个关系，这对她的家庭关系会有很大帮助。她犹豫了一会儿，还是同意了。

“那么，”我问，“我们先问最重要的那个问题，是因为你们发生了性关系吗？”

她沉吟了一会儿：“这很奇怪。我们每次在一起的时候，的确是只做爱。我们分开之后，我想到他，百分之九十的时间也只是想到我们之间做爱的事情。你知道吗，这三年来，我不止一次地……”

“高潮？”我接话道。男人总是喜欢问女人“爽吗”。他们常常问这种话，好像这是个多么简单的事情。男人能够很自然地说一些荤话，而女人不会。她们羞怯于描述这些，用别的医学词汇来描述这些部位也让她们觉得尴尬。她们不得不提到这些词时，经常会害羞得沉默，直到我替她们把话接下去。我一直也是这么做的，只不过我在谈话中会很注意尺度和分寸。

夏洛特点头：“嗯，而且不止一次。”

“和汤姆之间呢？”

“也有高潮。至少最开始时是有的。我们性生活非常规律，一周三次。我觉得这对于一段婚姻来说是一个适当的频率，对吧？”

我微微点头，没有细究，略过了这个话题。他们婚姻关系是否良好，是另一个问题，我比较关注她和鲍勃的婚外情。

“但是和汤姆在一起时，我没有享受到快感。我不知道从什么时候开始，大概几年前，我们的性生活变成了例行公事……可能男人不觉得，但是女性对这种微妙变化很敏感。我们之间的激情慢慢褪去，性爱变得越来越呆板。而鲍勃，上帝啊，当我闭上眼睛的时候，我简直能够想到他的手在我的脸上摩挲，带给我一阵心动和战栗。”

就是在这里，我突然回想起来塔米·洛根之前对我说过的话。

“所以鲍勃有什么特别的吗？”

“嗯……怎么说呢，他轻易能让我兴奋，让我需要他。他的人格魅力让我心醉。你之前见过这样的人吗？这种控制力非常强的人。他走进房间，一切都在他的掌握之中。他就是有这种气场。当我们独处时，我为他深深地迷醉，臣服于他的气场。跟他在一起的时候，我就是个女人，他就是个男人，我们有最原始的欲望。我总是容易因此兴奋。我们超越了肉体，除了高潮，还有一种心理快感。这和跟汤姆在一起时是完全不同的感觉。我和汤姆总是有点尴尬，当我和他裸裎相对时，我感觉不出他是个真正的‘男人’。”说到男人时，夏洛特伸出手指，在空中无意识地比画。

于是我问了她一个和塔米相同的问题：“如果你在肉体上不能得到满足，那可能是你从他身上得到的并非生理快感，而是一些别的东西。你是这个意思吗？”她们给了相同的回复。

塔米当时回复我：“是的。他满足了我别的需要。他就像是毒品，而我对他上瘾。”

肖恩离开一个月后，塔米觉得恶心欲吐。她的朋友怀疑她怀孕了，但是她还没有做好心理准备。她并不是有道德层面的顾虑。她知道那就是肖恩的孩子，肖恩留给她的，即使他已经走了，即使她对他了解尚浅。关于当时的情况，她并没对我说太多。也许你们见到肖恩就会懂得了，我无法用自己浅薄的语言去形容他。但肖恩这个人，的确和鲍勃·沙利文有不少相似之处。

塔米写信给肖恩，告诉他自己怀孕了。几周后，一枚订婚戒指被邮到了牙科诊所的办公室，她当时是个牙医助理。除了戒指之外，没有任何音信。她又写了一封长信给他，这次说得更多，尽管他的反应让她很满足，但一个戒指还不够，他们还需要讨论很多事情。他的回复只有一页纸，轻飘飘的三个字："嫁不嫁？"她于是回复："嫁！"

肖恩·洛根就是这种人。

不过奉子成婚本身并不是浪漫的事情。肖恩回家和塔米完婚之后，还迎来了他的儿子——菲利普。他的焦虑、他逃避焦虑的方式，并不利于他适应婚姻以及父亲这个身份。他对孩子没什么耐心，我并不是说他对孩子很不耐烦，动辄打骂。他只是很少抽出时间来陪家庭，即使一个小时也很少有。

"我开始意识到他的不同寻常。就像是他身上长了个他挠不到的包，折磨得他浑身不舒服。有时候，我紧紧抱住他，就像我抱菲利普那样，这样才能给他安全感，让他的心安定下来。我爱他啊，但是没办法用哄宝宝的方式去安慰他。他需要得更多。我不能理解他毫无缘由的焦虑，甚至他自己都不能理解。当他再次受召入伍时，我送他去基地。他的妈妈和两个兄弟也在，他的爸爸在前一天晚上就告别过了。每个人都在哭，拥抱他，让他保证一定会平安回来。我怀里抱着孩子，强撑着自己不许哭。他走了我很难过，但也不完全是，其中夹杂着一丝如释重负。”

这是肖恩第四次外派去执行任务。这次任务的地点是一个小村庄，共有八名海豹突击队成员参与这个任务，他是唯一一个活着回来的。当搜救人员找到他的时候，他已经昏迷过去，右臂血肉模糊。他被武装坦克运送到了安全的地方，在军区医院进行了治疗，结果就是他被截肢了。

要算确切时间的话，肖恩·洛根成为我的病人之后大概十七个月，我接诊了克莱默一家。诺威奇市海军医疗机构的医生推荐肖恩来我这里。也是这个医生之前对珍妮的病例很感兴趣，去借阅了她的档案用以研究。她持续跟进肖恩的心理状况直到他退伍，并一直密切关注他的治疗课，在他的症状被判断为PTSD时，她有些异议，但未明确反对。他表现出来的临床症状的确跟PTSD很相似：焦虑、抑郁、愤怒、自杀倾向。因此全新的治疗方案被草拟出来，而其结果尚不可控。治疗的目的只考虑到了减缓PTSD，没有人考虑到他的焦虑问题，甚至他的心理咨询记录上根本没有提到这一点。

人们感到疑惑：我们的医疗制度到底有什么问题，让我们在这方面的关怀远远落后于其他国家？人们觉得是法律的不完善，是药品公司的不作为，使得我们的医疗资源不均，地区差异巨大。借口，都是借口。一个医生，不管你薪水多么低、工作多么辛苦，一个病人坐在你面前，他在战争中失去了一条手臂，因为你们的治疗他还失去了关于那场战争的记忆。他对生活感到迷茫，不知所措。这样的一个人，难道不值得你费时间吗？不值得你好好用心去了解他的经历吗？不值得你运用在学校学到的，在实习期间烂熟于心的治疗规范吗？没有任何借口，没有任何借口。

肖恩只被问了一个问题："你或者你的家族成员之前有精神病史吗？"肖恩回答："没有。"他的焦虑从没被当作疾病受到治疗，他也一直认为这种焦虑情绪只是他的个人问题，直到他遇见了我。

我很生气，但是不管我怎么责备之前的那些医生，也于事无补。肖恩·洛根在转诊到我这里之前整整九个月，主治医师的不够用心，让我觉得生气。珍妮·克莱默进行了遗忘疗法之后几个月，专家的后续观察治疗被克莱默一家拒之门外，这也让我生气。当然，克莱默一家发现了情况不对，及时找到我这里来，因为我在镇上是唯一治疗过相似病例的医生。我气他们没有早些来，如果他们能更早一些，珍妮也许就能走出阴影，而非意气用事轻易结束生命。她就不会用刀片划开自己的皮肤，割伤自己的血管，让鲜血流得满地都是。

想想从强奸发生到她自杀的这几个月，是一个非常关键的时期。费尔维的每个人都知道这起强奸案，但珍妮接受遗忘治疗的事情不是每个人都知道。起码我就不知道。因此，当我在电影院或是甜品店看到她的举止，我其实是很惊讶的。那不像是一个强奸受害者会有的举止。我接诊过很多受过心理创伤的患者，那些在萨默斯监狱的犯人，以及我接诊过的受害者，大多都跟强奸、谋杀、故意伤害、家暴有关。可能我把他们放在一起会有些奇怪。但这些犯人，可能之前恰恰就是受害者，很大一部分人有过心理创伤。很多人没有违法犯罪，积极寻求帮助，摆脱了阴影，重新回归正常人的生活。只是偶尔，也许是他们坐在办公桌前或是送孩子上学的路上，恍惚间想起曾经的种种。我的事业在费尔维发展得不错，在萨默斯监狱，也有越来越多的犯人向我寻求帮助。

我不能确定珍妮这个案例中究竟是哪里出了问题。即使我是个经验丰富的精神科医生，也没办法一眼就看出病灶所在。我承认这一点，也因此更加积极去探寻原因。知道某些事情不对劲，却消极以待不去寻找真相，这实在不是我的做事风格。我想知道，为什么她没有进行后续治疗。我想知道，为什么她表现得完全不像个强奸受害者。我想知道，为什么我在她眼里看不见一丝被强奸的阴霾。对某些事实的不知情，让我质疑自己的判断和专业水准。当我在本地的医疗机构了解到真相时，我真的非常生气，但也松了一口气，我的直觉和观察一直都是对的，而且我真的非常想帮助她。

珍妮仍然躺在医院休养时，夏洛特·克莱默来拜访我。马科维茨医生坚持珍妮必须受到完整的临床治疗并康复才能出院。夏洛特无法拒绝。不管责任在谁，我们都会很容易觉得夏洛特太太直接导致了珍妮的自杀，也因此夏洛特太太承受了很大的压力。她送珍妮到医院后，身上的血迹尚未干涸，马上就接受了帕森斯警官的询问，说她发现珍妮的过程。她试图隐瞒她和鲍勃·沙利文偷情的事，我相信那一刻她的内心非常懊悔。

“我和她坐在沙发上，这感觉似曾相识。我简直不敢相信，可怜的珍妮身上又发生了什么。夏洛特太太这次和上次很不同。我还记得强奸案发生的那个晚上，她从晚餐宴会匆匆赶来，精心打扮。即使听到了天大的噩耗，也显得十分冷静自持。汤姆·克莱默则是另一番光景，他的思维一团混乱。两次的事情都是兵荒马乱。只是这次，夏洛特太太坐在沙发上，交叠着双腿，双臂交叉，姿态娴静优雅。但她在发抖，她右手握住左手腕，放在膝头。她在苦苦支撑。我让她告诉我从头到尾发生了什么，她点点头，说了句类似'当然了，警官'之类的话。我之前和这个家庭来往很多，在我还没发现蓝色思域这个关键线索时就有过很多次谈话。为了让他们了解调查近况，也是了解珍妮的最新情况，我们基本一两周就会见一次面。"

"珍妮自杀过了风平浪静的十周后，那辆车又出现了。我知道汤姆一直没有放弃，我也在努力追查。在查案过程中，我和汤姆交流得比较多，和克莱默太太可能更少交流。不过我和他们一家也算是熟悉了。但在医院我见到她的那一刻，她看我的眼神，好像我们是第一次见面。她深呼吸……然后……我永远不会忘记这一幕，她的袖子上满是珍妮的血迹，她一直用手在整理袖子。然后她想理顺额前的碎发，手上的血沾到了她的脸颊，缓缓流下。她没注意到。她看上去依然镇定自若，但她的动作透露了她内心的慌乱，鲜血随着她的手涂满了整张脸。我只希望有谁能够进来让她冷静下来，不再勉强自己强作镇定。"

帕森斯警官接着说他对夏洛特太太问话时做的笔录：

"她说她看到那个小屋子浴室的灯亮着。我猜可能是她刚好在院子里看哪些树木枯黄了，以便告诉园艺师该怎么打理花园，然后刚好从小窗户看到了某间屋子有灯。她想进去把灯关上，结果却发现自己的女儿。她没有说很多细节，轻咳了一下，清了清嗓子，说然后她就打电话给911。我猜就是在等救护车的这段时间，她用淋浴的管道给珍妮的手腕做了简单的包扎处理。当时她的处理很及时，几乎救了珍妮。医护人员过了10分钟才到，争分夺秒，如果让血一直流，很难讲最后会发生什么。我把这些记在我的笔记本上。她讲话时有停顿，我想她是为了留给我充足的时间把这些细节记下，但有时候我停笔了，她还在沉默。我抬头，看向她，看到两行清泪无声地滑过她的脸颊。她哭起来面部表情无甚波动。我是说，汤姆哭起来的时候，眼睛、嘴巴、眉毛……五官几乎皱成一团，整张脸也是红彤彤的。而克莱默太太只是怔怔地看着某一处，表情茫然，就落下了眼泪。我看向她，她又接着说。但是她说了一句话：‘是我的错，都是我的错。我会解决的。’这让我印象很深刻。”

马科维茨医生就珍妮的情况，立刻联系了海军健康医院。夏洛特太太事前对这种疗法做了仔细的研究。马科维茨医生透露，夏洛特太太曾经关注过别的创伤后遗症患者接受这种治疗后的情况，正因如此，夏洛特感到非常惊讶，珍妮怎么会想要结束自己的生命。我觉得这话有些虚伪。她不会不知道，肖恩·洛根失去右臂和记忆，回家之后，经历了怎样的痛苦。慢性失眠，不能控制地对亲近的人发脾气。他远离了他的朋友和家人，甚至和那些在军中认识的战友也断了联系。他此前尚能通过锻炼、喝酒、约炮来缓解他长期的隐性焦虑，但现在，他的症状被焦虑影响，变得更加复杂。医生给他开百忧解和氯羟去甲安定，可是这些并不能有效缓解焦虑。如果他没有失去手臂，其实开这些药也没有大错。医生不明白为何肖恩的情况没有好转，因为他们弄错了两个关键信息。第一，他的长期焦虑在入伍服役前就已经存在，而不是因为PTSD的表现。我简直想要质问他们，既然肖恩对那件事情毫无印象，那么他怎么可能会患上PTSD呢？采用遗忘疗法不就是为了防治PTSD吗？令人生气。第二，他们没有意识到，遗忘疗法本身就会有一些副作用，从人的记忆中强行抹去一段身体和心理的认知感受，这本身就让人觉得焦虑。

肖恩是这样描述他的精神状态的。那是他第一次见到我，事情发生了好几个月，但他的幽默和乐观都消失得无影无踪。他拒绝安装假肢，可能他是想让全世界都看到他的缺陷，因为他的内心也是这样残缺不全。他的这种心理，和珍妮·克莱默有几分相似。

“我夜晚在床上枯坐。受药物的影响，我几乎失去了食欲，性格也变得和以往不同。别人说，我不再是那个有趣的人了。我只能接受这些，我咽下那些苦涩。我看向我的胳膊，那里空空如也。我闭上眼睛拼命回想那天究竟发生了什么。他们给了我一份报告，但是谁知道那是真是假！我们去那里，是为了抓捕一个坏蛋。八个人去了。我们有空军掩护，后续还有军队支援。我们在街上快速移动，两人一组分头行动。我和我的海豹突击队队友赫克托·瓦伦西亚分开之后，就遭到了伏兵的袭击。后来，军队发现他的尸体，被炸掉了半边脑袋，他们从简易爆炸装置上把他的尸体拉回来。我在他旁边，陷入昏迷，胳膊血肉模糊。他们把我送回去，做了截肢，给我做药物治疗。我无法对他们求全责备，我自己签过协议，同意治疗。如果有个人告诉你：‘你把这件事情搞砸了，你希望我们给你些药让你忘了这些难过的事情吗？’是个人都会同意的。我当然也会同意。也正因如此，我从记录报告上读到的事情，尽管是真实发生的，我却很没有真实感，感觉和故事没有区别。好像我的内心从那个下午开始就住进了一只魔鬼，它在我的内心横冲直撞，想要还原那天的真相。不仅仅是报告上简单的几句话，还有那天下午我身边的战友是怎么牺牲的、我是怎么受伤的，这些事情在我的记忆里不停翻滚搅动，我想要找到我当时对于爆炸的痛苦回忆，哪怕只是一秒。这个魔鬼强大又混账。它阴魂不散，整日纠缠我，让我没有余力想别的事情。当我和妻子还有儿子相处时，我仍然处在它的阴影之中。有时，我一阵恍惚，回过神来，盘子就被我摔碎了，孩子被我吓到，我的妻子含泪看着我。我就是个喜怒无常的怪兽。”

夏洛特·克莱默从马科维茨医生那里知道了我，并且打电话联系我。就像我之前提到过，克莱默夫妇想雇我。接诊这个案例前，我在办公室和夏洛特太太见面。虽然那时候我已经知道，不管我对这个案例的评估结果如何，我都不得不接下这个案例。除了我还有谁呢？我之前治疗过同样接受过遗忘疗法的肖恩，对这种疗法的后期表现及副作用有一定了解，我之前曾经治疗过大量创伤后遗症患者，对这个领域的药物治疗有着丰富经验。我觉得，没有人比我更合适当珍妮·克莱默的主治医师。

我对于治疗创伤后遗症患者真的非常有经验。说些题外话，我年轻时候常常被人找碴。我没有对我的病人透露过这些，医生和患者之间毕竟还是有界限的。有时候患者会对我说，“你真的不懂那种感受”，或者说“我也说不清我现在什么感觉”，其实我对他们的感受多少有点感觉。绝大部分人在童年时期都遭受过一定程度上的校园欺凌，甚至比欺凌更严重。但是，这都有个度，有个界限。而我的病人，可能在他们眼中我就是一个树洞。我不能哭、不能生气，甚至不能让他们知道我的情绪。他们的悲伤向我倾泻而来，从不用考虑这是否会将我击垮。

我知道，你们会怀疑，我是否会被夏洛特夫人的美貌所影响。事实上，当她走进我的办公室，优雅地坐在我的沙发上，我的确有过一瞬间的恍惚。不过不要误解，我从未对她有过任何非分之想。我只是出于一个心理医生的直觉，她挺直的脊背，她稍带做作的说话方式，平整的衬衫以及裤子，紧紧束着的一丝不乱的头发，甚至她的每一个用词，都让我觉得这是个经历丰富且有故事的女人。我知道很难撬开她的嘴，但我有信心能做到。在某个恰当的时机卸下她的心防，让她对我毫无保留，是一件非常有挑战性的事情。我对自己的这种做法没有丝毫心理负担。这种成就感，大概就像是律师在一起刑事审判中胜诉，或者建筑工人在火灾和洪水后重建房子。他们可以对雇主抱有同情心。但是在自己的领域，用严谨周密的专业知识帮助雇主，并为自己做出的努力感到自豪，这也无可厚非。这就是我们常说的职业成就感，对吧?

我们第一次见面的时候，谈话进行了一个小时。她开始相信我能够治好她的女儿，而我也在慢慢打开她的心扉。我感觉到她有秘密。这是每一个专业的心理咨询师都具备的基本素质，我们在谈话中严格遵守界限，对客户保持同理心以及适当的距离。因此，夏洛特告诉我，从珍妮被强奸，到接受治疗，再到后来表面平静实则暗潮涌动地生活，甚至自杀，就像我之前提过的，这其中有很多疑点和线索。珍妮·克莱默的事情简直成了个死结，但我会努力还原事情的真相。

第二天，我在医院里见到了克莱默一家，珍妮、汤姆和夏洛特。随后又在办公室见到了卢卡斯。尽管我在说起这些事情的时候很少提到卢卡斯，但当时我的确问了他不少关于夏洛特和汤姆在珍妮出事前后对他的态度之类的问题。这种案例常常会对家庭中被忽视的孩子产生负面影响。被忽视，得到的关注减少，甚至情感上完全被忽略，这种冷暴力甚至比虐待还要可怕。我可以肯定，卢卡斯或多或少地经历过这些。

珍妮从重症监护室出来后，转到了精神科，只有过了四十八小时强制观察期后才能出院。当她看到我的时候，她认出了我，甚至还对我笑了一下："我在镇上见过你。"

她说话之后，我才意识到这是我第一次听到她的声音。她的声音和我想象的很不同。可能这么说有点奇怪，但我们的确很容易因为之前的印象，对某个人有些先入为主的看法。我之前以为珍妮的声音会是那种明亮的，甚至可能有点娃娃音。但事实上，她的声音低沉喑哑，更像是中年的蓝调歌手。很普通的一种声音，你身边肯定有一两个人会是这种低沉的音色。

她披着一件病号服，里面是一件父母从家里带来的宽松袍子。因为一些安全方面的考虑，没有腰带，因此她的衣摆松松地垂在轮椅四周。我看到她的袖子底下露出一些白色的绷带。

汤姆很想见我，他急切地站起来，用力地跟我握手，好像这样能让他女儿好转起来。"我们真的很高兴见到您。"汤姆非常真诚。我们坐下来，他们看向我，期待我能说些什么有用的话。

“我也希望自己能帮到你们，”我说，“但是，珍妮，首先我要问你一个非常重要的问题。”

珍妮点头。汤姆看着夏洛特，似乎是想要确认她的意见，他俩都对我颔首示意后，我继续说道：“珍妮，你是否希望想起，那天晚上，在树林里，究竟发生了什么？”

我永远不会忘记那一刻她的表情。仿佛我对她说出了什么宇宙的真理或上帝的奥秘。她其实早就有模模糊糊的感觉，但直到我说出这话，她眼前的迷雾才瞬间被拨开。她的表情有解脱，也有感激，我感到一种从未有过的责任感和满足感。

她点头，想要压抑住自己的泪水，但这只能让它流得更凶。“是！”她回答。

她一遍一遍地不知疲倦地响亮地说：“是，是，是……”她的父亲拥抱她，她的母亲把她揽进了自己的怀里。

说说我们是怎么在费尔维再次找到那辆蓝色思域的。不知道你是否记得，强奸案发生的那天晚上，有个邻居家的小孩说看到一辆蓝色思域停在案发的小树林旁边的街上。他隐约记得好像是纽约的牌照。除此之外，没有任何线索。他不能确定车的具体型号，以便我们推断出年份，获得更多的线索。

这里我必须要说，帕森斯警官是一个非常擅长从细节着手的人。比如说蓝色思域。帕森斯警官敏锐地察觉到这条线索的关键性。每周，报纸上都刊登着警方提示。社区居委会也张贴大量布告，不管是餐馆、咖啡厅还是美甲店，人们都能看到。帕森斯在每个内部会议上不厌其烦地强调这条线索。每个开着蓝色轿车进入费尔维的人，都被大家用怀疑的目光打量着。那一年中，有二十多次错误的报案。警方在药店停车场、洗车店或者是私家车道上来回出警。但是，那些都是蓝色的雪佛兰、土星汽车[1]或者是现代，没有一辆是思域。

可能你已经猜到了，帕森斯警官如此尽心尽力，不仅是为了费尔维警官的职责，也是为了汤姆·克莱默。汤姆对于追凶的执着，让他几乎放弃了一切社交活动，只是不知疲倦地和帕森斯警官一起跟踪案件进展。帕森斯内心其实只把警察当成工作。有些人就是只追求朝九晚五，你也很难改变他们的想法。他珍惜他的闲暇时间。他还未成家，我也不知道他有没有女朋友，或者说，男朋友。我不清楚他的性取向。他喜欢运动和健身，足球、垒球、游泳都是他的爱好。汤姆的孜孜不倦严重干扰到他的正常生活。不光是蓝色思域，在汤姆的坚持下，帕森斯和费尔维的其他警官几乎把搜查目标扩大到了全国，甚至不仅是通过电子信息系统搜查，而且是真实出警。汤姆曾经对我提过，全美国一共有12000个警局，他会像联系帕森斯警官一样，给每一个警察打电话、写信、发邮件，让他们关注这个案子。

“强奸犯通常都是惯犯。而这个人，也并非没有留下任何蛛丝马迹。黑色的面具，刮光自己的毛发，戴安全套，还有他用木棍刺伤受害人这个行为。”

汤姆侃侃而谈，颇有几分专业性，好像他从受害人的父亲变成了警方调查员。他在我们的交谈中常常这样，尤其是他第一次见到我的时候，还给了我一份他研究出来的数据报告。不过，他没有详细说他女儿背上那道伤口的事情。

---

① 通用的子品牌。

在我开始治疗珍妮，和她的父母交谈之前，我并不知道她背上这道伤口的事情。帕森斯警官给了我一份厚重的纸质档案复印件，这是我第一次了解到这个案件。阅读这些东西非常费劲，加大了我治疗的难度。这个伤口是这起强奸案唯一的外部伤口。也是这个伤口，让珍妮感知到自己对于那一夜的恐惧回忆。在我们的第二次谈话中，她给我看了这个伤口。真的是很小的一个伤口，脊背右侧有一道一英寸的狭长伤疤，小得几乎看不见。这也是唯一一个留在她身上的伤痕。

回到汤姆和思域的事情上来：

这个国家跨部门之间沟通的效率之低下，简直让人惊讶。人事系统混乱，各个机构管辖责任不明，无法达成一致。即使911已经证明了案件信息共享的数据平台十分重要，但现在仍然没有一个全国性的执法机构能够跨州办案。我是说，尽管有人在为之努力，但实在是很难的。如果整个美国是一个大厨房，那里面就有过多的厨子了。50个州差不多有12000个警局，甚至还有一些别的特种部队。从全国成千上万的车主中追查那一个人，实在是太困难了。即使我们找到了值得怀疑的对象，也没有人会承认自己是个强奸犯。但这一次有点不同，汤姆每天不断地给一些警察打电话、发邮件……每天每天，居然这件事还真就这么做成了。没有警察局提供非常确切的铁证，他们只是把辖区内一些有点相似的、可能和本案有关的案件给找了出来。想象一下，之前费尔维的警察每天都在干什么？他们找机会偷懒。帕森斯警官开始对汤姆的做法很不屑，但很快事实就证明他是对的。每天花点时间去打电话，比在社交网络上去催促他们效果要好得多。比起收获到的，那一个小时的电话费简直不算什么事情，根本就是很小的一点代价。

我想说的是，我为汤姆感到骄傲。我曾经提到过他比较软弱，很少反抗他强势的妻子。每当我看到一种亲密关系出现问题时，我都想从当事人的童年找到原因。我的发现不尽相同，但的确有很多人有相似的童年经历。汤姆也不例外。我把这种类型的童年经历叫作“错位的理智主义”。

如果你是父母，我想你肯定会关注一些育儿信息，也会买一些书，可能是在实体店，也可能是在亚马逊的育儿畅销书榜单上。广告系统会因为你的搜索记录，给你推送一些别的乱七八糟的东西，抗皱霜、脱发凝胶、膳食计划甚至西力士[①]。我跟朋友说起这些铺天盖地的弹窗广告，颇觉好笑。我的一个朋友叫作凯瑞，他是个男人，但是广告推送系统觉得他是女的。因此你可以想到会发生什么事情。在我看来，从网上学育儿经验、看励志书籍，简直就像是向狗请教算术。这些书都是垃圾，浪费纸张，除了烧光增加大气里的二氧化碳外，没有任何作用。

汤姆的父母是教育家、高知分子。他的父亲在康涅狄格学院教授文学课程逾三十年。他的母亲在校友会办公。他们有知识，并且乐于在学术上耕耘。这也可从某种原因上解释他们做的事情以及他们的动机。这熏陶了汤姆和他的妹妹凯西。汤姆和凯西的假期一般都是全家出去露营，平时也不准看电视，只有周末可以。你可以想象他俩的家教有多么严格。每个暑假他们都要读十本书，并且不许去参加夏令营。不许夜不归宿，严格的宵禁。每周末去教堂做礼拜，尽管一家人对待宗教，更多地把其当作一种理

① 一种壮阳药。

论学说和社会学现象，而并非虔诚和热爱。他们会分析宗教的一切影响因素，包括它是怎样煽动人心，让人相信超自然力量，甚至控制人们的行为的。你身边肯定有信仰宗教的人。对于不够虔诚的人，教徒会不断地给他们洗脑，直到他们彻底认同这个宗教。宗教信仰者薄情寡欲，即使是做好事，也常常带着一种居高临下的悲悯态度。

那么，这对汤姆有哪些影响呢？当他带回家一张全A的成绩单，爸爸妈妈不会有什么高兴的神态，不会拥抱亲吻小汤姆，也不会打电话给祖父母报喜。没有零花钱奖励，没有点心，甚至连钢琴课都不会有丝毫的放松。那张成绩单也不会引起这个家里的任何涟漪，不，不完全是，父母会讨论这张成绩单，然后提醒小汤姆，他能取得这个好成绩，是因为他的勤奋和努力，而并不是因为他比别人更聪明。汤姆所做的一切，他在学校的话剧中唱歌，在少年棒球联赛上取得成绩，在艺术课上做出彩绘雕塑，都被非常冷静和客观地评价，没有得到丝毫鼓励。“汤姆，你在第二段副歌合唱的时候有点走音啊。”“汤姆，你真幸运，能在棒球联赛上进入首发名单。”“汤姆，这次只是碰巧，你还需要多多练习呢！”“好的，看起来你很喜欢这件事情。”

就是这样。汤姆的父母非常超脱，不是吗？在过去的十几年中，育儿建议几乎指导了我们和孩子的每一次交谈。我们没必要为自己的孩子取得成绩感到骄傲，他们容易自满。我们也不应一味鼓励孩子，让他们觉得我们的褒奖过于廉价不够客观。我们不应该让他们过于自信，过分高看自己，这样他们很容易失望。只有客观的家长才能让孩子真正地自信。

我对于这些谬论向来是嗤之以鼻的。

我们本就是这样渺小的、无足轻重的人类。我们只有一颗心可以用来感知这个世界，找寻我们生活的目的、我们的荣誉以及我们的意义。我们需要父母无条件的爱，不考虑任何得失的包容。我们需要他们带着爱看待我们所做的一切，让我们知道，我们来到这个世界填补了他们的生活，给他们带来许许多多的快乐。我们当然知道，我们的作品很稚嫩。但当我们充满期待地展示自己的成果时，他们不应该冷冰冰地说出实话，让我们觉得自己所做的一切努力都是个笑话。他们看到我们自鸣得意的小骄矜，不觉可笑，而是用宽容和爱将我们紧紧包裹。这是我们希望从父母那里得到的。我们不想得到冷冰冰的真相，让他们告诉我们自己有多么微不足道。这大千世界，已经足够让我们知道自己的渺小，让我们沮丧和失意，因此我们希望从父母那里得到和别人不同的反馈。

在这样的一个家庭里长大的汤姆，有点自卑，活得小心翼翼。他是个小人物，他的妻子和老板都觉得他是个小人物。事实上，我们的童年影响了我们的一生。我们心理上毫无缘由的焦虑和不安，常常是因为童年的缺憾在作祟。即使我们现在已经有能力住大房子，开好车。

我很佩服汤姆的一点就是，他能够给孩子们毫无保留的爱。即使他潜意识里看轻自己，但他并没有让珍妮和卢卡斯有相同的感受。他一直毫无保留地让孩子们感受到自己的爱。这种情感没有因为珍妮被强奸或是自杀而有丝毫磨损。我觉得，汤姆在家的时候，一定是个非常和蔼的父亲，和孩子们一起踢球、打游戏，嬉笑打闹。即使变故发生，他也藏起自己的满腔愤懑，收拾好自己支离破碎的心，他的爱未曾改变。

总之，汤姆非常努力在寻找伤害自己女儿的强奸犯。不管是珍妮自杀之后还是之前，他都没有一丝一毫的放松。也许在某刻，他有过懈怠，比如夏洛特太太让他相信珍妮的状况恢复得非常良好，而一家人需要“向前看”，但他的的确确从未有过一刻的放弃。他追查每一个可能的嫌疑犯，费尔维的居民也在全力帮助他寻找那个凶手，关于蓝色思域的搜寻报告几乎一月一期。

一年后，这些报告终于有了新的进展。而自案发之后，一直接送孩子上下学的母亲们也终于可以松一口气了。

在一所高中附近，一群高中女生放学回家的必经之路上，有人再次看见了那辆车。那个地方离学校大概半英里远，孩子们放学回家总会在路上逗留一会儿，买杯奶昔，或者玩闹一番。这里离费尔维镇很近，这条路的人流量也很大。即使车主就是真凶，也并不能在此实施罪行，而又不被发现。

珍妮一直没有回学校。创伤的后遗症让她几乎要轻生了。在我的建议下，她终于直视这件事情的压力，并全身心投入到治疗中去。我讨厌那些不切实际的心理学家，一味让患者回归生活，随着时间治愈自己的心理创伤。这种说法只是想当然，没有实际理论根据。也许他们真的觉得这有可能治愈珍妮。但既然她已经被转到我这里来了，事实就证明这个疗法是无效的，对吧？当收到某个坏消息时，你是否会埋首工作不想其他？那当你收到好消息时呢，你又会怎么做呢？你会出去抽一支烟，打电话给你的家人分享喜悦，高兴得又跳又叫吗？总之，你就会很难静下心来，继续你的工作了。

史蒂夫·科佩尔警官接到了报警电话，报警的女孩小心翼翼，在一个角落用手机打911。强奸案发生后，学校对学生和家长进行了多次安全教育，让他们几乎杯弓蛇影。每个月都有邮件，提醒家长注意蓝色思域，提醒学生不要在偏僻区域单独外出。学校还给学生发小册子，讲在遇到强奸和绑架时应该如何应对。当然，珍妮自杀的消息也迅速地蔓延开来，让人们愤慨之余，更加关注蓝色思域的消息。我很确定正是因此，那个报警的女生才注意到了那辆轿车。珍妮的自杀，让她再一次成为人们口中的话题。

青少年文化是一件很有趣的事情。孩子们竭力模仿成人世界，可是他们的天真却最是残忍和伤人。珍妮被强奸的事情，让她受到了很多人的暗地议论和嘲笑。她被道格·黑斯廷斯甩了，她喝了很多酒，在厕所里吐了，她哭着独自一人跑去了小树林。经过那件事，珍妮失去了很多朋友，也不得不关掉社交网络好几个月甚至几年。我有几个其他的病人，也是这个年纪，我知道这个年纪的孩子最爱议论这些事情。但是珍妮被强奸这件事情的严重性，当地警方、校方，甚至媒体都已经说得很清楚了。因此忽然间，每个人都想对珍妮好。别人邀请她去派对，去家里住，甚至在周末去隔壁州滑冰。校报、模拟联合国、话剧社都对她伸出了橄榄枝。每个人都想展示自己的善良，和珍妮做朋友仿佛成了一种正确的思想导向。甚至道格·黑斯廷斯也邀请珍妮去看电影（你敢相信吗）。

珍妮每天疲于应对，摆出适当的微笑，回应那些邀约，以及从浴室里偷安眠药。

“我好像是一个吉祥物。就像是我做了什么了不起的事情，所有人都喜欢我。我做了什么呢？我犯蠢，喝得醉醺醺，一个人跑去小树林，仅仅是因为一个男生不喜欢我，而且还是道格·黑斯廷斯那样的浑蛋！老师和同学过来安慰我，可他们转脸就说：‘别像珍妮·克莱默那样，别做像她那样的傻事！’我想对所有人说：‘如果我是个蠢货、笨蛋，那你们为什么还要来和我做朋友呢？’总之，他们不应该这样心口不一。如果我做到了某件事情，比如参加奥运会项目，那可能没有人会想跟我交朋友。他们会嫉妒我，并且讨厌我。许多年前有个人身上发生了类似的事情。他获得了国家级数学竞赛的奖项，受到了总统的接见，荣誉加身。好像他感染了埃博拉病毒一样，大家都觉得他是怪胎，取笑他的穿衣打扮、说话做事方式。我不知道自己究竟做了什么。我忘记了那天我是否激烈地反抗，或者只是因为恐惧而顺从了对方。连我自己都不知道，他们就更不可能知道了。唯一可以确定的只有一件事：他得逞了，我失贞了。这就是最后的结果。不管过程怎样，在那场较量中，我输了。”

你可以看出这个年轻的女孩心底自有一股力量。她的叛逆和敏锐的感知力，几乎超过了她的年龄。她还有令人侧目的幽默感。

科佩尔警官接到关于思域的报案之后，马上开车前往报案的女孩的所在处。当他看到那辆车的车标之后，我相信他的心跳肯定是快了半拍。报案人说自己发现那辆车后，想起珍妮的案子，然后就报警了。科佩尔警官记下了她的名字和电话，让她回家等待，随即就打电话给帕森斯警官。

“我一开始没敢相信，我们几乎不抱什么希望了。我们接到二十六个错误的报案，几乎每个月都有好几个，对这些几乎都麻木了。老实说，我非常想抓住那个人。我也在努力。不仅仅是为了克莱默，说得自私一点，也是为了我自己的事业。但是人慢慢就会变得现实。汤姆·克莱默作为当事人，除了跟这个案子死磕别无选择。他作为父亲，满心内疚，寝食不安。他一直对我说，他自责没能保护好自己的女儿。我想他可能对每个人都这么说。他竭尽全力想要做些什么来弥补，直到她能真正走出来。可能再过四十年，直到他死，他也不会放弃。我从来没让他放弃追查，交给我们，不要再给我们打电话询问案件进展。我不会这么做，永远不会。我只是说：‘好的，汤姆，没问题。’这位父亲把全国每一个警察局的电话都打遍了。但这还远远不够。我把这个案子交给了新人，让他们密切注意。这个案子在警察局没法受到重视。我们一般把这种悬案牵扯到的人说成是‘浑蛋列表’，呃，别误会，不是说汤姆。而是说，对于汤姆·克莱默来说，我们就是不折不扣的大浑蛋。这种表述有点糟糕，但是事实。这次报警电话，我的第一反应是：‘好吧，这次估计又是福特汽车。’而接手这个案子的年轻警员科佩尔坚持说那是一辆思域，停在学校旁边，车里没有人，和去年春天一样。我开始想，会不会犯罪嫌疑人良心发现回来自首了，还是这个畜生又出来伺机作案了。你想象过吗？接下来发生的事情就是……我开了一辆低调的车，带上助手。我们蹲守在那条街上，和思域只隔了两辆车。我们在那儿等了两小时二十一分钟。然后我们看到有个人从街上走过来。我一看到他，心里就觉得，我们这次可能抓对人了。”

司机名叫克鲁兹·德马科。他来费尔维是为了贩卖大麻，被逮捕了。他还因为在学校1500英尺以内贩卖毒品而面临额外的重罪指控。当然，这只是个开始。

我注意到两点。第一，这辆价格普通的轿车出现在费尔维，引来如此大的怀疑，看起来有点奇怪。不过在这个案子里，又在情理之中。警局一直以来的宣传有了回报。我觉得社区的作用很重要。对于无辜被牵扯到的人来说，可能有点不公平。不过，不能否认数据也起到了非常重要的作用。比如，整个纽约州只有非常少的一部分人有思域，可能只有1%的人。这是事实。在询问完派对上的人之后，帕森斯就开始在费尔维追查思域的消息。这种廉价的车可能是主妇的、园艺师的、保姆的、护工的，等等。可能没有人为这件事报警。那辆停着的车可能不是费尔维的，属于外面的人。但是在什么情况下，外面的人要在晚上把车停在学生开派对的地方呢？

我注意到的第二点，就是镇上的每个人都相信，珍妮一定是被外来者强奸的。他们坚定地找这辆思域，几乎成为他们生活的一部分，如同寻找希望。帕森斯是他们的领头人。找到这辆车，帕森斯的兴奋让我觉得简直有些病态。

“当我们接近那辆车的时候，我的心怦怦直跳。我很庆幸，当时嫌疑人在卖毒品，我们在那儿等了一会儿，心也逐渐平静下来。我已经想好，即使没有证据，我们也要先拘留车主。绝不可能没有询问过他就放走他。我心里盘算着：‘该死的老天，总算逮着他了！我们总算逮着他了！’但是我们没有合适的理由逮捕他，直到我们看到他跟别人做交易。多亏我的同伴在旁边，不然我可能就按捺不住，还没等人赃并获就直接冲上去了。”

大二的男生约翰·文森特无意中牵扯进这件事。那天早上他偷了妈妈的钱，德马科重回费尔维，就是和他做交易。约翰·文森特心情有些紧张，鬼鬼祟祟地走向那辆蓝色思域。

“可怜的孩子！真是个小傻瓜。他遮遮掩掩，小心翼翼，左看右看，假装只是在那儿散步，然后在车窗旁边弯腰。我们可以看到他掏出钱，然后拿了一小包东西。这个演技就跟拙劣的警匪片一样。我们等那个男孩走了很久才动手。你懂的，那种‘站住！警察，办案’的吆喝只会打草惊蛇。我的同事已经悄悄走到了驾驶员一侧的车窗附近。科佩尔用警车堵住了他离开的车道。嫌疑人避无可避，无法再逃。”

这个简单粗暴的办案方式逗乐了我。科佩尔警官从名字就透着一股警察的味道[1]。而克鲁兹·德马科，听名字就不像什么好人。他妈妈19岁就生了他，可能还觉得这是件很酷的事情。他的名字有点像是电子游戏里的人名，又或者是从某个可能是他爸爸的人那里继承来的。克鲁兹也有一个悲伤的故事。单亲妈妈，贫穷的生活，脏乱的童年。我觉得他和我在萨默斯监狱里遇见的不少人在经历上有相似之处。

我感觉自己现在好像是在过山车的顶点。我不喜欢过山车，因此假装自己已经停住了。一直以来，我都是一个旁观者、一个观察者，做出自己的判断并给出意见。好像所有事情都发生在早春。我认识克莱默一家，我治疗珍妮，治疗肖恩·洛根是在早春，克鲁兹·德马科被捕也是在早春。风雨欲来，可是我还没看见。即使我再能判断未来，我也没能发现即将到来的狂风骤雨。

他们在蓝色思域上发现了差不多价值三英镑的大麻，这个数量足够警察逮捕他了。

“我们把他关起来，扣押了汽车，并且叫来了克兰斯顿的法医。我们不会放弃丝毫线索。即使过去了这么久，但你相信吗？我们还是怀着希望。万一能发现一些杜松路上的泥土呢？或者能找到那个黑色羊毛面罩呢？我就像是圣诞节那天的孩子，满怀期待。”

德马科不是个讨人喜欢的人。他29岁，身高5英尺4英寸[2]，体重不到120磅[3]。如果你是女生，可能会对身高和体重比较有概念。他很苗条，

① 英文中，科佩尔（Koper）和警察（Copper）发音相近。

② 约为162厘米。

③ 约为106斤。

四肢干瘪精瘦，简直像个老太太。他的黑发略长，额前和发尾长于两鬓。头上打了很多发蜡，看起来油光水滑。他走路一摇一晃，说话时目光也很游离。他的身上还有一股廉价的肥皂味。我没有见过他的真人，这些细节都是帕森斯警官告诉我的。还有从本地的报纸和网上看过他的照片。很多人讨厌他，但他并不怎么在意。这种情况很普遍。我们讨厌某人，希望让他们因此愧疚、羞惭和不安，受到良心的谴责，我们不惮以最大的恶意去揣测他们，把他们想象得非常坏。也许我们并没有想错，毫无疑问他是个坏人，但是贩毒和强奸是两种非常不同的罪行。

"他没有主动要求辩护律师。为保险起见，我还是让他签了主动放弃律师的声明。我不能冒违背'米兰达警告'①的风险。我们谈话的全程有录像，还有两个警察在外面监察。我和搭档在里面讯问。我们给他一支雪茄和一瓶橘子汽水，为了让他心情放轻松。他还不知道自己被我们抓进来的真正原因。警官们查他的案底，我们开始了对话，我对他说：'这次算你运气不好，大麻现在虽然算是合法，但我们也不是拿你没办法。你不该把大麻卖给未成年人，懂吗？'他耸耸肩，然后说那辆车是他哥哥的，他并不知道里面会有这些东西。我的同事这时候有几分恶意地提醒他，我们亲眼看到他卖大麻给一个孩子。他微笑：'卖什么？

---

① 美国刑事诉讼中的米兰达权利是个具有特殊意义的法律制度。"你有权保持沉默。如果你不保持沉默，那么你所说的一切都能够用作你的呈堂证供。你有权在受审时请一位律师。如果你付不起律师费的话，我们可以给你请一位。你是否完全了解你的上述权利？"这句话就是著名的"米兰达警告"，即犯罪嫌疑人、被告人在被讯问时，有保持沉默和拒绝回答的权利。如果警方没有在讯问中说出这句话，获得的口供可能没有法律效力。

警官，那个男孩只是过来问我是不是迷路了，过来帮我看地图认路而已。’他当我们傻吗？没错，他车里是有一张地图。但是这个年代谁还用地图啊？那张地图没准是十年前的了。就在此时，他的档案被调出来了，好，终于不用跟他废话了。”

德马科身上案底不少，而且都和毒品有关，大多数都是制毒、吸毒之类的，不过现在又加了一笔贩毒。最初的逮捕理由和法庭审判时的起诉项并不一定要一致。我想你肯定看过很多电视剧，里面检察官和辩护律师之间唇枪舌剑，针锋相对，庭审费钱、费时。很少人因为大麻就被告上法庭。因此尽管他过去有很多案底，但是只遭到了一次指控。那是去年的6月，刚好在珍妮被强奸的第十八天后。

德马科在布里奇波特一家监狱服刑了六个月。对于这样一个年轻人应该不是什么愉快的经历。这会奇怪吗？我觉得自己在桑默斯的那段经历，让我对犯人的心理有了更深刻的认识，不过这不该随意和人分享。因为害怕被人误解，所以我说话非常谨慎。有时候即使是一个笑话，该笑还是不该笑，都要想半天。所以我不能想当然地觉得这个白人小男孩就一定是强奸犯。如果你每周都要花一天，整整八个小时，待在监狱里听犯人说他们的经历，你也会像我一样懂得人不可貌相。我妻子也曾经不止一次地嫌弃过我的职业病。

“亲爱的，你又这样。”我的妻子会这样说。即使是生气，她的语气也总是很温和，“一个人的心底，总会需要有些依靠。这是事实，没人觉得这可笑。”

我不知道这是否正确，不过我们可以依靠人生经验做出判断。人们觉得这种话题不适合拿到晚餐上来讨论（“依靠”这个词有些软弱，用这个词来形容男人，感觉他就像是同性恋中比较娘的那一方），因此我一直觉得那种吃饭应酬的场合真是十分无趣。

对于帕森斯来说，他现在总算有了可以制约德马科的秘密武器。德马科可能会面临两项重罪指控，他作为惯犯，在量刑上会酌情加重。

“我拿到他的档案之后，心情顿时轻松了：‘呵呵，好家伙。你还有前科，现在你有两项指控了。’他不安地挪了挪身子，‘你该请个律师，好为你做辩护。’他脚尖在地上不安地摩擦，两只手紧紧地握在了一起。然后我的同事把我拉到一旁，小声对我说了些不能对嫌疑人用这种语气说话之类的鬼话。我是可以这么做的，为了击溃他的心防，懂吗？于是我说：‘听着，你还记得去年5月费尔维发生了什么吗？但凡有一丝希望，我们就要从他嘴巴里撬出强奸案那件事情的消息来。’同事耸耸肩膀，觉得他要是跟那件事情有关的话，应该早就露出了破绽。我想，我们可以先让德马科承认他那时候的确在费尔维，然后再徐徐图之，寻找机会进展。但是他始终没有承认。”

我不能理解这件事情的逻辑。如果德马科是强奸犯，他绝不会承认事发时他曾经到过案发地点。好在，帕森斯警官马上找到了另一个突破口。

“我们有足够的时间审问他。德马科从克兰斯顿找到了一个证人，证明他当时的确不在场，但他依然要接受审讯。回到案发那天晚上，现在我们已经有了头绪。第一，那天，小男孩泰迪·邓肯因为追狗，曾经离案发地点很近。第二，既然我们曾经询问过当天全部在场的人，就能知道，当时参加派对的孩子，没有一个说自己曾经见过蓝色思域。如果犯罪嫌疑人真的是德马科，他可能是为了混进派对兜售毒品。珍妮如同待宰的羔羊，跌跌撞撞地跑进小树林。那些孩子，没有一个人承认自己在那天晚上买过毒品。因此现在，汽车、司机，我们完全可以从其中任何一点着手，推断出那个强奸犯的真实身份。”

帕森斯很乐观，热情高涨。克莱默夫妇也很乐观，我没有对他们说过帕森斯关于德马科的种种推论。我也没法阻止帕森斯警官的想法以及他要采取的行动。他人很好，告诉了我很多事情，让我能够更好地帮助珍妮和她的家庭。我还能说什么呢？这不是你该管的事情，别再回去问泰迪·邓肯或者那天晚上参加派对的孩子们了。别再执迷不悟了。我难道能这样说吗？我只能祝他好运，并且等待他针对此案的下一份调查报告。其实我这样，是有点后悔和歉疚的。

蓝色思域再次出现，有两个直接的后果。一个是直接影响了我对克莱默一家的治疗进程，另一个则和我的儿子有关。

珍妮和她的父母找我进行一对一的心理治疗已经好几周了。对于夏洛特和汤姆，我要做的事情并不复杂。主要目的就是询问他们，关于珍妮以前的一些事情以及她自杀前这一年发生的一些情况。不过我们交流的重心不知不觉就转到了他们自己生命中此前曾经发生过的一些糟糕的事情中去。这让我们了解到他们婚姻中的暗潮涌动，也让我们了解到了他们的童年，一切问题最初开始的地方。

我之前就提到过，自己并不是很赞成配偶参与治疗，尤其是在治疗中，夫妻说出一些不适合在对方面前宣之于口的真相。有些事情的确应该说出来，但是不应该被你的伴侣知道。克莱默夫妇的夫妻关系就像是纸糊的房子，而我要做的就是一点点帮助他们把问题解决。不过只能一对一地解决问题，不能他们两人同时出现。

汤姆是个很典型的个案，教科书一样的例子。他的妻子在对待珍妮这件事情，乃至对待他们的婚姻关系上，独断专行，这让汤姆很愤怒，而他正需要学着去处理这种关系。他需要把自己心中的愤懑发泄出来，也需要认识到，夏洛特之所以能在家庭中掌握这么大的话语权，也是因为他的不自信和优柔寡断。最后，我们应该可以清楚地认识到，汤姆的不自信，和他的父母关系很大。只有理解、接纳、宽容，才能改变他这种现状。

这不是抱怨，也不是推卸责任。我知道很多人不看好谈话疗法，但他们是错的。汤姆经过治疗后，努力正视自己，发现自己性格形成的原因，并且学着改变，敢于做出决定，尤其是当他觉得自己的妻子做错的时候，更要勇于去反驳她。他需要合理运用自己的优势和智慧。他需要重新做个男子汉，不管是面对他的内心还是在妻子面前，尽管妻子已经嫌弃得不愿意碰他。这不是件简单的事情。我们把这个过程叫作认知行为疗法[①]的“后天矫治”。有个病人曾经在治疗中让我解释这种治疗有什么用处。她很不喜欢丈夫的妹妹，她也不想掩饰自己的情绪，假装相处融洽。我告诉她我们治疗的最终目的，她回复我说：“噢，所以你是说，把那些不好的想法都当成假的。”这就是认知行为疗法的通俗说法。相较于容易给患者带来刺激的记忆重溯，认知行为疗法是一种非常温和的治疗方法。

---

① 在患者不合理的认知问题上，通过改变患者对己、对人或对事的看法与态度来改变心理问题。

夏洛特的情况更加复杂。根据我们现在知道的事实，很容易推断出她为什么要跟汤姆结婚。汤姆能够提供给她一个完整的家庭，她从童年时期就期待自己能有个和谐的家庭。而鲍勃则是她维持这个家不崩塌的房梁。现在你该知道，为什么我说了那么多她和鲍勃在性爱方面的细节，他俩在这方面非常合拍，鲍勃像是她平淡生活的救赎。就像是棉花糖机，千丝万缕的糖缠到一起，被粘到一根棍子上，纷杂的糖丝汇合之后，透出一股甜意。生活也是这样。

鲍勃是夏洛特的救赎，肖恩是塔米的救赎。那么，珍妮也是肖恩的一种救赎。人们总是容易被和自己相像的人吸引，这很病态。事实上，这是一种不健康的情绪。我很抱歉这么说，但是我依然觉得一段完美和谐的关系毫无张力、非常无趣。在克鲁兹·德马科被捕之前，我一直努力让夏洛特打破自己的伪装。

珍妮自杀住院那天，夏洛特离开医院之后并未马上回家。她和帕森斯警官说完话后，带着满身的血迹——据帕森斯的回忆，甚至她的脸上也沾着很多血——把车开过了两个街区，打给鲍勃，约他出来见面。他同意了。

“我不知道为什么我没回家。卢卡斯还放在邻居家，托他们代为照顾，我没法回他的小房间和他一起睡。不过也不是因为这个，准确来说，我不回家是因为我已经受不了了，我也不清楚到底什么是压垮我的最后一根稻草。珍妮被强奸之后，我回家，抱住儿子，在他房间沉沉地睡了一晚。我看着他的睡颜，在安眠药的作用下陷入沉睡。那件事情很难过没错，但是我当时觉得自己扛得住。他们已经给她做了治疗，他们会治好她，让她忘了一切。她睡着了，当她一觉醒来，又是什么都没有发生过。你经历过这样千钧一发的时刻吗？在薄冰上小心地走着，在转角突然碰到一辆行驶的卡车。你会突然很紧张，然后放松下来，心里觉得真是好险，下次自己一定要注意点，更加小心一点。这就是我的感觉。很害怕，但是又有一种劫后余生的庆幸感，事态还没有失控。但这次，一切都不同了。”

夏洛特几乎在整场治疗中都在说她那天和鲍勃见面的事情。她当时决定打电话给鲍勃，而不是回家照顾儿子，她为自己的这个决定而感到心烦意乱。她也为自己和鲍勃在一起时做的那些事而心惊肉跳。而当他们分开后，她也因为思念鲍勃而寝食难安。

“我们在费尔维和克兰斯顿之间的郊区停车场里见了面，就是七号公路。你知道那条路吗？很宽敞的一条路。他上了我的车，我把车开到了仓库的后门。我们想找一个安静的地方说话。他换了身衣服，我想他有点惊讶，因为我还没回家，还穿着那一身脏衣服。他问我珍妮的情况，我告诉他了。他用手摩挲着太阳穴，揉着自己的前额……”

夏洛特比画了一下，鲍勃是如何按摩自己的额头。夏洛特说她觉得鲍勃之所以一直做这个动作，是想把那天下午发生过的事情从脑海中忘掉。就像用橡皮擦擦去铅笔的痕迹。他的皮肤被揉红了。

太晚了，鲍勃在他的一处住所里换了衣服。他不知道该怎么处理那身带血的衣服，该扔掉、该烧毁还是该洗干净。不管怎么处理，他都担心有谁看出蛛丝马迹，发现他和夏洛特太太之间的隐秘关系。

“我内心一团乱麻。就像我说的，这次一切都不同了。我们停在路边，时间是晚上10点半，天已经完全黑了。我看不清他的脸。他运筹帷幄，自顾自地说着该怎么处理他的衣服、我的衣服、我该怎么掩饰自己。他说我该怎么清理干净那个屋子，并且我们不该再在那里见面了。‘叫钟点工来打扫。把钥匙给他们，告诉他们这里发生过一次意外。会有专门的机构愿意接这样的活儿……’诸如此类。我的心头一瞬间豁然开朗，觉得很好，一切都拨云见日，重新变得有了秩序。”

我问她，具体想听到鲍勃说什么。她看着我办公室角落里的一盆郁金香，不语。我在超市买的这盆花，上面写着价格和商品名字的标签还没有撕掉。这种是蒙特勒郁金香。我对花并没有什么特别的偏好，超市只有这一种花，而我的妻子坚持要在我办公室看到植物。夏洛特看着那盆花的标签，简直像是要把那个标签看出一个洞来。她觉得那盆花摆的位置不恰当，因此老是不自觉地看那个方向。通常，我说不定是把什么东西留在那盆花的标签上了，让她如此专注。

“你希望他说些什么呢？或者说，你希望从他那里听到些什么话呢？”

沉默，令人尴尬的沉默。

“如果你能回到那时候，回到那辆车上，改变当时的情形，那你觉得鲍勃应该怎么做呢？假设一切都重新开始，鲍勃刚刚拉开车门，进到车里……”

“他还是会打量我的脸，还有衣服，看到我满身的血。但这次，他不再东张西望，害怕有人发现我们，他不在乎这些。”

“他只是看着你，知道你内心需要什么。你不用说出口，然后呢，他怎么做？”

“他摩挲着我的脸，然后……”夏洛特闭上眼睛，把双手放在自己的脸颊两侧，陷入了自己描述的情景。

“然后呢？夏洛特，他说了些什么？”

“他告诉我，已经没事了。一切都过去了，我的宝贝女儿也已经没事了。”

“不，这不是他会说的话。在医院里贝尔德医生就跟你说了珍妮的情况。夏洛特，更认真地想一想，他看着你，捧着你的脸，然后说了些什么？”

“我不知道。”

“不，你知道的。你叫他出来，是有原因的。深呼吸，放轻松。回到你们见面的那天晚上。现在这里只有你和我，没有任何人会知道鲍勃那天晚上在车里对你说了些什么，你在这里很安全。夏洛特，你再好好想想，他捧着你的脸，看着你的眼睛，他会说些什么。”

“他说他爱我。”

“不，夏洛特。这句话是他平时一直在说的，不是他那天晚上说的。你撒谎了，其实你内心知道的，他到底说了些什么。”

夏洛特哭了。你可能会觉得有点惊讶。不过这已经不是第一次了，她全身心沉浸在治疗中，沉浸在我描述的场景里。要知道，我是唯一知道她和鲍勃之间关系的人。我经过很久的努力，才得到了她的信任。而我也成为她的避风港，在我这里，她可以尽情吐露自己的秘密，毫不避讳地流眼泪。

“你知道他说了什么，对吧？”

她点头。然后她深呼一口气，重新睁开眼睛。她的眼泪已经不再流了，说话的声音也变得镇定：“他捧着我的脸，他不在乎谁会看见我们，他凝视着我的眼睛，然后说：‘这不是你的错。’”

“对的，”我说，“这就对了。鲍勃就是这种人，他能给你一种你从别人那里得不到的支持。他弥补了你的缺憾，让你变得完整。他不在乎你的过去。他不在乎你到底是哪一个夏洛特，好的还是坏的。反正你不是他孩子的母亲，你不是他的妻子，你的过去对他几乎一点影响都没有。”

“我总是觉得，不管我告诉他什么事情，他都会一直爱我。他曾经对我说，那件事情不是我的错，是我继父的不对，我也是个受害者。而我的母亲，她也不过是一个自私自利、幼稚偏执的女人。她所做的一切，只考虑她自己。”

“他这么说，让你心里觉得好受了许多？”

“是的，然后我们做爱，他离开。我在丈夫回来之前，把一切痕迹都清理干净。”

“这时候，你又感到内疚，觉得自己不该跟他保持这种不正当关系。”

“对的。尽管跟他在一起时，他的确能让我从过去的阴影以及对现在的自我厌恶中解脱片刻。这时候，我又会想念他，直到他再次与我相见。”

这就是我们的状态，我们从未想要改变这种相处模式。我们既不想改变，也没有勇气改变，我们肆无忌惮，任性得像个孩子。生活裹着糖衣，让我们深陷其中。

“但那个晚上，在车里，他没有让我觉得好受一些。他不知道我需要什么。我们谈论了很多事情，包括一些道德伦理方面的话题。他可能说了爱我，他告诉我当他知道珍妮没事时心里多么如释重负。我不知道。我没在听他说了什么，我内心像是被撕裂开了，缝隙越来越大。我能感觉到的，你呢？那种深深的无力感，让我全身如同悬浮半空，丝毫未曾落在实处。我记得我哭了，拉扯他的衣服。我用力掐他的大腿。我希望他做些什么，但是我不知道自己究竟在期待些什么……”

“听起来，像是你希望能跟他再次有一些肉体上的联系。”

“也许吧，我需要回应，不管是什么。”

“你需要从一种麻木中解脱出来，感受到自己的存在。”

“是的。”

“就像毒品。你之前说过的。你好像对他上瘾了，他能让你解脱。”

“是的。我希望他能改变我自己内心的感受。他就像是我的药，这个说法很对。但是他只是推开我的手，看着我好像在看什么脏东西。我卑微到了尘土里。‘你在做什么？’他说，‘严肃一点，我们需要想办法来解决现状。’他怎么可能还会有做爱的心情？就在几个小时前，我们曾经目睹了那样的惨况。我感觉我们之间好像隔了一道厚厚的墙。我们之间的联系被切断了，崩塌了，他看我的眼神，和我自己曾经看待自己的眼神别无二致。那是一种羞辱。”

这是一个巨大的进展。我继续探究那天在车上夏洛特和鲍勃之间发生了什么，之前夏洛特又是如何利用鲍勃从过去的阴影中得到片刻解脱，然后又陷入更深重的自我厌恶中的。她在和鲍勃相处的日子中，心情起伏不定，并没有摆脱最初的梦魇。即使得到过暂时的平静和解脱，随后的低潮也会来得更加强烈。她需要更多的慰藉，通过性得到他更多的爱和包容。她会问他一些无关轻重，连他妻子都不在意的小事；也会和他讨论在网上看到的各种趣事。鲍勃欲望很强烈。不知你是否还记得我曾经说过，夏洛特从未在鲍勃那里得到过高潮，但她依然执迷于和鲍勃的性爱。这种性爱留给她的，比如直到她最近和我说出的一切，在我的解读之下，她才完全明白其中的意味。就像是巴甫洛夫的狗，听到铃铛声就会流口水[①]。狗并不能从铃铛声中得到什么特殊的满足感，但是铃铛响起，就能得到食物。它们只是渴望进食。

在那个晚上，鲍勃在言语上显然失去了往日的分寸。第一次，夏洛特太太的药失效了，她回到家之后，衣服上浸透的，除了女儿珍妮的血，还有她自己满腔满眼的羞耻和自我厌恶。就在这时，这个时间点，我们得到了蓝色思域的新消息。

我记得非常清楚，当时蓝色思域重现费尔维，并且警方将相关人员逮捕了。那天我在萨默斯监狱上了一天班，在开车回家的路上。我开车时不喜欢听歌，觉得太吵，而且会分散自己的注意力。其实开车时是一个很好的复盘时间，可以让我们仔细思考一些自己平时忽略的东西。体育赛事，尤其是那些需要满场跑的赛事，比如篮球、曲棍球，其实很容

① 著名的心理学家巴甫洛夫用狗做了这样一个实验：每次给狗送食物以前打开红灯、响起铃声。这样经过一段时间以后，铃声一响或红灯一亮，狗就开始分泌唾液。巴甫洛夫的狗用来形容一个人反应不经大脑思考，如意识形态的先入为主、对逻辑思辨的抗拒。

易激发我们的灵感。当大脑中的所有杂事都被忽略，人们专注于一件事情时，所有的杂音、噪声都会远去，人也会变得前所未有地专注起来。

我想起了自己当天接待的一个病人。他因在莱姆入室抢劫需要服刑三年还是五年，当时是他服刑的第二年。那个病人非常焦虑和沮丧。在萨默斯监狱，这种情况都会被转到我这边来治疗。我有时会出于同情给他们开药。毕竟在监狱服刑并不是什么愉快的经历。在费尔维，我给那些因为离婚、换工作、失去父母的病人开药，很多人都会因为这种事情陷入沮丧。那么，就此而言，一个在监狱里服刑的人，我们就更应该同情了。但其实在这种情况下，我会更加吝啬自己的同情心。因为监狱里有很多“病人”，在我们开药之后，他们会偷偷把药藏起来，甚至吃下去再呕出来，风干之后再出售。有另一些对这类安定药物成瘾的患者，监狱不给他们药，他们就偷偷做这种私下的交易。我们的监狱体系关心犯人的心理健康是件好事，不该被那些瘾君子钻了空子。

不过，那天我见到的病人应该没有这种情况，就是我见到犯罪嫌疑人，开蓝色思域的克鲁兹·德马科的那一天。没错，他那天打算贩毒。这种和毒品扯上关系的人，我通常不会给他们开药的。在审讯他的过程中，他感觉到了我内心的犹疑，开始试探我的底线。这种做法很寻常，就像是人们拒绝承认自己患有抑郁症、躁郁症、精神分裂症（或者用更专业的词来说是Ⅰ型双相障碍），其实这只会让我确诊他们患上了Ⅱ型双相障碍（简单来说，Ⅱ型双相障碍就是脑部化学物质的不平衡。这会造成一个人喜怒无常，因为病人无法像正常人那样对外界事物产生共情，或者建立正常的生理连接。他们的情绪大起大落、混乱无度，最终变得自我封闭、反社会。在我看来，这是一种自我调节能力失控的体现，而且精神治疗对他们中的许多人无效）。这个病人就是一个反社会人格者。

我在萨默斯听来的故事能够再写好几本书。不过我必须承认，Ⅱ型双相障碍病人的发现和治疗，并非我的专业方向。费尔维也基本上没出现过这种病人。事实上，他们很难被治好。他们不觉得自己是病人，只感觉到别人对待他们和对待常人不同。他们很狡猾，很善于掩饰自己的真实意图，通过一些小手段来达到自己的目的。只有在矫治机构、监狱和精神病研究所，有足够大的基数，让医生慢慢采用一些措施去甄别以及治疗他们。

当我刚刚到萨默斯监狱上班时，我并不是很能胜任这份工作。尽管很不愿意承认，但在第一年，我真的犯了不少错误。也许还不仅仅是第一年。我做的最糟糕的一件错事与一个叫格伦·谢尔比的病人有关。我治疗了他整整六个月，直到珍妮被强奸的前一个秋天才结束治疗。他因抢劫而被判了短暂的刑期。他的精神问题主要有两点，常人很难察觉。在日常生活中，他看似是个热情又有求知欲的人。无论你跟他分享什么事情，他都会表现出很感兴趣的样子。就连我自己，也不止一次地在谈话中被格伦掌握节奏，不自觉说出很多。他的说话风格很有技巧，就像是朋友之间闲聊八卦，然后你为了取信于他，会说出很多你本来不想说的事情。他追问的时候就像你的朋友，即使有时候你会觉得不舒服，觉得他好像处心积虑想要接近你，他也会敏感地察觉到你的不悦，在你打断他之前，先转移话题，然后继续掌握你们的谈话节奏，诱导你说出更多。直到最后，你忍无可忍，抵触甚至厌恶他为了拉近与你之间的距离，强行让你说出你不想说的事情的这种行为。这是他的第一个精神问题。

格伦在某些程度上有点以自我为中心。之所以说“有点”，是因为他的这种症状，在他缺乏与人交往的边界意识这一问题暴露之前，没有经过专业人士的评估。“自我中心主义”也是一种心理问题，我从他的行为中察觉出他的这种倾向。他是个很聪明的人，很善于掩藏和伪装自己。但是，不谦虚地说，我毕竟是个非常有经验的医生，因此在敏锐地察觉到他和我之前接待过的一些病人身上的相似之处后，做出了判断。

他的父母关系很紧张，有时一言不合就大打出手。他被家暴过，也经常看到父母之间打架。相对于格伦瘦弱的身材来说，他的妈妈高且强壮。父母既没有闲情，也没有责任心去察觉他和别的孩子的不同之处。他的任何异常行为，只会招来父母的一顿毒打。

入狱之前，格伦曾经希望通过毒品来抑制他因过于自我带来的副作用，可惜无果。他花光了钱后，用一把仿真枪抢劫了沃特敦镇酒馆里的收银员。格伦没什么工作是干得长的。他为人处事的小伎俩开始时会奏效，但很快就会让人觉得不舒服，不到几个月，格伦就会被解雇。

对于格伦我已经尽力了，真的尽力了。他拒绝接受药物治疗，也拒绝承认他心理存在状况。他之所以成为我的病人，只是因为在监狱里他很少和人沟通，为了便于管理，狱方通常不希望犯人之间关系太密切，而我是个很好的倾听者。而且因为他古怪的性情以及寻找情感支撑的方式过于特别，在监狱里很容易被认为是另有企图，常常遭到别的犯人歧视。我能想象到，一些犯人刚开始如何被他套话，不自觉地向他吐露心扉，对一个认识没多久的人说他们之前的犯罪经历。监狱里，大家都觉得格伦就像阴沟里的“老鼠”。我觉得如果不是因为他块头大，很可能早就被愤怒的犯人们给打趴下了。

格伦·谢尔比是一个让我无计可施的患者，他后来自杀了。这也是为什么我会提到他，并且说起他的生平经历。但我对他的治疗只有短短几个月，以我的水平，尚不足以理解他全部的人生情况。

那天我在开车回家的路上，心里在思考当天接待的几个病人的情况，其实我当时内心是有点失望的。这是对我自己的失望。我很容易就看出那些具有反社会人格的犯人已经无药可救。但是，我觉得格伦还没有那么严重。如果他那天能够向我求助，我觉得自己是能够帮助他、拯救他的。但是这个世界就是这么不公平，格伦没能等到这个机会。

我一直陷在对这件事情的自责之中，难以自拔。我的妻子认为这可能跟我的童年经历有关。我的爸爸妈妈喜欢收养孩子。他们自己只生了两个孩子，我是老大，一直到10岁才有了妹妹。他们一直觉得我的妹妹是个奇迹。我妈妈生我的时候难产，医生说她已经不能够再生育了。她流产过很多次。我们知道这件事，正因如此，我们家才热衷于抚养孩子。有些在我们家住过的小朋友，我甚至不记得他们的名字和相貌。我不喜欢和陌生人分享我的家。我讨厌他们，他们夺走了一些本该属于我的东西，父母的爱、钱、食物、私人空间。我那时还是个孩子，孩子的天性就是这么自私。我的妻子曾经对我说，每年我们的家庭聚会，她都觉得正是我父母的那份乐善好施感染了我，使我变成了现在的我。每次我开车去萨默斯的时候，我心里也这么想。

广播还在响。一场篮球赛正进行得如火如荼，比分已经接近白热化。我听过这个球队的名字，但是印象不深。然后我听到了去年春天费尔维发生的那次强奸案的最新进展，和蓝色思域有关。出于对强奸受害者的隐私保护，新闻里没有提到克莱默一家。但是每个人都知道说的是他们。费尔维只发生过一起强奸案，也只有一辆蓝色思域被人们寻找过。现在，警方抓住了犯罪嫌疑人。

我对于格伦·谢尔比的歉疚，还有对于这个世界不公平的感叹一瞬间消失得无影无踪。我认真听广播里的每一个字。我点进自己的语音信箱，想要记下警方获得的最新线索。信箱里有好几条留言，是我的客户关于预约变更之类的事情，我一般都等到晚上回家之后再听。但是今天，汤姆·克莱默、夏洛特·克莱默、帕森斯警官都给我留言说了这件事情。克莱默夫妇想要尽快见到我，和我一起讨论，确认这件事情是否会对珍妮造成很大影响，以及德马科的长相和衣服能否唤起珍妮对那天的记忆。这种想法很可怕，我听得很不耐烦，我想劝阻他们不要让珍妮看到任何和强奸犯有关的东西。这个想法很糟糕，只会让情况变得更差。然后，我收到一条信息，于是我改变了自己的想法。是我妻子发给我的。

我的妻子名叫朱莉·马琳·福瑞斯特，我很爱她。可能这种形容听起来感觉有点敷衍和模糊，但是懂的人自然懂。对我俩来说，我们之间的爱已经不需要用言语来证明。我该怎么来描述呢？我不崇拜她，因为她并没有什么特别之处，但是一直很用心地在经营我们的家庭。她上过大学（为了避免你们觉得冒犯，具体是哪所我就不说了），但她并没有学到什么东西。她擅长交际，是妇女联谊会的核心成员。她的专业是英语，不过这个专业只意味着她看过很多小说，从这点上说，消极意义大于积极影响。

听起来很奇怪，我这么长篇大论地描述我对妻子的感觉。如果问我的病人这种问题，他们对于伴侣的感觉可能就不是爱了。我觉得自己比妻子聪明，这件事情毫无疑问。但是我的病人则很难描述他们的具体感受。我尽可能地理性判断，权衡得失——我们应该如何投资股市或是房产；我们应该选择哪一种保险。而我的妻子，更多的是做感性判断，比如在我妈妈过生日时送给她哪一种花，圣诞节时给我们的女儿买什么颜色的衣服作为礼物，我们的儿子过生日时应该带他去看哪一场电影。这是我无法用理智做决定的事，所以交给我的妻子来打理。

她很迷人。我在纽约实习时遇见了她，她当时在出版社实习。她每天都要读很多稿件，常常加班到凌晨两点。朱莉当时是学校的优等生，她外表漂亮，学习优秀。路上常常有人跟她搭讪，或者吃她豆腐。我没有被她的傲慢击退，我觉得她对待每一件事物的态度都很直截了当。比如她从不考虑去给自己讨厌的人做婚礼司仪或是模特，尽管这是一个很容易赚外快的方式。

可能这就是我爱她的原因吧。她很简单纯粹，看待事物的方式也很单一。我觉得她是一个爱恨分明的人，她不会隐瞒我任何事情，也不会背着我做对不起我的事。由于职业的原因，我每天都要听到很多谎言、秘密、背叛以及许多离奇曲折的故事。每天都是如此。而当我结束了一天的繁忙工作回到家，我为自己能有一个遮风挡雨的地方感到高兴。我对我的家庭也很满意，朱莉在家里等着我，她不仅照顾着我们的孩子，照顾着我们的家庭，还是我温暖的港湾。大部分时候，只有在孩子完成功课，我们一家吃完晚饭之后，她才有空闲时间理我。我们会一起喝一杯红酒，然后她会告诉我这一天的生活，我从她的简单中感受到了快乐。这种安宁祥和难以用语言形容，总之，我很高兴她能陪伴我。我觉得非常感激，也十分珍惜。我爱她。

可能你会觉得我的想法很保守，像是上个世纪的人。我的妻子在一所社区大学工作，工作清闲，经常和朋友们一起打球、吃饭，或者是做一些自己喜欢的事情放松一下，比如读书、足疗。她不是我们家的保姆，她有权利也有时间做任何自己想做的事情。事实上我常常鼓励她去读硕士学位，以便我们能够讨论更深层次的问题。

我的妻子万事顺心，只有一点不如意。我之前提过，她一直很担心有什么不幸的事情发生在我们的孩子身上。因此，她很多事情习惯于想到最坏的结果。她30多岁时，我的岳父岳母就不幸去世了。我妻子出生时，我岳父岳母就已经40多岁了，因此他们的去世并不是很突然。一个是因为心脏病，另一个是因为中风。我曾经考虑过，这种遗传病史会不会给我们的孩子带来影响，是否需要我们提前防治。不过我想，老人家的去世，更多是因为年纪大了，而且缺乏运动。双亲骤然离世，对朱莉来说难以接受。她有一个哥哥，和嫂子一起住在亚利桑那，不过他们没有孩子。我们的家庭成为她唯一的依靠和寄托，父母去世也使她明白我们爱的人总有一天会离我们而去。很奇怪，长久以来我们下意识地忽略这个事实。也许这样会让我们的人生显得没有那么难挨。

我从她的声音里就能感受到她的焦虑，她的呼吸更加粗重，语调也更高。她想隐藏，但是无果。

“嗨，亲爱的。希望你一切都好。我想知道你是否听说了警方已经抓到嫌疑人的消息。我猜你肯定听说了，电视上、广播里到处都在说这件事情。总之，很显然他们又要询问那天晚上参加了派对的所有孩子了。我知道，他们只是想再次确认，是否有人看见嫌疑人那天晚上把车停在了杜松路。不是什么大事，对吧？给我回个电话吧。劳拉·林曼给我打电话了，她说想给史蒂文请个律师。史蒂文的大名叫马克·布兰迪诺。我们要给杰森也请个律师吗？好吧……先给我回个电话吧，好吗宝贝？爱你。注意开车安全，方便的时候记得给我回电。嗯，好，先这样……拜拜。”

她的话给我泼了一盆冷水。之前，我几乎没怎么想过我的儿子杰森那天也在派对上。毕竟那晚几乎半个学校的一百多个孩子都在那里，杰森所在的游泳队全部参加了那个派对。

杰森会游泳，而且很擅长游泳。他因为自己的这门特长受到了不少大学的青睐，甚至包括宾夕法尼亚大学。他只有靠游泳，才能从众多考生中脱颖而出。其实他一直很用功学习，可是没什么天分。我和朱莉结婚时就想过这个问题。我觉得她的智商在100到110之间。我觉得智商高的人，一般抗压力较弱，感知能力也较差。因此，我认为我的孩子之所以不够聪明，和他们的母亲也有一定关系。不过，事实上我的孩子适应能力强、可爱迷人、善于运动、受人欢迎，我觉得他们比我在生活中更加快乐，这就足够了。

杰森是一个好小伙子，不管你信或不信，这是事实。如果我说，他是全世界最棒的17岁男孩，你可能会质疑我。对呀，我也不觉得他是全世界最棒的。我只是觉得，他做事和说话的方式，在他这个年纪来讲，弥足珍贵。一直到他上大学的时候，我才感受到这一点。不过我毕竟是他的爸爸，其实我真的觉得他是全世界最棒的，这也没什么。

他对别人友善。他和我们一起吃晚饭时，谈起很多事情，都很能为他人思考，富有同情心。我们讨论战争对经济的影响。有时他的一些想法让我觉得有些可笑，因为他还太年轻，还有很多东西需要学习。但至少他经过对各种因素的慎重思考，才得出结论。每天早上起床时，他都带着笑，在吃早餐时妙语连珠，或者哼一些他喜欢的新歌。他白天去上学、练习游泳，晚上回来吃饭、做功课，还有睡觉，日复一日。有时候，他玩手机或者打电子游戏，但很克制，我觉得无伤大雅。现在是年轻人的世界，他们在此自得其乐。轻视他们或者限制他们都会让人不满。他们这一代人需要有多种技能，成为复合型人才，才能成为社会的中坚力量。

可能我的话有些危言耸听，但我始终觉得我们要辩证地看待年轻人。我告诉我的那些年轻病人，甚至我自己的孩子，这个世界不光是他们的世界，起码现在还不是。他们所做的一切，都是在为后来者搭桥铺路，也是为他们自己搭桥铺路，所以他们必须用心做这件事。他们可以重新规划、装饰或者修理，但是他们永远不可能将一切推翻重来。

他们在人生路上经历的每件事都会留下痕迹，他们在一段不愉快的感情中受的伤，他们的每一段性经历，他们如何放纵自己，他们每一次嗑药对大脑留下的损伤，都会损害他们的根基。尽管神经学家对此尚无定论，但人们普遍认为，25岁左右，人的大脑就会停止发育。人在青少年时期大脑生长发育至巅峰，在此期间，心智发育尚不成熟，做事情更容易冲动，受到周围人的影响。大脑的奖赏中枢也更容易受到外界的影响。在此期间，对事物的理念构成了我们的三观。如果一个人从那时候开始就抽烟、喝酒，纵情声色，那么这很可能会成为他此后生活的常态。理所当然，一个成绩不好的孩子，只能进入差学校，在找工作时也逊人一筹，这些都是息息相关的。

如果我的病人向我咨询，为何他在与妻子的房事中表现欠佳，我一般会直接问他，他是不是会看一些容易引起性亢奋的东西，如果会，是什么时候开始的。大部分都是在青少年时期。如果我的病人是一个瘾君子，我也会问他是什么时候开始接触毒品的，通常也是在青少年时期。如果我有病人遭到强暴，我也会问他们是否在童年时遭到了父母的虐待。答案是，大部分人都在未成年时有相似的家庭经历。

我的儿子杰森乖巧稳重。我知道他有时候会在周末和伙伴一起喝酒，不过喝得很少。他洁身自好，从不尝试那些令人上瘾的药物。我之所以能肯定这一点，是因为我很清楚瘾君子的表现。30秒内，我就能判断一个人到底有没有尝试过毒品。我见过太多吸毒的人，基本上扫一眼我就能判断出来。我心爱的女儿，也是一个好孩子。她像妈妈多一些，很少考虑将来的事情，比较注重当下。她风趣幽默，在离家去上大学之前，一直都是家里的开心果。

我的妻子对儿子要求比较严格。她比我更多疑，一旦我儿子有什么不对的苗头，她都会及时制止。目前，她发现我们的儿子除了有时候会偷偷浏览一些色情网站外，并没有什么大的问题。她给我们的家庭网络设置了各种各样的屏蔽。我跟杰森曾经谈过这些事情，他并没有什么异议。我也很放心我的妻子朱莉，她是一个负责任的好母亲。我也知道她在担心些什么。

关掉车上的收音机，我慢慢地思考，我和妻子有相同的担心，甚至我的担心比她还要多。警方曾经审问过杰森。我们和他仔细讨论过当晚的情况，也告诉他应该如何回答警方的问题，才能明哲保身。我们告诉过他，应该尊重女性，还有如何去照顾醉酒的女生。当我们知道珍妮·克莱默被强奸这件事时，我们的第一反应是想到我们正在上大学的女儿，如果这件事情发生在她身上我们会怎么做。在我的妻子有这种担忧之前，我从来没想过这种情况，这个可怕的假设在我的脑海中挥之不去，折磨了我好几个星期。朱莉还想到，有没有可能杰森知道这件事情是谁做的，但却向警方隐瞒；或者说他真的对这件事情一无所知，警方从他那里问不出什么。不过这个念头并没有在我们心里停留很久。我了解我的儿子，他是最不可能撒谎的人了。不过我的妻子一直疑神疑鬼的，让我也有一些紧张。

如果说有一种爱是永远的，就是父母对子女的爱。如果你还记得，我之前提到汤姆·克莱默的童年时，也说过类似的话。不管是从我的专业角度还是从我的过往经验来看，我们从基因上就注定要把一切奉献给我们的孩子，这是本能，我没有夸大其词。即使我们愿意为了他们而死，也要我们内心深处觉得自己的牺牲是值得的。我们会认为孩子比这世界上任何一个人都更值得我们去牺牲，这是世界上大部分普通人内心深处的本能观念——除了少部分军人，他们被教导过，愿意为了国家和人民而付出生命。很多人海誓山盟时，会说自己愿意为对方去死，但其实我并不相信。情到浓时他们立下的誓言不能当真，更多的是“夫妻本是同林鸟，大难临头各自飞”。恋人之间的爱是自私的，只有父母对孩子的爱才是无私的。

我妻子的担忧让我也很紧张。杰森，不管怎样他是我儿子，我必须保护他。这是我的天性，我的使命。

我没有打给我的妻子，我打给了帕森斯警官。我有他的私人号码，他也一直会第一时间接起我的电话。第一次，我辜负了他的信任，对他撒谎了。

“我听说你抓到了一个人，真是个好消息。”我说。他的语气既高兴又放松，确认了这个消息。

“我希望你能把你知道的一切都告诉我，你知道的，这对珍妮很重要，也很有好处。”

这也不算假话，但是我说这话的动机不纯。我不是为了珍妮，而是我妻子的焦虑促使我对他这么说的。

帕森斯告诉我他们抓到的人叫克鲁兹·德马科，还有他们是怎样在办公室执勤的时候，接到举报电话，并找到德马科的。我告诉他，最好不要让克莱默一家看到他的长相，照片也不行。帕森斯回复我，他还没有将德马科的名字和照片泄露出去。帕森斯向克莱默一家保证过，将任何关于这个案子的信息告诉大众之前，都会征求他们的意见。我也觉得，在我们采取更多的措施之前，需要先征求他们的意见。毕竟，珍妮现在失去了记忆，我们一定要谨慎，避免现有的信息对她的回忆造成误导。

帕森斯告诉我，他再次向那个看到蓝色思域的小男孩泰迪·邓肯了解了当天晚上的情况。

“泰迪他真是一个了不起的、勇敢的小男孩。但是他的妈妈也会担心他，对吧？我上次见到他的时候，他还稚气未脱；这次见面我觉得他已经是一个小小男子汉了，当然还是有点痞里痞气的。因为他在追狗的时候无意间看到重要的物证——一辆蓝色思域，他现在已经变得小有名气。我第二次询问他时，他熟练地向我复述了一遍。他上次告诉我那些事情时，好像我是某个杂志社的记者来采访他一样。他的父母在圣诞节送了他一条小狗，比格犬，妈妈觉得这礼物简直是个噩梦，因为小狗在家里到处撒尿，还经常咬坏家具。泰迪一直照顾这条小狗。这是有深意的，12岁正是一个小孩子最熊的时候，他们很可能逃课学坏，成绩一落千丈。教育家建议为孩子养一条宠物，培养他们的责任心，泰迪的父母采纳了这个意见，不过有一点他们之前没有考虑到。由于泰迪的妈妈对电栅栏心怀疑虑，觉得造成的辐射很可能会致癌，所以他们家院子外面只有一道木篱笆。我懒得告诉她，她身上多出来的50斤肥肉比电栅栏致癌的可能性高多了。不过因此，小狗可以很容易地从篱笆底下钻过去，到处乱跑。派对那天晚上，园艺师堵住了篱笆底下的几个狗洞，放心地离开了。妈妈让小狗在院子里面玩，一个小时之后，狗又不见了。可能篱笆底下有一个洞，被树叶和杂草盖住了，藏得太好，园丁没有发现。狗又跑出去了，泰迪的妈妈让他去找狗，于是他就出门了。”

“那时差不多是晚上8点45分，他开始没有进去，在小树林外面一直呼喊狗的名字，可能还花了一些时间。平时他只要仔细听周围的声音，就能判断是不是有狗在树林里跑动。但是那天晚上他没有听出来，因为旁边的派对太吵了。音乐声、人们的笑声、喧闹声夹杂在一起。他们好像在拼酒，因此非常吵闹。泰迪没有进树林里，而是回到杜松路上，沿街寻找。他走完了整条街，路过了开派对的那间房子，就是在那附近看到了那辆蓝色思域。他觉得这辆车出现在这里很醒目，因为这是那种只有在贫民区才会有的车。这么小的孩子居然懂得这个，真是有点讽刺。我问他有没有看车里面，他说当时车内无人。因为当时有两个调皮的孩子在杜松路上对汽车乱涂乱画。那天晚上杜松路刚好没有路灯，给了他们胡闹的机会。我给泰迪看很多不同车牌的蓝色思域，让他分辨，他一眼就找出了德马科的那辆。因为那两个孩子的恶作剧行为，他记住了这辆车的车牌号码。”

我问帕森斯警官：“有了那些涂鸦的痕迹，就可以判断那辆思域当晚出现在杜松路上，对吗？”

帕森斯回答我：“是的，我觉得泰迪也是这样辨认的，毕竟我们给了他十辆不同车牌号码的蓝色思域，而他一眼就认出来了。”

“你给他辨认的车都是蓝色的吗？如果其他的车是不同的颜色，那么泰迪认出来不是很正常的事吗？”

“见鬼，他的指证过程是不是不合规，让警察局去头疼吧。总之，我们有一个目击证人，那个孩子在强奸案发生的那晚看到了那辆车，车内无人。那辆空车那天晚上停在那里。”

“就算那天晚上德马科真的在那附近，他也可能是去派对现场售卖毒品了。我肯定他会这么给自己辩解的。”

“这么说来，你不认为他就是真凶，是珍妮想起了什么吗？”

帕森斯太武断了。这很反常，好像他跟德马科有什么私人恩怨，让他毫不犹豫地断定这件事是德马科做的。他以前不是这样的人。我觉得帕森斯可能是想尽早结案，让汤姆不要再对此过多纠缠，整天疑神疑鬼了。他对于尽快破案的渴求，可能使他忽略了一些重要的细节。我希望他们能够让一切水落石出，虽然我也想尽早结束这一切，但是我无法忽视，警察现在给出的案件推断是多么漏洞百出。

我并没有回答帕森斯关于珍妮的问题。她的确想起了一些什么事情，但这和我认为德马科可能不是凶手并无联系。

“不，不是因为珍妮想起了什么，只是我觉得没有进一步调查，我们不能就认定他是凶手。我觉得，首先还是得弄清他那天晚上到底在哪儿，是在屋子里面还是外面。”

“我们已经在调查了。当晚参加派对的所有孩子，我们又重新审问了一遍。不管德马科是在屋子里面还是外面，那天晚上，肯定是别人告诉他那晚有人在那儿开派对，他才会跑到那儿去卖那些该死的玩意儿，不然怎么解释他那天晚上刚好出现在那里。说不定他就是在贩毒的过程中，看到珍妮哭着跑进小树林，伺机尾随上去的。当然，这只是我的推测。泰迪提供的线索，只能让我们确定当晚思域停在那个地方，也不能证明小树林里发生了什么。屋子旁边有灌木挡住里面人的视线，派对上没人知道小树林里到底发生了什么。但是我觉得他真的有很大嫌疑，我很肯定，总之我会顺着这条线索追查下去的。”

“好吧，我知道了。”我有点迷茫，又想起了我妻子的那些担忧，一时沉默。

“艾伦，你还在吗？”帕森斯在电话那头问我。

“嗯，对的，我在。不好意思，我在开车，打扰你了，先不说了，我现在先给克莱默打个电话。”

挂了帕森斯的电话之后，我重新拨通了一个电话，不过不是打给克莱默的。

“嘟”声过后，一个女声传来。

“您好，这里是马克·布兰迪诺律师的咨询电话，请问有什么可以帮您的吗？”

我几乎要挂了电话，我的心怦怦直跳。我的想法太荒谬了，我的担忧太无聊了。但是，话虽这么说，可那牵扯到的毕竟是我的亲生孩子啊。

我的儿子做了什么，暂且不提。在没有了解清楚珍妮的治疗情况之前，你不懂现在发生的状况到底意味着什么。让我们接着说跟珍妮很相像的那个病例——肖恩·洛根。

在珍妮强奸案发生的几个月前，我接诊了肖恩·洛根。当时是冬天。不过肖恩来我这边的时候从不穿厚外套，他说他身上总是很热。尽管很多次他进来的时候，我抬头看到他冻得打战，这让我印象很深刻。

肖恩来找我的时候，内心已经濒临崩溃。毕竟，他当时在伊拉克前线刚刚失去了右臂，也失去了并肩作战的战友。他接受治疗之后，忘记了当时发生了什么。这让他每天都很焦躁和失落，这也恶化了他内心深处固有的潜在焦虑。他的病症和我们从电影或者杂志上了解到的那种传统的PTSD症状，即受到创伤后表现出来的应激反应有所不同。还记得我之前说过的我们大脑的工作机制吗？我们的大脑会根据我们对于某件事情的情绪反应，将发生的事情进行整理和归类，存储进记忆中。简言之，那些给我们相同或者相似情绪体验的记忆，会被归类到大脑的同一块区域。这是我们大脑提醒的一种方式，“以后再碰到这种情况，你可能会死”。因此，相似的记忆不断地存储在这一区域，强化了你对这类事情的印象，让你以后再碰到时知道该如何应对。有时候这也会造成我们的应激反应。当你再碰到类似的情况，通俗来说，你会“紧张不安”。我们的身体会有应激反应，心跳加快，神经紧绷，注意力集中，肾上腺素飙升。这是我们身体给我们的压力，是在提醒我们。当然实际情况会更加复杂。

这种情况的治疗并不简单，需要运用脱敏疗法，降低大脑对多巴胺信号的反应，也就是说，重组我们的记忆。在我们的大脑中，每次读取之前存储的记忆，都会做一定的矫饰和美化。这就是记忆的重组过程。军人也会在头脑中慢慢淡化在战争中遇到的那些危险情形，他们生活在安全的环境下，日积月累，那些在战场上培养的对危险的反应能力也会慢慢退化。那些在战场上的记忆，关于危险和恐惧的部分会慢慢消逝，只留下他们希望铭记的部分。

不过这个退化过程对肖恩来说，已经成了奢望。因为他并没有关于战场的真实回忆，他的身体和心理还保留了一些应激反应，但他偏偏遗忘了那些事情，这让他痛苦和焦虑。我有不少病人相信转世轮回一说，他们告诉我，他们会对生活中某些事情或者场景无端觉得熟悉，唯一的解释就是在前世他们或许经历过一些什么，给他们的现世造成了影响。

我对这种超自然的神秘学说不发表任何意见。我是个心理医生，对病人的任何想法都报以尊重，耐心倾听。这是我的本职工作。不过，珍妮和肖恩的案例和这些人倒有几分相似。他们都对毫无印象的某件事有无来由的熟悉感。“为什么我会怕水？”“为什么我闻到草的味道会觉得恶心？”“为什么我明明是第一次来到纽约，却对这个城市有一种莫名的熟悉感？”我的很多客户都对我描述过他们的这类感受。我之前从不觉得这些事情和超自然力量有关系，我觉得我们也没必要太在意这些事情。

肖恩曾经问我：“为什么我抱着儿子的时候，会忍不住攥紧拳头？为什么我的妻子碰我的时候，我会忍不住想甩开她的手？为什么我一直觉得我的耳边嗡嗡直吵，即使周围没人说话？”他一点儿也想不起来，他在任务中曾经遇到过什么事，使他有这种倾向。他的这些念头如杂草一般疯长，犹如幽灵一样无处不在。

珍妮则是觉得：“为什么我老是觉得有什么黏糊恶心的东西在我身上摩挲，我想摆脱却又摆脱不了？为什么我老是不自觉地摸我背上的伤疤？为什么我常常胃里很酸，恶心想吐？”和肖恩一样，她的身体有对经历过事情的应激反应，可是没有相应的记忆。这就造成了心理和生理的误解与错位。

关于记忆恢复，科学界一直存在分歧。一些研究者认为，记忆并不能被恢复，现存所有的恢复记忆的方法都是一派胡言。我觉得大家可能都听说过，某个人受伤失忆之后，通过接受治疗，见到父母或者以前熟悉的老师，就突然想起来了。这种夸张的故事一直很有市场，不过事实上，记忆恢复的治疗绝非如此简单。

另一些研究者相信记忆能够恢复，但是他们给出的案例，基本上要么后来当事人出来承认是假的，要么被事实证明是伪造的。

我对这类案例很关注，不管是科学研究还是新闻逸事。根据我这些年来观察到的记忆恢复的经验，我的结论是：第一，这段记忆要被存储了；第二，这段存储的记忆要能恢复到“被记得”的水平。这两点都关系到了大脑构造及工作原理。记忆既然能被存储，就有可能会丢失或者被删除。也有可能记忆存储了，但是存储的地方不对，因此大脑无法读取，也就等于失去了这段记忆。这些情况，都是忘记，或者说“失忆”。我一直相信，肖恩和珍妮接受的遗忘疗法，并不能删除他们脑海中的记忆，只是通过干扰，把某些记忆藏在大脑无法读取的地方。既然这样，这段记忆就一定能够重新找到，并且恢复，让他们重新想起当时的情况。

我不能确定，那些记忆珍妮和肖恩还保留了多少。由于关系到人脑，我们在唤醒这些记忆的时候也必须小心翼翼。而且，就算他们真能找回记忆，受记忆重组过程中主观印象的干扰，他们回忆的可信度也是要打折扣的，这可能也会影响后续的记忆恢复。你能感受到那些回忆对他们来说意味着什么吗？假如我口头告诉肖恩，在他失去意识前，战友就死在他的怀里，想说话却说不出，只能一直吐血，眼睛里全都是对死亡的恐惧。战友临死前一直紧紧握着肖恩的左手，因为疼痛止不住地呻吟，因为对死亡的恐惧控制不住地发抖。然后肖恩恍然间才发现自己也在同一场爆炸中失去了右手，看着血肉模糊的右臂，知道自己今后要变成一个残疾人了。你觉得肖恩的感受会是什么呢？他会相信这段话，因为他的战友确实逝去了，他的右臂也没了。但是他没有亲眼所见，他找不回自己的记忆，就对这段话没有真实感觉。

肖恩和我后来通过军事报告、新闻报道，慢慢拼凑和还原出了他当时在战场上发生的事情。肖恩通过他在军中的关系还拿到了当时暴恐武装分子的照片，他们中有一些已经被处决了。本来肖恩是无权知道这些的，但是他军队的朋友愿意为了他破例。我觉得他和以前的战友联系，对他的健康是有益的。这可以让他重新找回自己，让他知道自己不再是孤身一人。不光是战友，他还有妻子、儿子和家庭，还有我这个医生和朋友。

很快，还会有一个同病相怜的人——珍妮。

我和肖恩从最初的作战计划中还原了当时的场景，肖恩一直记得当时他收到的任务。然后我们用电脑程序还原了当时小镇的战场（就像电子游戏那样，我们还从一些资料中找到了接近当时情况的音频，让还原度变高），设想他听命来到战场。肖恩和战友一起潜伏进入那个村庄，肖恩通过这个仿真游戏，复盘他当时具体的行为举止。我们就这样根据战场上留下的资料，慢慢拼凑当时的情形，一切都是百分之百还原的。

“你过了这个转角，听到远处传来射击声。”

游戏中传来枪击的音频。

“医生！医生！请求支援，长官！请求医生！哦，不！不！”我读当时他说的那些话。

“我的心快要跳出来了，但是我努力克制了。我克服自己的恐惧，回到墙边，慢慢向屋顶和窗内巡视。按照刚才的攻击情况，敌人不可能靠这么近，但是敌人并不止那一个。我们在明，敌在暗，他们潜伏在夜色里，等待给我们致命一击。瓦伦西亚还是个新兵，这是他第一次出任务，还很青涩，说不定要吓得尿裤子了。我们继续移动。”

对这一段的模拟一直到我们来到爆炸发生的地点才结束。我们有爆炸发生时那条街的照片，当时肖恩和瓦伦西亚就是在那里被找到的。军方没能找到当时炸弹究竟藏在何处，他们到达现场之后，地面上很多东西都被摧毁了。他们大概花了二十分钟清理现场，而且一开始大家都以为肖恩和瓦伦西亚牺牲了。

“这条街上还有人，你慢慢接近那间红房子，这个屋子是恐怖分子的根据地，你想逮捕或者歼灭他们。现在只剩下你和瓦伦西亚了。你有六个同伴战死了，援军还在赶来的路上。”

“瓦伦西亚告诉我，不如先撤退。我知道他是怎么想的，我猜得到他的表情。他扯扯我的袖子，说这很危险，不如我们等大部队过来再行动吧。”

“事实上，你并不清楚他当时到底说了什么，不过听起来，你记得他有过退缩的想法。”

“没错，就是这样。我们才到那里五分钟，就失去了六个伙伴。瓦伦西亚害怕了，想要中止行动，不过我可不这么想。”

“那你是怎么想的呢？”

“杀了这帮畜生，战斗到最后一刻。”

“瓦伦西亚认同你的意见吗？”

肖恩停顿，闭上双眼，吞咽口水：“是的，他最后听从了我的意见，然后很快他就被炸死了。”

我们一遍遍根据现有的数据，复盘当时的场景。不断翻看当时的记录，实在不是一件愉快的事情。这件事情的难度，就像是在一间乱糟糟的房子里找一把车钥匙。你拼命回想你上一次用是什么时候。你到处乱翻，沙发、地毯、上衣和裤子口袋，每一个角落都不放过。有时我们隐约又突然有了一点印象，想起一些细节。肖恩想起瓦伦西亚被这条泥巴路上的土坑绊倒，肖恩还想起当时他闻到一股肉香味，尽管他想不起这股味道从何而来，但他的确闻到了。开着的窗户，随后是巨大的爆炸声，他完全忘记之后发生了什么，我们的复盘也就此搁置了。但是好歹有些线索，你知道这件事情不是完全理不出头绪了。肖恩的记忆、珍妮的记忆，都让我看到了一种可能性。虽然我们不知道，什么时候是他们可以承受的极限，但是我好歹在这个过程中看到了希望，这也让我们更加努力地想把这件事情进行下去。

肖恩在战场上的录音，谈话中提到他们看见了一扇红色的门，然后过了15秒，他们才继续交谈。最后的线索就是，他们在街上看见了七个平民，有女人、孩子、老人。肖恩说，这让他非常紧张，他那时候甚至想避开他们。

“当时我就觉得事情有点不对。我们和武装分子交战之后，大家都躲起来了，每一条街上都空荡荡的。但是这条街，我们所在的这条街上，这些人没有躲起来，而且也不害怕。母亲居然没有抱着孩子藏好，这很反常。甚至他们看见了我们，也没有逃跑或者躲藏。我报告了这个情况，然后仔细观察他们。如果我早看见他们在做什么，我一定会躲开的。”

“你看见了些什么？你是因为想要杀死那些浑蛋而受伤的吗？”

这个问题肖恩无法回答。当时他敏锐地感觉到不对，想要撤退，但是他的自尊心不允许他做个逃兵，更何况这些人很可能杀死了他的六个同伴，这让他觉得非常愤怒。妻子和儿子的面孔在他的脑海中一闪而过，如果他多考虑一些家庭，就很可能不会执意深入敌腹，去完成这个危险任务。但如果不是家人给他勇气，他可能早就成了一具尸体，一个已经无法战斗的死人。他冲向那扇门，无法控制内心的暴戾，开枪扫射，不去管自己究竟杀了多少人。事后援军找到他时，他昏迷的地方离那扇门并不远。

我们的治疗停在了这个场景中，而且我觉得除非他想起来到底发生了什么，否则我们通过不断回溯去逆推当时的情形是十分有必要的。肖恩因为自己的执拗把瓦伦西亚带去了死亡的陷阱，他必须知道当时的全部真相，才能摆脱内心的愧疚。而他在击败了那些伤害战友的当地武装分子之后，是否考虑过撤退呢？我开始觉得，他对于妻子和儿子的喜怒不定，其实都源于他内心深处的自卑和歉疚。他觉得自己不配被爱，不配得到任何东西，所以看似美满和谐的家庭其实加深了他的自我厌恶。他直接或者间接杀死的那些人，成了他终日无法摆脱的梦魇。

肖恩的心理作用让他长久以来不得安宁，而珍妮得知这件事的反应，让我觉得她说不定也有过类似的感受。

珍妮和肖恩每周都会拜访我，他们在我的病人互助治疗小组里见过面。不过，肖恩在我这儿已经一年，在互助小组也待了好几个月，病情已经稳定了许多。他们都属于创伤后应激障碍患者，都需要和人交流。但是，让珍妮接受这些，却要更复杂一些。

开始，汤姆对这件事持反对态度。他觉得珍妮没必要把自己受伤的那些事情告诉别人，更何况别人都成年了，珍妮还是个未成年人。这么说也没错，开始时是会比较生硬，但是和人交流，多听听别人的意见其实对治疗很有好处。夏洛特也认同这一点。她对汤姆说，他不懂女人的天性就是要跟别人分享自己的故事，和别人一起讨论。互助小组里，还有两个病人也是强奸受害者，这对珍妮可能会有帮助。汤姆悲哀地发现自己的反对意见再一次被无视了，夏洛特又赢了。第一次，我觉得夏洛特的专制其实也是有意义的。

我对肖恩和珍妮都说过他们两个人的事情，他们也很想见到对方。珍妮是互助组里年纪最小的，但她并不胆怯，尽管很多病人的年纪是她的两倍，但她一直落落大方。她的想法很简单："我在这里，是因为我被强奸了。也许你们之前知道了我的一些事情，我因为治疗，忘记了过去发生的事情。我想不起来，一点也想不起来，还因此自杀过。"

我无意让她说更多。通常，每个病人只需要在新来时做个简单的自我介绍就行。肖恩当时很快就站起来，对珍妮说了他自己的故事。他坦言自己也曾有过自杀的念头，就像是中邪了似的无法控制。"我知道那种绝望和无力感，但今天我之所以能站在这里，就是因为我相信自己可以摆脱他们、击退他们、赶走他们，或者与自己和解。如果不是我有这样的信念，我可能早就已经死了。"

珍妮睁大了眼睛，手指不自觉地摩挲着嘴唇。肖恩说着他自己的感受，他的经历让她有一种似曾相识的感觉，让她血液躁动，好像又回到了在浴室自杀的那个下午。

我并不禁止互助组成员私下联系，但是我觉得他们之间的来往需要把握尺度。我怀疑珍妮和肖恩也许互相交流过一些自己经历过的细节。互助组人很多，不可能每个人都面面俱到。不过，我没想到的是他们会这么毫无保留地分享自己不快的经历。很少有健康人能够完全倾听他人的阴暗面，因为这可能会让人有代入感。所以，珍妮和肖恩之间的默契，不管是我还是他们的家人，或者互助组，都很难做到。

我问珍妮："不是还有别的强奸受害者吗？你和她们之间有共鸣吗？"

珍妮耸耸肩："并没有。很少很少，几乎感觉不到。我跟她们的感受很不一样，比如，我并不害怕男生接近我，我也没有耻辱感。我事后也觉得很不可思议，自己居然会选择自残，我很惊讶自己会有这种想法。这就是我跟她们的不同。"

"那这跟肖恩有什么相似吗？"

她笑了，看向别处。我感觉她有一点尴尬，心里嘀咕，她该不会是喜欢上他了吧？

我问她："他很有活力，很有魅力，让人印象深刻，对吧？"

她毫不犹豫："当然。"

"那你们一般怎么交流？"

"发短信，有时也用网络电话，他是个老古董，不会用聊天软件。"

"呃……"

"哎呀，我也不是说他坏话，但你知道，我身边人用的他都不会。"

"好吧，我就是开玩笑，我知道你的意思。那你们一般多久联系一次呢？"

"他晚上经常失眠，半夜给我发消息，我早上起来再回复他。我鼓励他走出阴影，我们俩同病相怜，都接受了那个荒诞的治疗，不知道往事。我们之间很随意、很放松。我跟他相处，就像跟薇尔洛相处一样，甚至薇尔洛有时候都不能懂我。”

“但是肖恩懂你。”

“是的，他懂我的每一个眼神、每一个动作。”

“你好像很开心的样子。”

珍妮点点头，好像突然有点想哭的样子，但是又憋回去了：“现在治疗可以开始了吗？我们开始吧。”

人对温暖的向往是世界上最强大的力量，战胜我们的理智，让我们忘了一切。

我其实应该后悔的，汤姆·克莱默不想让肖恩和珍妮共处一室，是有几分道理的。但我并没有后悔，珍妮在此期间对生活重新燃起了希望，这正是我所期望的。

珍妮和肖恩认识之后，我开始着手让她恢复记忆。肖恩努力帮她复盘，回想一些细节，他觉得这样能够让她想起来一些事情。珍妮信心满满，热情高涨地接受了治疗，但其实我的信心并不是很足。

我们的计划就是，先把一切可以收集到的那天的信息收集起来。她的朋友、那天在派对上见过她的人、在小树林里发现她的那对小情侣，这些人的证词都值得收集。当然，还有最重要的外科报告。我们该如何推敲那些她想不起来的事情呢？要用和那天晚上一样的音乐，让珍妮喝一样的酒，尽可能还原当时的情景。一步一步，她从派对上跑到外面的草坪上，又跑进小树林。然后最艰难的部分，是还原她被强暴的过程。

调查报告写得很详细，现场还有破碎的衣物和血迹。

这个方法听起来有点神经质，但其实并不陌生。我对肖恩也是这么做的，我们平时找自己的车钥匙，也是这样一步一步回想的。

珍妮既害怕又紧张，她的父母非常担忧。不过，在我们的努力下，珍妮终于初步回忆起了一点点当时的事情。我的做法是对的。

那天的情况是这样的：

帕森斯警官早上给我打电话，克鲁兹·德马科最后还是被拘留了，保释金需要五万美元。他正在筹钱，并寻找担保人。他没有财产可以抵押，唯一的亲人妈妈也对他失望透顶。短短两年他被抓了两次，她觉得他已经无药可救了。从他7岁那年他妈妈当着他的面吸毒开始，一切就都无药可救了。

我从萨默斯回来一天后，我和妻子去见了安东尼·布兰迪诺，给了他五万美元的定金，希望他能在杰森接受警方传讯时陪着杰森。他让我们放心，他会教杰森哪些能说、哪些不该说，并且在一些无法回避的问题上，如何描述对自己有利。他还是那天出席派对的另外两个男孩的律师。其中一个男孩已经接受了警方的传讯，警方只想确认那天晚上德马科是不是出现在派对上，并没有问更多。这让我松了一口气，安东尼果然是可靠的。

不过，随后的两天，变故发生了。德马科被捕前不久，有个刚从他那儿买了药的孩子被提审了（他叫约翰·文森特，不知道你还记不记得他）。这个孩子居然指认了德马科在强奸案那天晚上出现过。警方立刻重新审问了德马科。

“德马科隐瞒了一些事，虽然他并不介意说出那些事情。当文森特说出德马科那天晚上出现在派对上时，他很痛快就承认了。他告诉我们，他在纽黑文市经常被邀请参加类似的派对，他只是随便闲逛，瞄准时机跟那些浑小子做上一笔交易。我没有告诉他，我们真正在找的其实是一个强奸案的罪犯。不过，我那些蠢货同僚对待他的言行，可能已经让他察觉到了些什么。”

帕森斯警官说，他需要有更多的证据证实文森特所言非虚，而不仅仅是情急之下胡说八道。于是他们追问了文森特许多派对上的细节，他的车停在哪儿，他看见和听到了什么，以此来确定文森特那天晚上也在那个派对上。

“警官很有耐心地将话题一步步深入，诱导他说出更多。这个蠢货，我们根本不在乎这会对他有什么影响，谁让他没请个好律师呢。”

德马科说出了一些当晚他有印象的人名，还包括一对在户外野战的情侣，这就和泰迪·邓肯的口供吻合了。他看到了一个人下车后朝小树林那个方向走过去。

“所以他就这么承认了！简直不可思议！他说的是真话吗？我的大脑飞速运转，他是不是在耍我们？如果真是他强奸了她，他绝对不可能承认他当天晚上在现场，绝对不可能，一定会撇得一干二净。我开始思考，会不会那天晚上他就是刚好在那边卖药，另一个人才是真正的强奸犯？然后我又想，他会不会是利用我们的这种思维定式，故意迷惑我们？他就知道被人看见他出现在派对上，没办法否认。他知道有人被强奸了，或者说他就是那个强奸犯，然后利用我们觉得真正的强奸犯绝对不会承认的心理定式来迷惑我们？看来我们很可能遇上了一个高智商罪犯啊。”

德马科告诉帕森斯警官，那天晚上有个男生穿了一件蓝色的连帽上衣，衣服上有一只红色的鸟。他记不起那只鸟具体是什么样子，也记不得衣服上是否有别的字。那个男生浅棕色短发，中等身材，看起来常常运动。这种类型的男生，费尔维中学里十个中能找出五个。

“我觉得很棘手。我没有对克莱默一家说任何关于这个案件的进展，不过你知道的，汤姆一直对这件事情非常关心。”

“他会问珍妮的。”

“是的，我也这么想。”

我告诉帕森斯，我也会在对珍妮的治疗中旁敲侧击。但是，我也不知道该如何做才能将影响降到最低。我治疗过肖恩和珍妮，对记忆恢复算是有一定研究。关于这个领域每个星期都有人写论文。其中有一篇曾经引起过人们的关注，一个纽约的精神学家提到，只需要提供一些虚假的细节，就能够使别人的记忆出现混乱，相信某些没发生过的事情。实验者被告知他们小时候曾经在家附近的超市里走丢过，包括他们当时穿了什么衣服、吃了什么东西、他们的妈妈是如何找人的。除了走丢是杜撰的，其他细节都是取材于他们小时候曾经经历过的事情。他们的大脑就会自动补全他们曾经在这家超市走丢过的事情，并对此深信不疑。不少人甚至惊呼说自己想起来了，是有这么回事儿，还能说出他们当时找不见母亲，有多么害怕。

这是通过情景诱导构造记忆的一种方式，这种方式本身无害。但是，通过这种方式让别人相信一些虚假的真实，就很有问题了。

因此，你可以看出，我工作时需要多么小心。

那天下午我见到了珍妮，像往常一样开始了治疗。她向我倾诉自己的感觉和精神状况，我开导她，避免她再次陷入自怨自艾的情绪，又确认她除了我开的缓解焦虑的药方，没有乱吃别的药物。然后，我说起了肖恩，他们之间熟悉了之后，提到肖恩对她有积极影响。接着，我们开始记忆恢复工作，因为她父母的担忧，我又重新向她确认是否可以开始。她在这方面一直都比较积极配合。我可以看出，她也希望想起那晚的事情，抓住真凶。

“那今天，我们从哪儿开始呢？”我问她。

“从味道开始。”

不知道你还记不记得，我曾经提过一个细节，珍妮还记得她当时的一些感觉。我从康复中心里找了一些标本，这些标本通常用来测试脑损伤患者失去了哪些嗅觉。只要不超过六个月，大脑对同一种味道肯定是有印象的。这对我们的治疗来说，非常有利。

珍妮把她的衣服放到膝盖上，不是那件真的被撕坏、染血的衣服，而是妈妈给她新买了一件一模一样的。短裙、鞋子、上衣、底裤，全都和之前的一模一样。她用同样的化妆品化了淡妆，每个毛孔里都散发出果香味。然后，我慢慢回放，派对上的那些歌中，哪首是在她被强奸的那一个小时里听过的。歌单我就不说了，来来回回就是那么些人——黛米·洛瓦托、妮琪·米娜、单向组合、魔力红……她合上双眼，我将室内灯光调低，我放歌，让她的思绪慢慢回到那天晚上。

“我刚走进去的时候是很开心的，我觉得很开心、很兴奋。我心里想的都是道格·黑斯廷斯。我是和薇尔洛一起走进去的，我们和一群同级生待在一起，有人向我们打招呼，我们喝酒了。我不住地看来看去，想知道道格到底在哪儿。薇尔洛让我别表现得这么明显。我只好和一个自己认识的女生有一搭没一搭地聊天，她喝醉了，看起来真傻。”

我找出伏特加气味标本放在她鼻子底下，她嗅了嗅，更加努力地回忆那天。珍妮记起来了，当时的歌是泰勒·斯威夫特的《我知道你很麻烦》。她记得很清楚，她告诉我，因为这首歌唱的就是一个男生让女孩伤透了心，然后那个女孩恨自己没能早点看出他的真面目。随着这首歌，她和薇尔洛走到客厅，看到道格和另一个女生站在一起。就像歌里唱的那样讽刺，那个男孩和另一个女生在一起了。

“我头晕目眩，不过不是因为喝醉了，刚才我只是抿了几口。我觉得我的整个世界都塌了，都爆炸了，整个世界。”

珍妮和我就此讨论过几次，虽然我是个老人家，但我也记得自己15岁那年被女生拒绝的经历。我们都懂那种感受的，你也懂吧？

“薇尔洛看看我，看看道格，又看我。她想安慰我，也想揍他。她说她早就觉得他就是个小浑蛋。她说他今天的发型有多难看，看起来特别油腻。她说他这人就是个浑蛋，但是，有什么用呢？我控制不住自己的心情，冲进厨房开始猛灌自己伏特加。”

珍妮逐渐对我敞开心扉，适应谈话疗法。她说自己的真实感受，有些事情说出来就会好受很多，然后我们继续在漫长的苦海人生中行走。

珍妮继续说她的回忆，她当时喝太多，跑厕所去吐了。

“薇尔洛帮我整理头发，我听见人们在议论我、取笑我。他们倚在门边，薇尔洛让他们统统滚开。当时很吵，我还记得当时放的那首歌，我很讨厌。”

当时的歌是魔力红的《尽情舞动》，我同样为她回放了这首歌。我有点怀疑，她记忆中的那股味道并不是衣服上的，而是她在室内的时候，沐浴露、呕吐物或者洁厕灵什么的。我给她闻呕吐物标本的气味，还有沐浴露的味道（就是当晚浴室的那种沐浴露）。她觉得都不是她记忆中的那种味道，其中呕吐物的味道还让她觉得有点恶心。

于是，我又给她闻了一种新的味道——消毒水。

开始我并没想到这个，我从来不打扫卫生。是我妻子听我说起这件事情时，她想到的这一点。我几乎已经试过了所有的味道。但是，这件事已经过去一年了，所以我也不确定是样本不够还是珍妮记不得了。我妻子灵光一闪，让我试试消毒水。我觉得她简直太机智了。

我用这种味道去试珍妮，消毒水闻起来都差不多（除非是某些香味特别款）。她闻到这种味道，有点吃惊，睁开了眼睛。

“这是一种新味道，你仔细闻。”我告诉她。

她闭上眼睛，深吸一口气，沉吟了几秒，我紧张地看着她。

她先是耸起了肩膀，就像是一只受到惊吓奓毛的猫。她的脸有一瞬扭曲了，眉头紧皱，嘴巴噘起，眼睛瞪大。她从椅子上跳下来，胳膊乱挥，双拳紧握，从我手中抢过那个消毒水样本，仔细闻。她匆忙中，打到了我的脸，把我的眼镜都打落了。我的脸颊一阵疼痛，怕是要青上好几天了。

我印象最深的是她的那声尖叫。

她站在办公室中间，捂着肚子，脊背弓起，呼吸急促，身上散发出令人无法忽视的愤怒。

我治疗过很多病人，也见过他们各种各样的失控。男人把我的墙打破一个洞，女人无休止地啜泣，男人也哭，小孩子冲我大吼大叫，唯独珍妮的反应，是我以前没有见过的。我想珍妮大概是恢复了一些在树林里的记忆。

我控制不住她，不管我怎么做都不妥当。虽然我试图抓住她的胳膊，平复她的情绪，但她把我推开了。

"停下！"

她不停地冲我尖叫，她看着我，但又不像在看我。我想抓住她，但一直没能成功。直到最后她慢慢平复下来，我扶着她去沙发那边，让她躺下。然后，我通知了她的妈妈，今天的治疗结束得比较早，请她早点过来。

"珍妮，"我小心翼翼地说，"你想起来了什么，能告诉我吗？"

她抱着自己，止不住地哭泣，不过比刚才冷静一些了。她的手一直在摸自己背上的疤。

"现在，闭上眼睛，深呼吸，冷静下来。一切都已经过去了，现在觉得还好吗？你愿意告诉我当时到底发生了什么吗？还是我们下次再聊呢？”

她深吸一口气，闭上了眼睛，眼泪止不住地往下掉，在脸上留下斑驳的泪痕。她是坚强勇敢的，当她讲出那些事情的时候，我理解了她的心情，理解了她曾经受到的那些伤害。我觉得自己不仅仅是理解了她，甚至成了那晚的她。

“我记得他，他一只手扶着我的肩膀，将我推倒。另一只手摸着我的脖子，好像我是只动物。哦，上帝啊！”

“没事了，珍妮，”我只能说出这些干巴巴的话语，“还有别的吗？你想起什么别的了吗？你当时是闻到了消毒水的味道吗？”

她摇摇头：“没有了，我就只想起了这些！是谁？是在哪儿？我想见他！到底是谁对我做了这些事情？”

愤怒席卷了她的躯体，她从沙发上站起来，环视这个屋子。

“你想要什么，珍妮？你是在找什么吗？”

她找到了消毒水的气味样本。她拿起来，凑得很近，味道让人有点想吐。

“珍妮，放下！这是腐蚀性气体，会烧伤你的呼吸道和气管……”

她闻了又闻，然后把它放在腿上。她的面孔依旧美丽，表情却透出一股绝望。我知道，她想起来了，她肯定是又想起了什么。

“怎么了，珍妮？你又想起来什么别的了吗？”

“他很粗鲁，我受伤了。他撕碎了我，让我生不如死。我从他身上闻到了消毒水的味道。他骑着我，好像我是一匹马。上帝啊，我没办法阻止，什么都做不了。他进入我，我听见他的声音，但是我记不清剩下的细节了。他像对牲畜一样对我，好像我只是一匹马，这让他……这让他……我不知道！”

“你知道的，他进入你的那一刻，你知道了些什么？”

“天哪！上帝啊！不，我说不出来！”

“大胆说出口吧，珍妮！说出来。”

“这让他觉得满足。”

我再也说不出一句话。

夏洛特来接珍妮时，我俩精神上都已精疲力竭。我告诉夏洛特，我们有了重要进展，但后续还要进行一些深入的谈话才能有更多线索。我建议让珍妮吃一些药，先好好睡一觉。

汤姆和夏洛特第二天一起来拜访我了。这是我开始治疗克莱默一家的第十一周。不过，我之前和他们只是为了珍妮的病情浅尝辄止地聊过。他们在家庭里都扮演很重要的角色。我之前对你说过一些这对夫妇的事情。我的主要重心还是在珍妮关于强奸一事对记忆的恢复上。

汤姆一直没有放弃追捕那个强奸犯，他是来商量我们是否可以用新线索做进一步调查。他也想知道，为什么我没有问珍妮，那天晚上是不是对一个穿蓝色连帽上衣、衣服上有一只红色的鸟的人有印象。夏洛特则更关心珍妮记忆的恢复对她会有什么影响。自从她和鲍勃偷情时撞到珍妮自杀，她就一直很内疚，对珍妮也表现出异常的关怀。

我对他俩，尤其是对汤姆解释，我觉得告诉珍妮关于蓝色连帽上衣的信息，可能会对她的记忆造成误导。珍妮之所以能恢复记忆，第一，是因为她的记忆并没有被完全消除，我之前解释过，“忘记”并不等于不存在，通过人为干预，记忆是可以被找回来的。她接受的治疗导致她不能自如地调出那段记忆，也想不起派对那晚发生的别的事情。她丢失的记忆只是暂时被大脑存放在别的地方，并不是消失了，就像是我们暂时找不到的车钥匙。

第二，是因为我始终相信记忆并不能也永远不会被消除。我们能够想起一个小时前发生了什么，也必定能想起更久之前发生了什么。不光是对珍妮这样，对肖恩也同样如此。我让他们清除杂念，全神贯注地回忆当时的每一个细节。我是个耐心的人，一丝不苟地完成每一步治疗。这种事情急不来，欲速则不达。就像是给电脑整理碎片文件，过于心急可能会损坏硬盘。

第三，这可能也是汤姆最在意的一点，就是珍妮接受过外科手术。她曾经浑身赤裸躺在手术台上，缝合伤口，得到救治。为了避免记忆恢复过程中的不确定性，我们必须小心翼翼，避免造成二次伤害。她的大脑试图找回那些失落的东西，把它们放回正确的位置。稍有差池，她可能就会有记忆上的错乱。就像我之前举的例子，一些实验者“想起”他们小时候在超市走丢了。

“你能理解吗，汤姆？如果我告诉她，有个穿蓝衣服的人是嫌疑犯，她可能会误以为自己当晚真的被穿蓝衣服的人强奸了。她的大脑会自动补全一些细节，其实那并没有发生过。我们永远不知道她是真的想起来还是记忆出现了偏差。我们都不是她。”

夏洛特理解了：“她会把一些错误的事情当真，我们除了相信别无选择。天哪！都已经一年了，如果她还是想不起那个畜生的脸，我们毫无办法。”

“是的，不过也别忘了，我的治疗已经有了效果，她已经回想起了一部分事情……我觉得事情还是有进展的，只是需要时间。”

汤姆抚着额头：“我并不在乎这些，我只想知道那个畜生到底是谁。”

“如果你找到他的方式不合理，可能这辈子你都不能让他受到惩罚。”

“不，他必须受到惩治。毫无疑问，他必须受到惩治。”

夏洛特看看汤姆又看看我。我们可能有了相同的想法，汤姆的语气听起来好像如果法律不奏效，他会用自己的手段来报复强奸犯。但是现在的重点不在这儿，因此我也没说更多。夏洛特也没多说什么，但这并不妨碍她鄙视汤姆的鲁莽。

“严肃点，汤姆。我们别装模作样了。你想用自己的身家性命去对付那个可能是强奸犯的人，对吗？克制一点，你为什么不能朝前看呢？拜托，你为什么不能向前看呢？”

“夏洛特太太……”我开口，想把跑偏的话题拉回正轨。

“克制？我怎么克制，啊？我送卢卡斯去训练曲棍球，我努力工作，每天早早回家，每个周末和我们的儿子一起玩耍，陪我们的女儿一起学习，希望她早日回到正轨。你还要我怎么做？每天去打高尔夫，对家里不闻不问吗？是不是我每天去打高尔夫，对抓住那个畜生漠不关心，这样才是朝前看？”

这就是为什么我觉得他们之间没办法进行“配偶参与治疗”的原因。

“夏洛特、汤姆，冷静一点，别吵了。你俩今天都有些激动，现在争这些于事无补，对珍妮的事一点帮助都没有。”

“好吧。”夏洛特答应道。她撇开眼睛，不看自己的丈夫，“我们现在来讨论，什么才对珍妮有帮助。你说她找回来那晚一些记忆，那个强奸犯身上有一股消毒水的味道。”

“或者她在树林里闻到了消毒水的味道。”

“没事儿，总之就是她全程都记得有消毒水的味道，整整一个小时，包括她被……”

“是的，包括她被进入的那一刻。”

“但是他折磨了珍妮整整一个小时，用各种方式……”

“是的，她受到了很大惊吓，从开始到结束。”

夏洛特重重地呼了一口气，倒在沙发上。她盯着角落的植物，说道：“那现在她想起来被强奸的感受了，所以呢？这会让她觉得好受吗？”

我小心组织措辞，我心里知道这大概让夏洛特太太想起了她自己不太愉快的第一次。我尊重她的秘密，我之前建议她对丈夫坦白，这也是她和鲍勃·沙利文了断的好时机，只有这样才能挽救这段婚姻。她不想离婚，但她所做的一切，只会把她向这条路越推越远。

“我知道听起来很奇怪，但是，这种违背道德的感觉会让她觉得心里好受。她无法摆脱以前的记忆，只能不断沉沦下去。”

汤姆没有注意到夏洛特的异常。他还在想那个穿蓝衣服的人。我知道，他可能一回家，就会追问珍妮是否记得这个人。

“汤姆？”我让他回神，“我们一起来商量一下究竟该怎么做吧，一起商量一下。”

“我不知道。那什么消毒水的味道，对我一点意义都没有。你让她闻了消毒水，她想起来被强奸的事情。如果我们让她看蓝衣服，她想起更多那晚的事情呢？难道消毒水就不会诱导她的记忆吗？你根本就不知道是不是真的有消毒水。你觉得她因为消毒水想起来一些事情，你怎么知道她不是在别的地方恰好闻到了消毒水呢？”

“我不确定，但珍妮就是记得她闻到过某种味道。我们前前后后试了六十多种味道，她只对消毒水有反应。她不记得任何关于蓝衣服、红鸟的人。如果我告诉她这个线索，她肯定会猜到我不是无缘无故问她，这样很可能让她虚构一段回忆。她的大脑会在潜意识里让她相信这个线索是真的。我不知该如何对你解释。”

“我们也可以给她看六十多件衣服呀，告诉她那个嫌疑犯身上穿了某件衣服，让她分辨，这不是很正常吗？她什么也不会发现。”

汤姆喋喋不休，抓住关于衣服的线索，不肯放弃。如果他们愿意给我更多的时间，让我针对消毒水不断研究下去，我们肯定能发现更多。但汤姆等不及了，我的计划只好搁置。我最终妥协了，答应他，下周就让珍妮在治疗时辨认男人的衣服，从外套到T恤。

不过，这只是权宜之计。

克莱默夫妇回家了，珍妮在等他们。我家里也有妻子在等我，她当时正趴在床上哭，手里还拿着一件蓝衣服，上面绣了一只红色的鸟。克莱默夫妇回家时，两人在车上没有说过一句话，他们还在生对方的闷气。如果他们想到珍妮已经恢复了当时的一些记忆，不知道这会不会对她有什么新影响，他们可能就没心思怄气了。他俩的思维一直都是南辕北辙，互不相让。

汤姆回家之后，打开电脑，点进费尔维中学的网站，想看哪些人穿过蓝衣服。夏洛特走进珍妮的房间，看到女儿在看历史书，好像是在复习功课完成作业。

“恍惚间，我觉得好像回到了她被强奸前的日子。我一直督促她用功读书。以前，如果我看到她开着电脑，就会假装过去开窗户，或者拿衣服去洗，趁机偷偷看一眼她在用电脑干什么。或者她打电话时，说话不是特别多，我就会翻一下我们的账户，看看是打给谁。我做过很多这种事情，可能你把这叫作监视，但是每个家长都会这么做，每个母亲都这么说。我们有时还会互相交流一下心得。不过这次我看见她在看历史书，就没必要过去打扰她。”

夏洛特走进珍妮的房间，珍妮抬头，对她笑了一下。这个笑容不开朗，不过也不是假笑。珍妮问夏洛特，医生有没有告诉他们，她想起来一些事情。夏洛特点点头，也没继续追问珍妮到底想起来什么。

“我走向她的床，坐在她旁边。她开始有些茫然，不过很快就想起来以前我们是怎么做的，我在床上抱着她，她把头埋进我怀里，我拍着她的背。当她还是个小姑娘，我经常这样给她念睡前故事。有时，我们也就是聊聊天。这是不是让你很惊讶？”

我问：“为什么你觉得这会让我惊讶？”

“因为现在我们的关系很僵，她与汤姆更亲，跟我更疏远。不过这样很正常，我觉得很正常。她长大了，需要一些自己的空间。女孩不都这样吗？”

“是的，这很正常，但你并没有经历过这些，对吗？”

“你指的是什么？我和我妈妈关系一直很疏远。”

“但是，你在童年一直很缺乏安全感。你对珍妮做的，其实是你童年渴望，而又没能得到的。”

夏洛特太太陷入沉思，矛盾地承认了：“好吧，不管怎样。我把她抱在怀里，亲她的头发，抚摩她的背。我忍不住想她背上的疤，有点想伸进衣服里面摸一摸。”

“为什么？”我问她。其实我心里已经有了答案。

“我想，我应该希望她知道，我知道她身上有块疤。她知道自己身上有疤，而我也知道，所以……或许她没必要在我面前掩饰。”

夏洛特一时找不出词来形容自己的具体感受。

“你的感觉是什么？”

夏洛特想了很久：“当你告诉我，珍妮说她的感受，她觉得自己就像是牲畜，像一匹马，她感觉到自己最后取悦了他，因为……这是她的第一次，却被一个畜生夺走了。他处心积虑，谋划已久，他享受她的恐惧，折磨她，听她的尖叫，对吗？”

“嗯，我想这么说也没错。”

“珍妮从没想过，他会这样对待她。她想不明白事情怎么会变成这样。她反抗过，拒绝他的进入……但最后，他还是得逞了。他进入了她，得到了满足，而且她的痛苦还取悦了他。我的天，还有比这更糟糕的事情吗？”

“这只是你的想象，夏洛特太太，有时不一定是真的。”

夏洛特瞪大了眼睛，看向我，脸上的表情好受了一些。我本不该让她这么轻易就走出愧疚，而是应该让她通过自己的努力，得到内心的平静。她能做到。这个过程应该靠她自己的力量，我不该干预。可惜，我还是忍不住出手了，违背了我一直以来的信条。那天，夏洛特告诉我她和珍妮之间的谈话时，我有点不在状态。我不耐烦了，即使那天对于夏洛特太太找到自我的力量来说非常重要。我的心思不在夏洛特和珍妮上，我想的是自己的妻子和儿子。

“是的！”她说，“你说得对，不一定是真的。”

我为自己的不负责任叹了口气，我对自己有点失望，我本来能做得更好。这个答案对她很重要，不应该这么粗暴草率地给她结果，最好让她自己得出结论。

“为什么珍妮会觉得自己像牲畜？因为当时她无能为力，没有人听你的声音，你也没办法掌控自己的身体。就是这样！你无法相信，你失去了对自己的掌控权。你的自由，你的贞操，肉体上的贞洁……我们就是这么对动物的，不是吗？我们驯服野马，为我们所用，但是并没有考虑过它们的感受，不是吗？它们被关在马厩里，吃干草，在方寸之地活动，包括睡觉和拉屎，被摧毁了它们自由天性的人类所圈养、摆布。”

“是的，”我说，“一些动物会在这种环境下被驯化，还有一些永远不会屈服。人类即是如此。历史已经证明了，是吗？战争、叛乱……说远了。然后呢？然后你做了什么，你摸了她的伤疤吗？”

夏洛特摇了摇头：“不，我抱住她，告诉她这种事情再也不会发生了，再也不会出现这种意外，让她像风暴中的一叶小舟，只能在海中飘零。你知道吗？我的孩子喜欢冲浪。有时，他们被浪打趴下，身上受点小伤，他们也毫不在意，马上又冲向大海。他们应对挑战，绝不轻言放弃、轻易屈服。他们最终会和大海达成平衡，安全回到岸边。我找不着更好的比喻。我觉得她可能没有完全理解我的意思。不过没关系，我还有很长很长的时间，让她慢慢领悟。”

“对的，这是个不错的开始。海浪和强奸犯有一定相似处，他们都打乱了当事人原本的生活步调。你说得不错，但强奸和性爱不同，后者是你情我愿的，强奸犯只在受害人面前有力量。这点注意区分。不过，这是个好的开始。”

“我知道这个区别。但是生理方面大体是相似的，每个人可能都有不同的叫法。随便吧，不管是性还是强奸，总之都是一个人进入了另一个人。”

“对的，你说得没错。可能我们只是对同一件事有不同的叫法，你可以这么宽慰珍妮。”

“她被强奸之后，这是第一次我跟她说上了心里话。我感觉，我们之间有了联系和默契。我不知道她的感受，但在更久以前，我们之间就失去了这种亲密的感觉。我听到你说，她觉得自己像牲畜，无法操控自己的命运时，突然有了一种莫名的熟悉感。”

“所以其实你知道这是什么意思？”

“我不确定。”

“好吧，我记得你曾经跟我说，你想要和自己的继父做爱。那绝对不是你的真实感受，你只是无法拒绝。也许当时你呵斥他，他就会住手。但你潜意识里不希望这发生。你缺乏母爱，因此渴望被爱，你的个人意愿无法战胜自己对爱的渴望。”

她沉默了，她对这些言论还没有做好准备。她一直是分裂的，也习惯用两副面孔来应对生活。她身上那些阴暗的特质早已成为夏洛特的一部分，没那么轻易离开。

“那么汤姆呢？”我这个问题很坏、很不道德，但我内心现在也住了一个魔鬼。作为医生，我想帮助克莱默一家，但作为父亲，我更希望守护自己的家庭。

"我不知道，我真的不知道他的感受。他抱着电脑入睡了。我不知道自己为什么那么做，我解开衣服，开始挑逗他。汤姆醒了，他吃惊地看着我。我们快有一年没有做爱了。强奸案过后，我们试过一次，他有些不对，好像除非珍妮恢复新生，强奸犯入狱服刑，否则他就没法从这件事中得到快乐。其实我也不想做，但是今晚，这个时候，我不在乎了。我爬到他身上，然后我们做了。我不知道他的感受，我也不在乎。他不喜欢，也没阻止我。就像我们的婚姻，他只是被动承受。我觉得没意思，我甚至不知道自己为什么这么做。你觉得我是在逼迫他吗？是为了让他屈服吗？"

"不，我不这么想。"

"那你觉得呢？"

"我觉得你是在找安全感。"

这次谈话发生在克莱默夫妇一起来找我的第二天，前一天我答应汤姆让珍妮回想有没有见过蓝衣服。然后回到家，我就发现我妻子从我儿子的衣柜里找到一件一模一样的蓝衣服。

那天下午，我告诉克莱默夫妇，我已经唤起了珍妮的一部分记忆，我们还一起讨论了应该如何帮助珍妮恢复更多记忆。我对此很有信心，珍妮迟早会想起那天晚上发生的全部事情。那些痛苦、悲伤却很重要的全部细节，我已经迫不及待想要研究下去了。

虽然克莱默夫妇的固执己见让我有点失望，但我已经在规划，在接待克莱默夫妇和珍妮前后，不要安排病人，好让我跟他们有更多的时间相处。我对肖恩也是这样。他们的治疗时长有时没办法控制。

我愉快地回到家，想要跟妻子分享这个好消息，消毒水给我的治疗带来了重大进展。我还没想好该怎么告诉她，我只是在心里盘算，该如何与她分享自己的喜悦。

“朱莉？”我冲着厨房喊她，她的车停在家里，厨房的灯开着，我觉得她在厨房，但没人答应我。

“亲爱的？”我又叫了一声。这次我听到了，她在楼上喊我。

“艾伦！艾伦！”她声音急促，夹杂着一些惊慌。她可能没预料到我会回来，现在我提前回来，正好叫我上去。

我放下公文包和钥匙，赶紧上楼。

“朱莉，你在哪儿？”

“这里！我在这儿！”

我循着她的声音，走进了我们的卧室。

我不知道该怎么说。我看到她坐在床上，手上拿着一件蓝色连帽衫，脸上满是恐惧。我知道我们的儿子有麻烦了。这件衣服和珍妮说出口的不少细节有吻合之处，这些都指向了一个可怕的真相。你有没有经历过这种事情，大多数人都经历过。你突然有一种被背叛的感觉，你的大脑拒绝相信，觉得那不是真的，那些曾经让你觉得骄傲和自豪的事，转眼间给了你狠狠一击。简直是个灾难。

我想到了蓝色连帽上衣，上面还有红鸟。我妻子因为儿子参加了那个派对，长久以来恐惧的事，实现了。她的恐慌感染了我，我当即想给律师打电话。如果这是真的，那这就是我家里的一颗定时炸弹。那几秒，我想了很多很多，脑海里简直要爆炸，头痛欲裂，感觉比拔牙还更痛。

“我在他衣柜里找到的。”妻子起身朝我走过来，把那件衣服递给我。

“今天早上，律师说，今天有个男孩已经被问起了有没有见过蓝色上衣，上面有红鸟。他告诉我，杰森会被问同样的问题。他问我知不知道杰森会怎么回答。你还记得这件衣服吗？有次他过生日时，我给买的。”

我不记得了，但是记不记得并不重要。

“那年我们去亚特兰大旅游了，你在那边开会，我们去看了足球比赛，老鹰队的主场，所以我给他买了件衣服。那只所谓的红鸟，是一只老鹰啊！你看！”

她展开那件衣服，衣服前后都有一只红色的鹰。正面还有一行白字队名，不过字体很小。我握住她的手臂，严厉地看着她：“你是怎么回答律师的？”

“我说了实话，杰森有件蓝衣服，上面有红鸟。”

“我的天哪！”我松开了她的手臂，脑子里一团糨糊。

“你知道些什么？你知道他们为什么要找穿蓝衣服的男孩！珍妮想起了什么？你会告诉我的，对吧？”

“不，我不知道。”我知道的，但我只能撒谎了。

她喋喋不休：“我能怎么办呀！他是我们的律师！我们也不能让杰森撒谎呀！万一谁记得他穿过呢。他几乎整个春天都在穿这件衣服。如果他撒谎，又被人发现，那情况还会更糟糕。他们肯定会觉得他有罪的。”

“然后呢？”我问，“没人会相信杰森强奸了珍妮·克莱默。”

“艾伦！你好好想想，杰森因为游泳，剃光了自己手上和腿上的体毛……万一他还剃了更多呢。万一警察问起他，然后他承认自己剃光了所有毛发呢？”

我打断她的胡思乱想：“这是游泳队要求的！当时几乎一半的队员都参加了派对，没有体毛说明不了任何问题！”

“那这个呢？”她举起那件蓝衣服，“律师给我打完电话，我上楼找到了这个。那个春天过后，他就再也没穿过这件衣服。我开始找不到，没有在洗衣房，也没有在他的抽屉里。我在他房间里找了很久，心想也许是丢了，也许在他参加那个派对之前，这件衣服就丢了。所以那天晚上穿这件衣服的人不是他。然后……然后我就从他乱糟糟的柜子夹层里发现了这个。他还用个塑料袋包起来了。”

“用塑料袋包起来了？里面还有别的东西吗？”我努力控制自己不去想最坏的结果。

“里面还有一些裤子和几双袜子，还有一副拳击手套。有时他不想游泳，也练练拳击。他会把校服装进包里，有时会换一整套衣服。”

“剩下的东西呢？拿来给我看看。”

我跟着她进了洗衣房，她把那些衣服丢进洗衣机，还没开始洗。

“我不知道该怎么办，应该把这些东西洗干净还是丢掉。这些看起来就像是普通的游泳用品。”

她把那件衣服也一起给我，我马上凑过去闻了闻。杰森没事就往泳池跑，他的东西，的确全都有一股氯的味道。你已经知道我要说什么了。

我靠在墙上，无力地闭上眼睛。我犹豫再三，给自己找了个理由，把事情告诉了妻子。我终究还是自私的。

“珍妮·克莱默昨天想起来了点什么，关于那天晚上她被强奸的事情……”朱莉紧张地看向我。

“消毒水，朱莉，她记得闻到了消毒水……我们的儿子……”

她瞪大了眼睛，嘴巴张得能塞下一个拳头：“我的天哪，三件事，他们有三件事可以用来指认他了！”

“那天晚上，有一半的游泳队员都在那个派对上。”

我们看向那件蓝衣服，面面相觑。

我低声说：“他不会做这种事的。”

“我知道的。”

“你知道对吧？你知道我做了哪些事情吗？根据我的心理测写，那个强奸犯是个反社会人格。你懂吗？”

“我当然懂！”

“他把珍妮的脸摁在地上，他掐住她的脖子，折磨侮辱了她整整一个小时！”

“我知道，我知道的。”

“然后那个浑蛋，那个畜生，还用一根木棍戳珍妮的背，搅得她血肉模糊！”

“够了，别说了！我知道那个浑蛋对那个可怜的女孩都做了些什么！”

“那你还担心什么？我们的儿子是绝对不可能做这种事情的。”

她深呼吸，我们慢慢冷静下来。我内心愤愤不平，我不该把这些告诉她。这些都不重要，我们了解自己的儿子，他不是这样的人。有人会怀疑他，会指责他，会相信这些所谓的证据。汤姆·克莱默会相信，夏洛特会相信，珍妮会相信。我打着哆嗦，想把那个可怕的念头驱逐出脑海。

“他们不会再让我治疗她了，如果杰森确实有嫌疑的话。我必须回避这个案件，我再也不能帮助她恢复记忆了。”

朱莉握住我的手：“你就在考虑这个吗？我们的儿子被指控强奸，他的人生很可能就此毁于一旦，你还在考虑这个吗？”

“不会的，他不可能做这种事。”

“艾伦，我们相信他没有。这个案子一天不解决，他就没法摆脱嫌疑。他的余生，都要被强奸犯的阴影笼罩着。”

她是对的。我不知道为什么这时候我操心的还是珍妮的治疗，我比自己想象的更无私一点。

“你是对的，我很抱歉。”

“现在我们该怎么做呢？”

我心里也没答案：“现在给律师回电话，告诉他你记错了，杰森只有一件白色的兜帽上衣，上面有一只红色的老鹰。不管你怎么说，只需要告诉他你记错了。我不相信他，他有可能为了他别的客户出卖杰森。现在我们的漏洞太多了，必须马上跟杰森谈谈。我们要教他如何巧妙回答那些问题，不是撒谎，而是如何用话术让自己摆脱罪名。”

朱莉赞同了我。她问我，下一步该怎么做？当然会有人记得杰森曾经穿过那件蓝色的衣服，加上消毒水味道，还有刮掉了体毛，这三样加起来，让他几乎有了头号嫌疑。帕森斯和汤姆只是刚刚从游泳队这个线索出发，好极了，那天晚上游泳队不少人在场，这可以转移他们的视线，拖住一段时间。

这个案件目前的证据都对杰森很不利，我之前还没有发现更多线索。

但是很快就会有的。

对我来说，要记住这些日子，并复述它们，非常困难。我现在回忆起过去发生的那些事情，觉得非常恐惧。我心乱如麻，脑海里一团糨糊。

上周三，我帮助珍妮想起了一小段记忆。她想起那天晚上她闻到了消毒水的味道。第二天，也就是周四，我和克莱默夫妇一起讨论这件事。还有克鲁兹·德马科说他看到一个穿着蓝色连帽衫的男孩走进树林里。汤姆让我帮助珍妮回想，罪犯是不是穿蓝色连帽衫的那个人。克莱默夫妇下午回家了，汤姆剩下的时间都在学校网站上翻照片，看能不能找到一个穿连帽衫的男生。夏洛特太太从珍妮的回忆中，想起她自己原来和继父之间的不伦关系，以及她在沙发上经历的不愉快的第一次。出于这种同病相怜感，夏洛特把女儿抱在怀里，用手轻抚珍妮的脊背，试图给她安慰和希望。然后晚上，夏洛特和汤姆之间有了久违的夫妻生活。这天我回到家，我妻子告诉我，她在我们儿子的衣柜里找到一件蓝色连帽衫，上面有只红色的老鹰。

次日，也就是周五，大概8点半的时候，夏洛特来到我的诊所。再过一天，汤姆也要来。我之前向你说过，我那天接待她的时候，心里有点不耐烦，她告诉我她和珍妮之间的对话后，我粗暴地给了她一个结论，不像平时那样循循善诱，让她自己发现结果。现在你应该厘清了，我为什么那天心情欠佳了吧。

夏洛特走了之后，我一直有点紧张。后面还有两个人过来，但我已经没心情接待他们。都是些鸡毛蒜皮的小事，A太太和她邻居因为篱笆位置的事情吵架了，情绪低落，因此来寻求心理辅导。B先生又失眠了，而且还不想吃安眠药，我得花时间确定到底是因为什么失眠。我本来应该问他一些愚蠢的问题：你为什么不想睡觉呀？那你什么时候会想睡觉呢？但我没问，我实在没心情。我焦虑不安，强作冷静，一直在等我妻子的电话。

她大概11点15分的时候给我打电话，当时病人还在我办公室里，我告诉他这是另一个紧急病人的电话。我说谎了，以后可能还要说更多。

“我告诉律师，那件衣服是深紫色的，上面有一些红色字母，没有红色的鸟。我照你说的做了，我告诉他说我弄错了。”

“他相信你了吗？”

“应该吧，我觉得好像是。他说今天帕森斯警官询问了三个孩子，还没问到杰森。”

“他有说还有多久到杰森吗？”

“可能一周吧，不过我觉得我们可以跟他们说，杰森下周六要参加游泳训练，还有期末考试，也许谈话的时间可以更迟。”

“好的亲爱的，棒极了。”

她顿了顿，我听见她的叹息。她心上的弦绷得太久了。她问我：“你打算今天晚上和杰森谈谈吗？”

“对，我回家之后。他那时候不会出去对吧？”

“我会跟他说的，那衣服的事……”

“什么衣服？”

“那个……嗯……就是衣服。”

“你觉得呢？”

“好吧，我会删掉电脑里所有的照片。你能拿到他的手机吗？”

“可以，今天晚上我们说完之后，我会督促他删掉手机里和网上的一切蛛丝马迹，然后让他再检查一遍。”

“太好了，亲爱的。早点回来。”

“我会的，拜拜。”

这就是我想出来的办法，我们如何解决那件衣服给我们带来的困扰。让杰森删掉所有他穿了那件衣服的照片，然后提醒他，必须好好想清楚，怎么对警察说他那天晚上干了什么。这个世界就是这样，有很多无可奈何。我每次去萨默斯监狱，都会想到这一点，比如格伦·谢尔比。他后来就自杀了。

这个世界并非没有正义公平和准则。但是，很多事情并不是非黑即白，我们首先要做的是保护好自己和家人。我会站在我儿子这一边，无条件帮助他。我要教他说：他不记得那天在派对上穿的是什么衣服；他没有靠近小树林，也没有看见蓝色思域或者克鲁兹·德马科；他不知道自己的蓝色连帽衫去哪儿了，甚至不记得自己是不是有蓝色连帽衫。我要教会他，这个世界是不公平的，为了让我们自己生活得更好，必须说一些有违道德和诚实的小小谎话。我安慰自己，我做的没错。这是一个教育儿子的好机会，让他早点认识到这个世界的真面目。我逐渐冷静下来，杰森绝不能因为这种巧合背上强奸犯的罪名，什么蓝色帽衫，说不定根本就是那个毒品贩子胡说八道。

我打给了帕森斯警官，这是个有点仓促的决定。现在我的状态并不是很好，但是我必须打给警察，我一秒都等不及了，我要知道案件的最新进展，想知道有没有什么新线索。我实在太担心了，必须马上知道这个案子的最新情况。

这个电话让我的处境更加被动。

“喂，艾伦，我是帕森斯。你有什么新进展了吗？珍妮想起穿蓝色帽衫的人了吗？”

“没有，还没到我们下一次治疗的时候呢，下周三下午她才来找我。听起来他们已经告诉你我上次治疗的结果了？”

“对，她想起来一些片段，听说她对消毒水的味道很有印象。”

“她是想起一些片段，不过只是她的回忆，和真实情况可能会有点偏差。”

“好吧，不管怎么说，这都没有用。可惜就是没想起来坏人的脸，是这样的对吧？我觉得我们可以考虑一下游泳队的人，那天晚上游泳队很多人参加了派对。我会让他们翻一下去年的那些记录，看看有没有什么新线索。过段时间学校也会给我们提供一份完整的名单。”

“那真是好极了，但是得出最后的结论之前，我们一定要谨慎啊。我会加快治疗节奏，看珍妮能不能想起什么新线索。记忆总是一连串的，想想人们记事情是不是也总会记得前因后果。记忆就像是一本书，有很多章节。消毒水这一章可能是第四章，然后强奸那一章就是第十章。如果不能搞清楚前因后果，还有事情发生的顺序，我们不能武断地认定消毒水和强奸……”

“你就帮珍妮恢复记忆就行了，反正查一下那天晚上游泳队是不是所有人都在一起玩，有没有谁单独行动，也不费什么事。我们可以齐头并进，一起找线索。相信我，我只是要调查一下，我不是怀疑费尔维的任何一个孩子，我只是完成我的工作。”

“好的，我知道了。”我的心跳到了嗓子眼儿，几乎忍不住想告诉他，杰森也是那天晚上参加派对的游泳队成员。去年，杰森接受调查，做笔录时，我还不认识帕森斯警官，那时候是另一个年轻的女警来我们家的。不是很正式的调查，她就是随便问了问杰森那天晚上做了些什么。她的笔记甚至不超过一行，因为那时候我们都觉得杰森跟这件事一点关系都没有。我觉得帕森斯知道我儿子被牵扯到这件事里，一定会很惊讶。而且，我从来没有对他提过。这件事情引起他的关注，很有可能招来怀疑。

然后帕森斯说：“听着，汤姆说他今天要来找你，帮我把一个关于德马科的消息带给他。”

“是什么事？”

“德马科被保释了。我们给约翰·文森特施压，就是那个在学校门口从德马科手上买毒品的小孩，吓了吓他，有了意外发现。他的律师拿出证据，洗清了德马科强奸的嫌疑。强奸犯可能另有其人。因此，德马科和文森特一样，被释放了。”

“另有其人？怎么可能？德马科说他9点的时候看到一个穿蓝衣服的人走进树林。然后邻居家小男孩看到空的蓝色思域停在外面，差不多是8点45分，时间很接近了。你问那个男孩了吗？他有看见穿连帽衫的人走进树林吗？我们不能相信德马科的一面之词。”我承认我这个时候有些急躁了，我想出了一个办法，用来应对这件事。

“你说的这些情况，我们当然想到了。他没看见别人走进树林。但是，德马科从8点半开始，就一直在后门和一些孩子在一起。有两个学生承认，他们当时跟德马科买大麻。这又是另一件事了。不管怎么说，8点半的时候，德马科在那个房子里。然后约翰·文森特说，大概9点15分的时候，德马科开车载他，一起去克兰斯顿买可卡因。我们上次在学校门口逮到他俩的时候，文森特包里有不少藏货，他瘾头不小。”

“所以你是觉得……”

“我的意思是，泰迪·邓肯经过之后不久，差不多9点的时候，德马科就已经回车上去了。就是在那时候，他看见穿蓝衣服的人进了树林。德马科等了几分钟，约翰·文森特从家里匆匆赶过来，上了车，然后他们一起去克兰斯顿买可卡因。然后他们就走了，差不多开了一个小时的车。”

“可……可这只是他们的一面之词。听起来好像合理，但如果他们一开始就在撒谎呢？那他们说的这些就都不成立了！我觉得我们不能相信他们说的话。”

“哎，你听我说，文森特说他们中途停下来加油和买烟，当时他刷了信用卡。我们查了银行的记录。那天晚上9点37分的时候，确实有一笔账单。我们还查了加油站的监控，当时德马科确实开着思域，和文森特在一起，那个地方离小树林差不多有六英里远。德马科开始没说，大概是不想告诉我们，他带着未成年人去买可卡因，不然他的罪名还得包括一项教唆未成年人犯罪。不过他瞒着也没用，我们现在还不是知道了。地区检察官会让他们为自己的行为付出代价的，这就不是我们该操心的了。”

“不是因为强奸。”

“不，不是因为强奸。但我们现在得到了新的线索，连帽衫，不是吗？还有珍妮关于消毒水的回忆。我也很失望，但是思域这条线就到此为止了。”

“是的，我也很失望。”

“好像一切又从头开始了，从游泳队这个线索出发，又是一次大海捞针。我的天哪！我是真的不愿意相信，我们费尔维的学生会做出这种事情来。这种禽兽不如的人！该死，我想找到他。但是我不希望在费尔维找到他。现在看来，她还是想不起脸，对吧？我们只能慢慢找了。”

我心如擂鼓，手心一片冰凉，现在我不适合做任何决定。我之前想跟帕森斯说一下杰森的事，幸亏忍住了没说。毕竟我现在还没有肯定的证据证明杰森清白。我挂了电话，拉开抽屉，找出一片安定，慢慢吞了下去。我现在心里太乱了，必须冷静一下，好好思考这件事。

接下来我还有两件事要做，接待汤姆，还有珍妮。药效慢慢发挥，我逐渐平稳呼吸冷静下来。我看着墙角的盆栽，这好像是我第一次注意到办公室里的植物。我现在强迫自己镇定地安排自己接下来要做的事。

首先是汤姆，之前的三个月，我们之间也有了一定的了解。比如，他因为童年经历产生的不自信，是如何影响到他的工作和生活的，我也说过自己打算怎么帮他摆脱困难。不过，他现在也觉得他的性格和他父母有很大关系。他记得小时候父母对他说的话，他爸爸老是问他“觉得自己做得怎么样”，他妈妈对他说“人无完人”，“你能力有限，我们必须接受自己的不完美，和自己的缺点达成和解”。不过汤姆的双亲似乎从不觉得自己有缺点。父亲三次落选系主任，他们觉得是委员会的人没眼光，甚至嘲笑和攻击那些成员的个人缺陷，难看的假发、口气不清新、杂乱的牙齿、长得不好看的配偶，都是他俩嘲笑的目标。他妈妈说起她的网球球友也很刻薄。她觉得他们又懒又胖，还蠢。世界上就只有他们两个聪明人。汤姆记得父母所有表里不一的言行举止，他觉得他们非常虚伪，说一套做一套。“简直让我恶心。”三周前，汤姆说起父母，脱口而出，“说真的，他们让我觉得非常恶心。艾伦，你也有孩子，你会没事就跟他们说他们能力有限，不必强求吗？这样打击一个孩子的自尊心，能让他们更成功吗？因为他们，我一直觉得我做的每一件事情都是错误的，成绩、薪水、升职，甚至老婆、孩子，我觉得自己好像一无是处，什么都不配得到。一直到现在，我还是这么想。”

汤姆觉得他不配有这么漂亮的妻子、可爱的孩子，他不配拥有现在的成就，虽然可能在我们看来并不算什么成就。汤姆在费尔维生活无忧，还加入了乡村俱乐部。他有积蓄去念大学，有正常的头脑和体魄，身体健康，受人喜欢。他喜欢车，不管是开车还是卖车，因此他恨不得每天都去上班。一切都如此和谐美好，至少，在珍妮被强奸之前。

听到最后，我觉得他对我想说的话应该有了心理准备。

“汤姆，”上周我们治疗快接近尾声时，我对他说，“我问你一个问题。”

“什么？”

“你觉得，珍妮活该被强奸吗？”

“这是什么鬼问题？”汤姆很吃惊，“这个问题太荒唐了！”汤姆用了个更严厉的词，我记不得他的原话了。

“你觉得自己不配拥有他们，珍妮、卢卡斯还有夏洛特。你配不上你的工作。可能是老天为了惩罚你拥有的太多了，才让这件事情发生了。你就是主要原因。”

“我的天！多么残忍的话！你怎么能对我说这种话！”

“汤姆，不是我说这种话，我只是复述你的想法，这种观点跟你的想法不是如出一辙吗？”

反正我当时就是用这种方式让汤姆意识到他之前的想法大错特错。总之当时我还没有被自己的家庭影响，一心扑在自己的专业上，想帮助他们。汤姆跌坐回椅子，陷入沉思。他眼睛瞪大了，脸再次皱成一团，他又哭了。几乎每次我们见面，他都要哭一场。

这就是我和汤姆对于他内心世界的解读。汤姆一直觉得自责，他自责自己没能保护好女儿，情有可原；但他没必要觉得是自己导致了这件事的发生，这就很有问题。因为他潜意识里有这种想法，才有他后面的举动。虽然这种联系藏得很深，但它确实存在。我就不详细分析其中的心理学道理了。

这种内疚非常有力，想着想着，我突然有了一个疯狂的坏念头，这周五下午见面时，我或许可以利用汤姆的这种内疚。

然后我开始思考珍妮的事情，不过时间过得太快了。我还没想出个所以然，汤姆已经来了。我之前在心里过了一遍我们上次谈话的内容，就是我刚才说的那些。他推门进来的那一刻，我有点沮丧，还没想出好办法来帮助我儿子摆脱嫌疑。不过汤姆的到来，让事情有了新的转机。

汤姆进来的时候，可以看出非常焦虑。他昨天睡得不太好，满脑子想的都是那件蓝衣服，还有妻子突然的求欢。他的心在珍妮被强奸并且接受遗忘治疗时，已经碎过一次了。现在珍妮的回忆，对他来说，又是新一轮的折磨。他坐在沙发边上，两脚叉开，手放在腿上，呼吸急促，肩膀一抖一抖。

我心里稍微平静了一点。

“你今天看起来状态不太好，发生了什么吗？”我问。

“不，没有，就因为什么都没发生，没有进展才是最糟糕的。”

“我懂得。”

“你懂，你真的懂吗？我觉得自己是唯一努力找强奸犯的人。我每天凌晨起来，在费尔维大大小小的网站上找照片，看别人穿什么衣服。”

“找那件有红鸟的蓝色连帽衫？”

“对，对的！你觉得呢？我的天，你理解吗？这是唯一找到那个畜生的线索！”

“你看起来有点失望。”

汤姆逐渐冷静下来，他为自己之前的冲动道歉。

“你找到什么了吗？”我明知故问，之前夏洛特已经告诉过我了。

“你知道费尔维有多少件蓝衣服吗？而且，那个红色的鸟可能是任何东西。红色机翼、红色老鹰……”

“但是在费尔维没找到是吗？”我听到他说出那个“鹰”字，心惊肉跳，赶紧打断他，“费尔维没有什么球队或者俱乐部有类似的衣服吧？”

“没有。我根本没找到有人穿过类似的衣服。我把学校网站上的照片都翻了一遍，还翻了几百份报纸，但是报纸太多了。这件事情难道不是警察该做的吗？个人的力量是有限的，我还有工作，还要照顾妻子和孩子，我的力量太有限了。”

他又哭了，我像往常一样，任他流泪不多打扰。汤姆仰靠在沙发上，跷起腿，用手捂住脸，不好意思让别人看见他哭。嗯，对，这也是他童年给他带来的影响。20世纪80年代还不流行育儿书籍，汤姆的父母不懂教他如何正确地释放和表达情绪。

“汤姆，假如那个男人一直找不到呢，你该怎么办？”

在我和妻子发现杰森衣柜里的那件衣服，让别人可能怀疑他的时候，我就一直用“这个男人”之类的字眼来称呼那个强奸犯。这样听起来那个强奸犯是个成年男性，而不是珍妮的同龄人。

汤姆摇摇头：“不会的，不会找不到的。”

“好吧。”我递给汤姆一包纸巾。

“我看了一些强奸受害者的恢复记录，不是医生的记录，而是受害人写的回忆录。呃，我不是质疑你的专业水平，但是我女儿自从接受治疗，开始吃药之后，就变得很沉默。她也不跟我们交流她想要什么，因此我想了解她更多。”

“很好，这可以促进你对她的理解。”

“我看到那些人说，她们被强迫，然后被强行……”

“侵犯，被强行进入和侵犯。”

“是的，是这个意思。有些受害者觉得自己失去了贞操。我忍不住去想当时的情况。上次你跟我说，珍妮想起了，觉得自己像牲畜一样，那个强奸犯没把她当人看。”

汤姆终于停止了哭泣，好像已经流干了，但他身上的绝望没有丝毫减少。

“问题就在这儿，我老是忍不住回想珍妮当时的遭遇。之前我一直不理解夏洛特说的话，现在才明白，即使我得到了自己想要的正义，珍妮也不能一夕之间康复。不过那些受害人，每个人都说在她们看到强奸犯被绳之以法的那一刻，内心终于得到了解脱。有些人觉得那是一报还一报，那些强奸犯入狱之后，会在牢房里千百倍尝到自己原来所犯下的罪行的滋味。我不知道我这么说你听懂没有……”

“我听懂了，汤姆，那在这个地方，你想表达什么呢？”

“我想说，那些受害人没有明说，强奸犯在监狱里被强奸，会让她们心里好受一些。但是强奸犯在狱中失去了自由、人权，还有贞操，出狱之后‘强奸犯’这个称呼也会伴随他一辈子。他的一生永远没有安宁之日，夜夜内心得不到平静，永远无法解脱。这是那些受害人的想法，我觉得你的很多病人可能也有类似的想法。”

“是这样的。”

“我觉得需要多听听那些受害人的想法。当惨案发生的一刻，她们的呼救无人听，她们的意愿无人问。她们一直以来被同情、被忽视，因此更希望有人能听听她们的意见。强奸犯入狱的那一刻，对她们来说，象征意义大于实际意义，毕竟伤害已经发生了，但是还是有一定用处的。对，你能通过治疗帮助珍妮找回失去的记忆，通过……”

“让她回到当时的情景，唤回她当时的情绪记忆，让她想起发生的事情。”

“对，所以她能想起那畜生是谁，把他绳之以法。她也不会再自杀了，再也不会了。这种事情不会再发生了，永远。”

“希望如此吧，汤姆。最近珍妮好些了吗？”

“我不确定，时好时坏。她每次从你的互助小组回来，看上去会好一些。我开始想错了，我本来挺担心她和你的心理病人待在一块。”

“那现在呢？”

“现在我觉得她需要多听听别人的经历，我也需要多看看别人的经历。她现在简直焕然一新，我又从她的眼睛里看到了光彩。”

我把自己的焦虑藏得很好。我没心思听他说，珍妮的眼睛怎么重放光彩，那个结了婚的退役海军怎么帮珍妮走出阴影。

“这些都是你的功劳！我是她的父亲，可我什么都没做。在帮她走出阴影上，我有心无力。我只能尽快抓住那个强奸犯，让他得到惩罚。这是我唯一能为珍妮做的，给她片刻的解脱和宁静，这是我唯一能做的。”

“记得我们之前讨论过的吗？你很自责，觉得自己不配有珍妮这么好的女儿。”

“我当然记得，这很难忘记。事实上，我确实觉得自己没能保护她，并因此而愧疚。但是，如果说宇宙因为我的幸运，就对我惩罚，有点牵强吧。”

“那你说说你的想法。”

汤姆转了转眼球，脸上带了一丝恼怒：“我说不清！夏洛特突然和我有了房事，我也不知道为什么。我什么都没做啊。不过我发现26号路那家捷豹经销店的女秘书跟别人有点不清不楚的关系。”

“噢，我知道那里。”其实我不知道，但是我肯定，汤姆说的绝不是他自己的婚外情，我用我的执照担保。

“我有个老客户给我打电话，他过去这些年从我这儿买了四辆车，是一个我无法拒绝的大客户。我已经准备回家了，他给我打电话，说他想试一下捷豹F型敞篷车。天已经黑了，差不多是晚上8点。我第二天值班，所以是店里走得最晚的。因为他我再次掉头回店里，差不多花了二十分钟到了展厅外面。客户还有十分钟才到。我走进展厅，然后听到里面有声音，有人在里面偷情。我本来应该发出声音，打开灯，假装我没听见，让他们偷偷溜走或者整理一下自己的衣服。”

“但是你没这么做，我理解的，人都会有好奇心。”

“是的，在这件事上我的确不够君子。我悄悄地贴着墙，走进了展厅，透过窗户上的微光，看到了他们。”

汤姆陷进了他当时目睹的场景中，我明智地给了他一点时间回忆，没有打扰他。

“男的是我的老板，大老板，鲍勃·沙利文。女的是莉拉，一个特别年轻漂亮的女孩，她今年才刚刚20岁！老天爷，沙利文已经53岁了！我不知道他们为什么会搞在一起，尤其是沙利文和莉拉的爸爸是多年好友，每个周末他们还会一起去打高尔夫球，他们两家人彼此都很熟悉，孩子也经常在一起玩。莉拉坐在一辆车的引擎盖上，短裙被掀起来，他一只手扶住她的肩膀，另一只手扶住她的后脑勺。他就这么进入她，她装作很享受的样子在呻吟。但是我刚好能看到她的脸，他的每次冲撞，都会撞到她的脸和胸，把她顶到引擎盖上。他的每次进攻都让她一阵皱眉。这么听起来，感觉我好像看了很久，但是我发誓，我就看了几秒钟，只是事后久久难以忘记。沙利文在莉拉很小的时候，在她还扎着小辫玩洋娃娃时就认识她了。现在她长大了，他居然能够毫不犹豫地在汽车上跟她做爱。”

我听着他的话，惊讶极了，屏住了呼吸，简直忘记了自己的职业操守，只想听他把这件事情说下去。我的脑子飞速运转，有什么念头一闪而过。

“然后你怎么做的？”

“我悄悄地出去了，回到我自己的车上。我之前把车停在后门，然后我把车绕了个圈停在前门，好让展厅里面那对野鸳鸯能够注意到我的车灯。”

“让他们有时间离开？”

“对的。其实我一开始就该这么做的。我开门时故意发出很大声音，打开灯，咳嗽了几声。过了一会儿，鲍勃出来了，他的脸很红。我很想揍他。”

“他有找借口说自己为什么这么晚还没走吗？”

“当然。我也假装相信了，没追问他。其实我比自己想象的要镇定。他也没多想。他和来询价的客户交谈，我们能给他多少折扣。我很肯定，莉拉趁这段时间从侧门走了，因为我没看见她出来。”

“这是什么时候的事啊？”

“上周二。”

“你跟谁说过这件事吗，比如夏洛特？”

“我没有跟任何人说过。我想这是你我之间的秘密。我很珍惜我的工作和事业，我几乎管着所有的展厅，是鲍勃的副主管，揭发这件事对我没什么好处。”

“因为另一个当事人是个小姑娘，因此你有一种无力感？为什么要跟我说这件事呢？”

他想了想：“嗯对，我觉得，也不是无力吧。她已经是个成年人了。她很年轻，但已经是个成年人，所以应该为自己的选择负责。她可能从鲍勃那里得到了些什么，我知道她缺钱。也许他们上床之后，她下个月能够得到一笔不错的奖金。她爸爸最近有些周转不灵，她需要存钱去念大学。不然我要怎么做呢？威胁他要告诉他的妻子？这件事根本就不关我的事。”

“假如鲍勃·沙利文不是你的老板，你只是一位想买车的顾客呢？”

“呃，我想想，我不知道。也许我还是会这么做，也许我不会。”

“但你有了选择，决定权就会在你手上，而不是因为他是老板，所以你就假装没看见。”

“对，就是这样，你说得太对了。”

我点了点头，我对自己的这段剖析也很满意。即使没有出杰森的事情，我也会这么为汤姆分析。

但接下来，我就要在汤姆心里埋下怀疑的种子了。

我说：“汤姆，你说他一只手扶着她的肩膀，一只手握住她的后脑勺儿，所以你看见了她的脸。”

“对的，他的一只手插在她的头发里，温柔地抚摩着她的头发，并没有强迫她……”

“你确定她是自愿的？”

“对的！当然啦！在那件事发生之后……假如他们不是自愿的，我肯定上去把鲍勃丢到窗外去。为什么这么问？”

我吸了一口气，慢慢完善自己的计划。我并没有完全告诉他们，珍妮回想起来的那段记忆中的每一个细节，比如，那个男人的手一只放在她的肩膀上，一只放在她的脖子附近。我现在打算告诉他……其实，还不到最好的时机。很多男人都喜欢鲍勃的那个姿势，握住后脑勺儿，或者指尖穿过女方的秀发。他们需要有一个受力点固定女方来承受他们的动作。不过，在现在这种时候，鲍勃的这个姿势真的对我来说很有用，非常非常有用。我故作迟疑，瞪大了眼睛。

“不好意思，汤姆，我只是想确定一下。其实你说的没错，你确实没必要因为这件事情影响了工作，或者联想到珍妮。毕竟莉拉已经是成年人了。她该知道自己在做什么，不管她看起来开不开心，她这么做肯定有自己的原因。而且，鲍勃觉得她很享受。”

汤姆现在有些不确定他当时看到的两人是不是完全情愿了。我见好就收，没有说更多。我们继续说夏洛特的事，还有我接下来要对珍妮进行的治疗，以及汤姆童年和他父母之间发生的事情。目前，我在汤姆心里埋下了一根刺，这足够了。

汤姆走后，大概还有一个半小时，就轮到珍妮了。上次我帮她恢复了一小段记忆，就像找回了一片拼图，但是一片拼图里的事情说明不了什么，我们必须找回全部的拼图，才能还原出事情的真相。

不过我现在想到的却不是珍妮，而是鲍勃·沙利文。

这个人在我的印象中，和谁上床我都不惊讶。夏洛特对我说过他们之间的“感情”，夏洛特相信她是鲍勃的唯一，鲍勃爱她，并且鲍勃内心因为这段婚外情饱受折磨。我压根儿都不信，一个标点符号都不信。鲍勃一看就是情场老手，睡过的女人比高速公路上的广告牌还多。记得几个月前，珍妮自杀的那天晚上，夏洛特身上全是女儿的血，还跑去停车场跟鲍勃私会。那天晚上发生的事情还不止那些，我们的治疗过去了整整三个月，这三个月夏洛特和鲍勃依然每周私会。夏洛特终于又有心情开口，对我说那天之后她和鲍勃发生了什么。

就是上次她告诉我，她和汤姆之间重新有夫妻生活的时候。我紧接着问了句：“现在你和鲍勃那边怎么样了？”

我们很平淡地谈论这件事情，就好像随口问了句网球比赛的结果。这只是我的策略，她的婚外情绝不平淡，但是她只需要坚持自己的意见，没必要也不希望让我过度干涉，评价她的行为。于是我非常注意保持客观中立的立场。

“我不知道。”她叹了口气，“自从那天下午，一切都不同了。我们在一起幽会的时候，珍妮自杀了。鲍勃当时离我很远，在克兰斯顿的西边，鲍勃的朋友去欧洲玩了，托他照看房子。那件事发生之后，我再也不敢让珍妮单独待在家里，就连去洗衣房和仓库，也不会超过一个小时。我不和朋友出去玩，也不出去打网球了。只有每周一，清洁工来家里打扫的时候才会有空出门。当我把车开出去，送珍妮去医院时，我脑海里全是珍妮躺在血泊里，生死不知的样子。”

夏洛特努力让自己放松：做了一个深呼吸，闭上眼睛几秒钟。她身体微颤，想要摆脱那些如影随形的噩梦。

“那天就是周一，清洁工来了，我开了五十分钟的车赶去鲍勃那儿，虽然我们只能相处一个小时。时间紧凑，无须多言。我们见面之后打了个招呼，寒暄了几句。他问起珍妮，我告诉他珍妮的情况。我问他过得怎么样，他孩子过得怎么样。然后，就直奔主题。”

“听起来，少了些什么，比如激情、爱意？”

“我也觉得少了些什么，而且上周我有点不爽了，他不如以前持久了。我又假装高潮了，为了我们能结束这场性事。我也不知道为什么，可能是那天他摸我的方式不太舒服。自从那天晚上，我们在停车场见面之后，就是珍妮自杀的那天晚上，我感觉自那之后我俩之间的关系慢慢变得脆弱了。”

“你觉得是因为你还是他呢？”

她两手交握：“我是真的不知道。鲍勃，他对我说同样的话，做同样的事，发同样的短信。”

“那些挑逗的短信？”

“不仅仅是那样。还有他勃起的照片，或是他想尝试的新体位，那种短信我一般直接删掉，太色情了。”

夏洛特说起这些，脸上的表情很嫌恶。以前，她只是尴尬地说起，但经常这样被撩拨起性欲。

“他一直说他爱我，但是爱和性不是一回事。”

“不过这很难区分，而且鲍勃对你来说很重要。”

“他让我变得完整，像我们之前说过的，他知道我的过去，可依然爱我，需要我。”

“那么是什么变了呢？是什么让你们之间改变了？”

夏洛特耸耸肩，她不知道。我看着她，叹了口气。她问我是不是烦了。我向她保证，我没有。我跟她说，我只是累了。我从来不让自己的情绪影响到客户，可我真的不耐烦了。我那天可没吃安定，完全是靠毅力在控制自己。

我让夏洛特想想，为什么她和鲍勃之间的关系变成现在这样。其实我内心知道答案。鲍勃那晚在公路边的停车场根本就没对夏洛特说“不是你的错”。鲍勃内心根本就没有接纳和原谅夏洛特，一直以来，鲍勃抱着她说爱她，接受她因为和继父上过床被母亲送到姑妈家生活的现实，都是假的，他在骗她。她只是不愿意正视真相。鲍勃只是想和她上床，他是个熟练狡猾的感情骗子。他的手段让我大开眼界，印象深刻，他知道该如何吸引夏洛特。夏洛特需要别人的接纳，就像快要饿死的人，只要别人给了她一点食物，就会躺下来叉开腿。她自己舒不舒服根本不在考虑范围。即使后来证明他的话都是假的，给的食物变质发霉了，她仍然狼吞虎咽不愿放弃，如同饮鸩止渴。

我很好奇，他在捷豹展厅对莉拉说了什么，才把她哄上了床。让她在捷豹展厅跟他玩骑乘，不顾羞耻，只有最原始的兽欲。也许就像汤姆所说的，她缺钱吧？又或者她渴望父爱？一千种一万种理由。总之，鲍勃就像是狡猾的猎狗，找到了女人们的需求，再一次投其所好。老实说，他的这种本事，让我叹为观止。

夏洛特走后第二天，汤姆来了。我跟他谈话之后，内心有个念头慢慢成形，逐渐变得火热。我想了又想，这简直是天赐良机，太适合了，太完美了！

我在房间里走过来走过去。这件事是这样的：夏洛特来见我，接着是另外两个病人。然后周五，我见到了汤姆，他跟我说了鲍勃在捷豹展厅偷情的事。最关键的一点，我想到该如何帮我儿子洗脱嫌疑了。我妻子是对的。一旦被怀疑成强奸犯，可能会影响他的一生。现在社交媒体这么发达，即使最后证明了杰森的清白，网络暴力对他的伤害也是不可逆转的。还有一点，我没跟妻子说的就是，对我来说，继续治疗珍妮是一件非常有意义的事情。但是，没有家长会同意犯罪嫌疑人的爸爸接近受害者。我是真的想完成珍妮的治疗和我自己的研究。我就是个自私的浑蛋！反正，我就是无法想象，哪天我因为这种事被迫退出珍妮的治疗。

但是现在我的计划还很粗糙，经不起推敲。

下午4点左右，珍妮到达了诊所。这两天我尽是见克莱默一家人了，完全沉浸在他们的事里，这也方便我梳理每一个细节。珍妮不是独自过来的，每次都是夏洛特送她过来，卢卡斯有时候也会一起过来。不过不要紧，只要我开门，他们都会很自觉地回避。我会和珍妮单独相处一个小时，完成治疗。有必要的时候，时间还会更久。

我结束了自己手头上的工作，起身打开门。

“我觉得你这儿就像我的家一样。”夏洛特开玩笑说。她看起来有点难过，我想她开始明白，她和鲍勃之间为什么慢慢失去了吸引力。

我微笑，没有说什么。珍妮走进来，坐在沙发上。

“珍妮，我想先跟你妈妈说会儿话，然后就开始吧。”

珍妮乖巧地答应了，然后掏出手机来玩。现在的年轻人都这样，对他们来说，安静坐着什么都不干，真是难以想象。当然，这个屋子也不安静。

我关上门，让珍妮一个人留在屋里。我告诉夏洛特我的时间安排变了，假装珍妮需要重新约时间过来跟我见面。夏洛特没多想，就掏出手机，看她自己时间是不是跟我对得上。我告诉她，每周二我都要去萨默斯。

“你好，卢卡斯。”我看着卢卡斯的眼睛，跟他握手。我没有把他当作一个病人，但是他看我的眼神，就是那种小孩看医生的眼神。他也没错，当看到医生时，十有八九是你身体出毛病了，医生治疗病人，有时候治疗的过程让你觉得很痛或者不舒服。无意冒犯，但事实如此。

不到三分钟，我得到了自己想要的结果。我暂别他们，回到了办公室。

我的电脑还开着，在播放一段鲍勃·沙利文汽车店的广告片。这段广告片一直都是鲍勃在介绍、在讲话。珍妮对此毫无反应。她看到我进来，冲我笑了笑。

“不好意思，我忘了自己走的时候没关电脑。”

“没关系。”她说。

我关掉广告片，把椅子推到沙发旁边，看似随意闲聊：“我平时喜欢看新闻，但是不喜欢看广告。呃，对，你爸爸在那家店工作。嗯，我只是讨厌广告而已。”

她笑了笑，我坐下了。我觉得自己的第一步进行得很完美，但当我看到她的脸、她的眼睛时，我突然有了一瞬间的迟疑。

我之前说过我对珍妮的印象，她被强奸之后、自杀之前，我曾经看到过她，当时我对她的开朗很困惑。她表现得完全不像受过创伤的样子，完全不像强奸受害者。当然，后来我知道真相了，她接受了遗忘治疗。当时我松了一口气，她之前的表现简直违背了我一贯以来的专业认知。后来我开始治疗她，说实话认识肖恩·洛根后，她变化很大。就像汤姆说的，她的眼睛重放光彩了。上周三我见她的时候，我们有了重要发现，总算看见了黎明的曙光。但当时，我看见她脸上有慌张一闪而过，接着是痛苦、震惊和恐惧，好像她又经历了一次那些不愉快的回忆。然后，这些情绪全部被疲惫掩盖，她走的时候已经看不出来她的心情了。

我观察着她的表情，对她礼貌地笑。现在我能看到她的眼睛不一样了，这还是第一次，我能从她的眼睛中看出这个人经历过强奸的阴影，不再是完全明媚而无忧无虑。

“上周三你回去之后，感觉怎么样？”我故意问。

我简直不敢相信，原来我这么坏。更不敢相信，我最终还是要背叛自己的病人。我正在故意把她引向一条歧路，我趁她不知情，欺骗她、坑害她。我的病人全身心信赖我，我却给她吃掺杂着谎言的毒药。我有机会向她坦白一切真相的，但我有我的私心。我要继续我邪恶的计划，让事情朝对我有利的方向发展。为了我的儿子，为了我的家。我告诉自己，我可以的，别想太多，就这么做吧。但是结果呢？我的病人只能看到我误导后的真相，谎言腐蚀一切，真相不见天日。我的绝望如潮水般席卷了我。我的良知冷冷地在半空中嘲讽我。但是开弓没有回头箭，如果退缩了，我的儿子、我的工作都完了。为了救杰森，我必须继续下去。你懂吗？你懂吗！

珍妮开始向我倾诉，她回家之后，记忆变得越来越清晰。她记得那只放在她背上的手，在她脖子后面的手。她记得消毒水的味道。暴力、疼痛、屈辱，不管是肉体还是精神，都受到重创。我听着她的话，忍不住想：完美，这段记忆很有发挥的空间。因为真实，所以可信度更高。这段记忆经过漫长的不见天日后，终于从她脑海深处被翻了出来。

这段经历和她这两天的情绪结合起来，重新变成了可感知的回忆。用肖恩的话说，它们之前就像幽灵，你知道它们无处不在，但是难以感知。这段记忆终于找到了归属！记忆果然无法被完全消除，它们一直都在我们的大脑里，我的疗法奏效了！珍妮说着说着就哭了，她呜咽："我恨他！"她尖叫道："我恨他！"

"对！"我大声回应她。我也想哭了，我通过治疗，找回了她此前丢失的记忆，我心里一阵狂喜。

"他为什么要这么对我？"

"他只是通过征服你、占有你，来获得一种满足感。他就是个没有本事的社会底层，而你，却是世界上最宝贵的东西。你知道吗，他掠夺你，只是因为他的嫉妒，他嫉妒你拥有他没有的东西！珍妮，他就是个畜生，他没有心，而你，你是无辜的。"

"所以他掠夺我，他偷走了我的幸福。"

"他试图这么做，但他只能带走一小点。"

"不！我要夺回来！你懂我的意思吗？我什么都不想给他，我要夺回自己的东西！"

她的力量感染了我！我点头，然后颤抖着说出了自己唯一能说的话："我懂。"

我让她坐一小会儿，然后强迫自己在这短暂的时间里冷静下来。我贪婪地享受这片刻的宁静，然后抛开自己的道德和良知，强迫自己完成那个计划。

"今天，我们的重心是在声音上，你来辨认一下他们的声音。"

她点头，她全身心相信我。我想起夏洛特和鲍勃偷情，碰到珍妮自杀的那个午后。当时有个侦探偷偷跟踪他们录音，我没有那个录音，但是在夏洛特的复述下，我知道他们当时的对话。鲍勃当时一直在重复：“哦，上帝啊，我的天哪。”

“我想那个畜生、人渣当时情绪一定很激动，因此我选了一些人们在情绪不稳定的情况下说的话，等一下说给你听。你闭上眼睛，认真回忆，就像之前体验气味的时候那样，仔细想有没有哪一句有似曾相识的感觉。不用勉强自己，只要认真回想有没有相似的感觉。”

珍妮打开包，拿出那些道具。每次我们治疗时，她都会拿着她当时用的全部东西，闭上眼睛。我没像之前那样放歌，也没让她闻消毒水的味道。我不想让她回忆起她那晚在小树林的经历，我真正想让她想起的，是她自杀那天下午发生的事情。

现在，就是将理论付诸实践的时刻。珍妮被鲍勃·沙利文包扎手腕救起的时候，已经失去了意识。他的声音会让她有似曾相识的感觉吗？他说的话会在她记忆里留下痕迹，让她有所印象吗？我可以通过一点小手段，让她把关于自杀那天下午的记忆移花接木，让她觉得是那晚小树林发生的事情吗？

珍妮闭上了眼睛。

“准备好了吗？”我问。

她点头。我深吸一口气，把脑海中那些愧疚和自责赶走，然后开始复述那些话。

“哦，上帝啊……我的天哪……你觉得怎么样……对……我的天哪……嗯……呃……对……到了，就是这儿……天哪……好极了……上帝啊……我的天哪……上帝啊……我的天哪……我的天哪……我的天哪……”

珍妮并没有觉得鲍勃那些话是在她被强奸时听到的。你以为这件事情有这么简单吗？现在，一切才刚刚开始呢。怀疑的种子才刚刚埋下，正静待发芽。我的计划，珍妮和我的治疗，在治疗前播放鲍勃的广告片，都只是其中的一环。如果事情就是这么简单，岂不是任何一个人都能做？我的计划绝不是这样，没有这么简单，下一步还要等到下周一。

晚上我充满信心地回到家，然后现实给了我迎头一击。

我的儿子正等着我，他有点不高兴，星期五晚上被他妈妈留下来等我回家。

"嗨！我回来了。"我打了个招呼。杰森坐在客厅里玩X-Box。我的妻子在厨房忙碌，她跑出来，很紧张地跟我打个招呼，亲吻我的脸。

我站在玄关，踟蹰不前。我儿子背对着我，戴着耳机，没听到我说的话。游戏机里是一队军人在村庄里战斗的情形，我儿子的武器是小刀，用来割破敌人的喉咙。他和朋友一起联网在玩游戏，时不时发出几声惊叫。他们叫着、笑着，一个敌人悄悄从后方潜伏过来，刺中了我的儿子。他嚷嚷了一声，然后笑了起来。他对他朋友说："你真笨！你死哪儿去了！啥？快来那座桥，找辆车来那座桥！我死了，都怪你！都怪你离我太远了，去你的！"他说着又笑了。

离我发现杰森有件上面有红鸟的蓝色连帽衫还没过去两天。我觉得他应该就是那个离开派对，走进小树林的人。我和妻子商量了很久，决定要保护好他。

我一直觉得为人父母，需要承担起责任。我觉得你也是这么想的，这是我们的天性。我们平安长大，靠的也是父母的责任心。交配，繁衍，不惜一切保护后代，这是每个动物的本能。人类和动物不同的是，人类还有道德。不管人们怎么说动物是人类的朋友，它们是没有道德观的。有些动物偶然会有一些温情脉脉的行为，那也绝对是巧合。动物的生存，只依靠它们原始本能和需要，有时候看起来好像是某种"道德感"。它们保护弱者，或者团结到一起抵抗天敌，它们接纳不同种族的其他动物，都是一种自我保护，是长久以来群体生活的智慧，和道德无关。公猪会杀死孱弱的后代，于是母猪能够节约养分更好地养育后代。兽群会抛弃年老体弱的动物，因为它们没有价值。母狗有时候甚至会吃刚刚生下来的宝宝，给自己补充营养。这样的例子还有很多。

监狱里也是这样弱肉强食，一切的社会法则和规范都非常薄弱。我在狱中见过不少Ⅱ型重抑郁轻躁狂，他们缺乏同理心，是彻头彻尾的反社会人格。我们和动物之间的区别其实很少，那种界限很容易就被打破，但还好，还是有一层道德底线的。

我看到了妻子的神情，她现在已经有点动摇，怀疑是我们儿子强奸了珍妮。这很难接受，但我觉得他是无辜的。我妻子心态很矛盾，不是说她不够爱杰森，只是目前调查发现的线索都很不利。她没法解释，为什么那天杰森刚好出现在树林旁，刚好刮干净了体毛，刚好身上常带着消毒水的味道。我承认，这很难让人不怀疑。她别无选择，其他的理由都过于牵强了。也许他是嗑药嗑嗨了，也许这是一次强奸，也许他只是经过，另一个人尾随着他犯下了罪行。我们的儿子绝不可能是人们口中做出那些畜生行为的强奸犯。那个女孩根本就不记得那些事情了。所谓“证据确凿”，其实都是推测。这个事情其实漏洞百出，经不起质疑。

我的妻子还跟我说了一个过去挺久的事情，我们州南部曾经发生过一次强奸案。那个男生还被告上了法庭，我们还记得在法庭上出示的那些证据，受害人是如何被强迫的，一个个细节被掰开揉碎，暴露在大众眼前。他们是在学校里认识的，女生也是自愿和男生去宾馆的。尽管他的父母花了一大笔钱为他请律师辩护，尽管当时那起案件有很多疑点，他还是被判刑了。如果是我们，我们同样也会为我们儿子这么做。

这个少年犯争取假释的时候，我们还旁观了。他看起来是个好人，诚心悔过，看起来已经恢复了正常生活。然后强奸受害者也说话了。第一次没有律师在场，那个女孩向人们说出了事情的完整真相，朱莉和我简直被惊呆了。暴力、强奸、肛交、言语凌辱、窒息，这些都让她觉得恐惧，难以遗忘。这和他说的只是因为好奇才做的这种事毫不符合，假释被拒绝了。那个之前看起来彬彬有礼的男生，一下子变了副嘴脸，他变得狂躁。我妻子说“他的眼睛都红了”。我有点郁闷自己开始没能看出来他存在Ⅱ型重抑郁轻躁狂的倾向。我之前在萨默斯见过他不少次，但直到那天才发现他的精神状态。

我想说的是：朱莉提起这件事，是因为她希望，我能像那家人一样，保护我们的儿子。她想确定，即使杰森真的强奸了我的病人，他真的是反社会人格，我还是会保护他。她想要我的保证，但是我根本不认可她的假设。

我过去很不理解那一家人。他们知不知道自己的儿子有罪？还是就不在乎？还是说他们看到了那些证据，自欺欺人，觉得那个女生就是个轻浮、事后反悔的婊子，觉得他们的孩子是无辜的，所以坚定地站在他那一边？我承认自己有时候挺奇怪的，我非常喜欢给他们找一些理由，来印证自己的心理学知识，但我从没用这些来分析或测试自己，我也没有把妻子的矛盾心态告诉我们的儿子。

我走到电视机前，挡住杰森的视线，他想绕开我，左挪右挪，他的手指还在操控游戏。然后他看到我的脸色，知道不得不跟我谈谈了。他妈妈跟他说过，这周晚上不许出门，留在家里，我有话问他。

“我待会儿再回来。”他对朋友说完，又按了一连串键，关掉了按钮。我关了电视。

我们当时具体说了些什么，就没必要还原了。我跟他说了克鲁兹·德马科的事情，他开蓝色思域，那天晚上在案发现场，强奸案发生的那个时间，看见有个穿蓝色连帽衫的人进了小树林，那件衣服上有只红鸟。我告诉他，根据我们现在知道的线索，他有很大嫌疑。剃体毛、消毒水、连帽衫，前两个线索没办法，我们能改变的只有最后一样。

我看到他在消化我说的话，我觉得他的头脑更像他妈妈，不像我。

“你懂我的意思吗？他们会再找你问话的！”

“我知道。他们问过整个游泳队的人。”

“首先搞清楚一件事，”我的语气变得严厉，“你没有做任何伤害珍妮·克莱默的事情。”

“我当然没有！”

我从他的声音里听出了恐惧，说道：“我知道你没有，但是现在的线索对你很不利。你剃光了身上的毛发，还有那件衣服，这些警察都会问到你。”

他不说话了，我刚听到这些事情的时候也是一阵沉默。他剃光了体毛，穿了那件衣服去派对。

“杰森，那天晚上过去太久了，你可能不记得那么久之前的事情了，对吧？”

他先是莫名地看着我，然后慢慢懂了。我给他上了一课，这个世界多么不公平，我们可以利用一些漏洞钻空子。我看到他逐渐明白应该怎么做了。我们遵守道德，但是偶尔也可以越界一回。为了维护自己的生存，像动物一样。

“你是无辜的人，那么你就不应该被这个世界误解，也不应该受这种委屈。就是这样。”

“好的，爸爸。”

“现在，为了考虑得更周全一点，我想知道一件事情，关于那天晚上的。我需要知道你那天晚上去树林做了什么。”

我儿子撒谎了，每次撒谎他都直直地看我的眼睛，他觉得这样能够骗到我。我觉得自己在这个家被小瞧了。

“我没去树林，我没离开过派对。”

“杰森，诚实一点，别人看见你了。”

“我真的没有去！我发誓！”

“你敢肯定，除了那个毒贩子，没别人看见你了吗？”

“我没去，我发誓！”

“那连帽衫呢，为什么藏到衣柜底层去了？”

“我不知道，我房间太乱了，可能是我有时候出门着急，乱丢进去的。”

我真的觉得自己被当成个傻子，这个愚蠢拙劣的小骗子。这一刻我觉得他很恶心。但我还是要继续自己的计划，不惜一切代价保护他，非常昂贵的代价。我觉得我简直厌恶自己。我没法想象，我该怎么原谅自己，想象不出，干脆不想。我们达成了一致。他回房，去删掉他发的一切穿了蓝衣服的照片。他好像知道我的容忍度在哪儿，什么情况下我能忍受他、包庇他。我做这一切，是因为我相信他是无辜的。我没告诉他这个前提，因为我觉得不会有另一种情况。我的妻子想让我保证不管怎样我都会维护我们的儿子，我也没表态。

过了一个小时，他出去找朋友玩了。我不知道接下来等着我的是什么。我喝了一大杯苏格兰威士忌，然后和妻子一起上楼了。我跟我的妻子做爱了，就像是鲍勃·沙利文对待他的秘书那样，横冲直撞，毫无顾忌。

我们没在床上。事后，我的妻子吻我，微笑，然后去冲澡了。我的血液汩汩流动，我试图思考，抓住那些稍纵即逝的灵感。这让我很受折磨，一场酣畅的性事也没能帮到我。

我闭上眼睛，沉入黑暗之中。这段时间，我一直在担心我儿子的事情，害怕他被指控是强奸犯。

我的儿子的确去了树林，我的儿子和强奸犯一起去了树林。

我倒抽了一口凉气。

上帝啊，我忽略了一件很重要的事情。

我儿子可能也是受害者。

这个周末过得既尴尬又痛苦。我的妻子洗澡的时候，忍不住哭了好几次。每次出来的时候，脸红红的，眼睛也红彤彤的。我的儿子一反常态，特别安静，每天就泡在游泳池里锻炼，然后和朋友一起出去玩。他不想跟我们待在一起。

我为了让妻子镇定下来，强忍恐惧。我儿子应该没有强奸那个女孩，我推测当时究竟发生了什么，这费了不少脑细胞。我很关注他在顾虑些什么，因此不愿意实话实说。

我的大脑飞速运转。到周一，肖恩·洛根来见我，我已经想好了计划的另一环节。

肖恩只记得他碰到红色的门，我努力想帮他回忆起之后的事情，可惜无果。我从开始的失望，到后来的逐渐接受。肖恩当时不在爆炸的中心，他的战友赫克托·瓦伦西亚直面了这场爆炸。据调查报告分析显示，赫克托当时可能就刚好站在旁边，甚至正在低头观察临时爆炸装置。然后，肖恩就失去了意识，很可能他再也找不回那段关于爆炸的记忆了。

肖恩脸上浮起一个微笑，看起来有种古怪的松弛感。

“你还好吗，这周末过得怎么样？”我问。

肖恩坐下来，手摸着膝盖：“过得很好，非常充实。”

“听起来很不错，是发生了什么好事吗？”

“呃，说不清，可能是天气变好了。”

“对啊，雪终于停了，对吧？今年难得见了一次太阳。”

“对，周六达到了15℃左右，阳光很好。我准备带我儿子出去玩，或者去看棒球赛，他挺高兴的。”

“听起来不错。塔米去了吗？”

“没，她不想去。”

“中间有出了什么问题吗？”

“没有，非常顺利。我想那些药真的很有用。”

“不仅仅是药，肖恩。这是你这一年坚持的功劳，你很棒。”

肖恩是我认识的最谦虚的人。我们恢复记忆的治疗停滞不前，他付出很大努力控制他的行为，认知他的情绪，努力把那些“幽灵”赶走。他有时在家里控制不住自己，用拳头砸墙，但他从没伤害过妻子和儿子。他即使是死，也绝不会那么做。但他失控的时候，确实会变得很可怕。

他耸肩，看向地板，对我的夸奖不置一词。

“你要看到自己的成功。肖恩，你觉得是什么帮助了你？”

我知道他的答案，但是我很好奇他会不会说出口。

“我不知道。”

“你可以描述一件事吗？比如，你和儿子一起去看棒球赛的时候，感觉怎么样？过去，你只是顺势而为，假装开心，以免你的儿子受伤。周六你觉得怎么样呢？”

“非常好，简直好极了。有一刻，我们支持的那个球队有了满垒！我轻推他：‘看！满垒！’他的眼睛瞪得大大的，站起来，抓住栏杆，蹦来蹦去。他大叫：‘好家伙！真厉害！’然后我说：‘对呀！他们真是棒极了，对吧？’他其实不懂棒球，我觉得他根本不明白发生了什么，但是他看起来特别高兴，甚至有一种抑制不住的喜悦……”肖恩说着说着，话音开始颤抖。

“这真的很好。”我说。

被我鼓励之后，他掉了几滴眼泪，真的只有一点。他说：“哎，医生，不好意思，我情绪有点激动了。我刚刚有点控制不住自己，有点太激动了。”

“真的很棒，肖恩，你有这种情绪是件好事。我们花了很长时间让你忽略那些与你无关的事情，但是快乐……快乐是件非常棒的事情。”

“啊，好吧。可能你说得对。”

“然后呢？菲利普高兴得蹦来蹦去，然后呢？”

肖恩咧开嘴笑了：“他看着我，然后他说……好吧，我冷静一下！他说：‘爸爸，我爱你！’我高兴坏了！”

他有了更多眼泪，我给了他一张纸巾。这很美好，即使我度过了一个非常糟糕的周末，我的灵魂被腐蚀得千疮百孔，我依然被他和他孩子之间弥足珍贵的亲情而感动。

“肖恩，”我说，“你现在的感情，真的很棒！这就是爱，你感受到的，正是你对儿子的爱。还有什么别的吗？”

“我很感激，你懂吗？我觉得非常感恩。这个孩子，这个小生命，世界如此糟糕，我恨不能把全世界的美好都奉献给他。我开了一个小时车，带他去买热狗。”

“啊，但不仅仅是这样！你感觉到了吗？他同样感受到了你对他的爱，你想跟他在一起，这让他也很快乐！这种紧密感，在这个糟糕的世界，有个强大的男人爱着他，所以他有了安全感。他有家，最温暖的港湾，不仅仅是一栋房子，还有你的臂弯，他感到了人生的完整！”

肖恩奇怪地看着我，我才发觉自己比平时激动了。我深吸一口气，克制自己。我的神经太过紧绷了，刚才我过于情绪化了。

“你回忆起和儿子在一起的情形，有了刚才的感受，感觉到我们的情绪和记忆是如何联结的吗？”我迅速转换话题，严丝合缝地扣上了我们的治疗。

“啊，对，我差点忘了这回事。该死！哎，我以前从来没哭过的！真的，医生，从来没有。”

“你想过，有时候你突然有种强烈的感觉，却不知从何而来吗？”

肖恩大笑：“医生，我感觉你好像在问，我是不是有时候对某个人或者某个东西一见钟情，是吗？”

我也笑：“是这样，比如你在街上碰到某个陌生人。这么说起来还有点尴尬。”

“对，我懂你的意思。如果真的有什么幽灵，我不介意它跟在我身边。”

“好吧，那我就直说了。你还想恢复更多的记忆吗？”

“当然！”

我起身，走到桌子旁边，拿起我的笔记本，找出之前那些情境的还原资料，说：“好吧，首先我要问你，你这周去过互助小组吗？”

我小心翼翼地看着他的脸，互助小组是他和珍妮见面的地方。自从珍妮加入互助小组后，他俩每周都会参加这个活动。

“对啊，我去了。”他随口回答道。

我怀疑他们之间关系更好了。在我的帮助下，他们的治疗都有了相当大的进展，他们也更加惺惺相惜。我曾经不止一次问过珍妮的感觉，这让她几乎怀疑，他们是不是做错了什么。我能听出她在回答我时话音里的犹豫。

他们没错，他们之间互助，利人利己，但是他们的方式——发短信、聊Skype、喝咖啡，甚至还一起出去散步，有点不妥。肖恩的工作不忙，珍妮又不上学。她骑着车跑去乡下和肖恩见面，或者他们开车到费尔维的边缘——没人认识他们的地方见面。夏洛特以为珍妮去买东西或者交朋友了，她希望珍妮离开家，拥有自己的社交生活。她告诉我，珍妮看起来很快乐，真正的快乐。珍妮每次从乡下回来，夏洛特都觉得更放心了。珍妮一般出门几个小时才会回来。

珍妮向我吐露过她和肖恩的秘密会面，我觉得我有责任帮她保守秘密。肖恩25岁，已婚，珍妮16岁。这简直让人进退不得，好像是天花板上有了一道裂缝，平时你根本不会注意到，但是偶尔你看见了，就会想那是不是有什么问题，是不是该修一下。我不会让天花板因为这一条缝塌了，我不会让他们的关系变味，但是我们都不知道，什么时候那条缝会变大，我们都不能预见到那个灾难性的后果。

肖恩能够感受到他和儿子之间的爱，和珍妮不无关系。珍妮和肖恩分享秘密，信任、依赖彼此，对对方的遭遇感同身受。他们彼此理解，关系亲密，这给了珍妮安全感，给了肖恩力量。

有时候，肖恩半夜给珍妮打电话，他无法抑制自己的狂躁，紧紧攥住拳头。她懂得他的感受，她无须多言，只是倾听。在她关于自己被强奸的事一点都没想起的时候，她这么对我说过跟肖恩在一起的感受：

“我想了很久，我闭上眼睛，想到我们在一起吃晚饭，或者在湖边散步，我想象着他的脸，想着所有我想对他说的话，在心里排练着全部细节。我从不想我要做哪些作业，或者要跟妈妈去做什么事。我把所有坏情绪——那些恐惧、彷徨、混乱无度，那些你跟我讨论过的、让我想自杀的事情，装进垃圾袋，一个大大的黑口袋，它们不安分地灼烧着我的胃，在我的胸腔里怦怦直跳。我骑着小单车，载着这些垃圾袋一直走，突然看到了肖恩在路上开着车。他停下来，把我的那些垃圾都装进了他的后备厢，帮我带走。这就是每次我跟他在一起的感受。他把那些都带走了！都带走了！不管之前发生了什么愚蠢的事，让我哭的事，让他生气的事，好像都没关系了，因为他把我的负累都拿走丢掉了。”

“然后呢，当你们分开的时候，你的感觉呢？他把那些垃圾又留给你了吗？”我问她。这次不是设问，我也不知道她的答案是什么。

“没有，他不会做那种事情的。但是那些垃圾，实在是太多了。”

“抱歉，珍妮，我很难过听到你一直没办法得到解脱。”

“嗯，问题在于，我能够倒给他的，只是一小段时间的垃圾，一个星期，或者十天，我能得到暂时的放松。当那些坏情绪涌来，我想象自己把它们装进袋子。我把袋子装满，然后跟他见面，带给他处理。”

我接触不到她的内心，她的父母、朋友亦然。只有肖恩能。你想过他有这种力量吗？

肖恩没有把他自己的垃圾倒给珍妮。我没问他是怎么解决的。他是个大男人，不会依赖珍妮这个小女生。但我知道，肖恩亦是不堪重负。他能够得到快乐、满足，是因为他从珍妮身上汲取了力量。他带走她的垃圾，她给了他目标、每天生活的动力、坚持奋斗的理由、活着的理由。

肖恩爱他的孩子，但是我说不清他对妻子是爱还是责任。他们在一起一直吵架。他爱菲利普，另一半爱投注到珍妮身上。她弥补了他内心的空洞，她给他的力量无法被丈量，这是一种无形的力量和安全感。

我有点言不及义，用了这么多比喻，不知道我的解释你听懂没？

好吧，首先，我们必须认同的是，他们之间有一些相同的特质。

不过，他是个大男人，她是个年轻小姑娘，也是个女人。男人和女人之间的一切联系，归根结底，都是上床。不是偶然，不是可能，就是这样。

我坐下来，跟肖恩隔着一张桌子，我走得很慢。电话打来的时间比我要求的要晚五分钟。铃声响起。

“哦，不好意思，我接个电话，能等我一会儿吗？”

“没关系，你接电话吧。”他说。

我拿起手机，走到旁边的小房间里接电话。我把门带上了，但并没关紧。

“帕森斯警官，感谢你回我电话。”我说。我站得离门很近，也没有调低音量。

“没问题，你说需要我调查一些事情？是和珍妮有关吗？她又想起了什么吗？”帕森斯问道。

“差不多。记着，这件事只有你和我知道，懂吗？千万记得不要对别人说。”

“你真是吊足了我的胃口，艾伦，到底怎么了？”

我的心怦怦直跳，觉得自己快无可救药了。我刚才跟肖恩在一起，听他说他和他儿子的事情，看着他的眼泪，觉得和谐而又美好，我的心也变得柔软，但现在，我又要做坏事了。

肖恩是光，我是影。他是正义，我是恶人。他高尚纯洁，我深陷泥淖。

我咽下苦涩，继续着。现在，开弓没有回头箭了。

“艾伦？艾伦，你在吗？你希望我调查谁？”

然后我说出来一个名字。我真的说出口了，我说得足够响，足够让肖恩听得到。

“鲍勃·沙利文。”

第二天是周二，我像以往一样，起程去了萨默斯。现在，那些罪犯冲我大吼大叫，骂骂咧咧，反而让我觉得安心。我非常愧疚，因为我做出这么卑鄙的事情，所以我觉得自己活该被这样对待？还是说因为我犯下的罪过，活该受到生活的折磨呢？与其这样活着，我宁愿自己和格伦·谢尔比一样，进了坟墓。

在萨默斯整天过得很轻松，也许这种轻松只是相较于我在费尔维的日子。那些为了骗药吃假装生病的瘾君子在滥用我的耐心，让真正的病人无法得到帮助。这些渣滓提醒我，如果你不好好规划你的生活，走正确的路，你的人生就会变得非常痛苦。当然，现在我还没有什么很失意的地方。

我很想说起我的家庭，我的父母和妹妹，这和我们的故事关系不大。但是，我之前也提过，童年的不幸会给人的一生造成非常大的影响。了解了我的事，也许你就会理解我为什么要这么做。

我的父母非常热情大方，富有魅力。我每年夏天见他们一次，朱莉是个好媳妇。我父母坐飞机过来，所以我们需要提前帮他们订票。他们年纪大了，不爱动弹，所以我们需要帮他们规划旅途。我妹妹比我小10岁，我们性格不一样。她在伦敦工作，是个历史学教授，她一直没结婚，非常享受单身生活。她每个圣诞节都给我寄卡片，上面有她和她实验室的照片。

差不多就是这样。我救我的儿子，确实有点自私，但只是出于父亲保护儿子的天性，并不是因为我本性很坏。我需要为我自己的行为找一个理由，来缓解我的内疚。我告诉我的病人，内疚对我们没有丝毫益处。如果我们朝前走，这种情绪只会拖我们后腿，带我们走向深渊。这是一种消极的情绪，而且于事无补，你看看我的内疚对我手头的工作造成了多大的影响。

这些日子充满了挑战，因为我知道自己该做什么来帮助自己。人们说医生是最难缠的病人，因为我们有着惊人的力量。如果我们想，我们就能医治别人；反之，本领也可能会变成利刃。身怀重宝，却不得使用，这是一种十分克制的行为，甚至有时过于谨慎。我们要有非常强大冷静的自我，才能控制自己的力量。不能有犹豫或者迟疑，不然我们就无法做好自己的工作。想象一下你手里有一把刀，解剖刀，面前是一个人的血肉之躯，你对病人的每一步操作，都可能决定他的下半生。或者，就我来说，我笔尖写下的每一个字，会决定患者该吃哪些药，影响他的思维。思维决定行为。承认软弱，接受帮助。医生的失误，可能会带来灾难性后果。

我一般很少吃药，我也不想吃药。我严格控制自己，只服用少量的安定。我像珍妮和肖恩一样，强忍着克制自己的焦虑。我告诉自己，这样是为了让自己更有同理心，有利于变成更好的治疗者。但我不是傻子，我知道其中的不同。珍妮可以放声哭泣，可以把她的情绪装在垃圾袋里，倾倒给肖恩。肖恩愤懑的时候可以去跑步，去砸墙发泄。珍妮还带给他目标和意义。但是，我什么都没有。我必须直面工作，不停地治疗我的病人。我必须对我的病人保持微笑，如同看我儿子的游泳比赛。我必须让别人依靠，不能有丝毫软弱。我必须隐秘而又精确地完成自己的计划。

这周很快就过去了。周五，我见到了汤姆，他变得更加暴躁，因为帕森斯警官始终没有找到那个穿蓝衣服的男生。周四，我见了夏洛特，她和鲍勃又一次不欢而散，她和汤姆又起了争执，但她现在更加关注她和女儿之间的关系。她告诉我，珍妮周三晚上参加完互助小组回来，情绪好像有点低落。她问我发生了什么事，然后我骗了她。我和珍妮进展到了声音治疗阶段，我给她听“上帝，噢，天哪”之类的话，希望让她继续回忆。我和肖恩的进度卡在红色的门上面。他们两个在治疗的过程中都不是很专心，都对我隐瞒了一些事情。周三晚上，互助小组会结束之后，他们在大厅里留下聊了很久。夏洛特在外面的车里等珍妮，其他病人经过他们。他们聊完之后，我注意到他们有一个很久的拥抱。他们没有发现我在观察他们。

除非他们后来告诉我，我本来不应该知道离我办公室那么远的地方发生的事情。但是，现在发生的一切都正在我的操控之中。

是夏洛特最先跟我说的，她在第二周的周一中午给我打电话，告诉我她过来了。当时我快要关门了，她冲进来，还没等我坐下，她就开始连珠炮一样，对我哭诉："这太糟了！太糟了！"

"冷静点，夏洛特。闭上眼睛，深呼吸。我们有时间，你慢慢说，慢慢说。来，现在先整理一下你的情绪。"

"好，好……"

她暂时冷静了一下，然后我耐心等她平静下来。杰森的询问被安排在下周。帕森斯警官还没意识到我儿子也是游泳队成员，而且还参加了那个派对。我会处理这件事，但我开始担心，辗转地想自己还有没有什么遗漏的地方。我已经埋下了火种，但我还不确认这件事是否万无一失。我的时间太少了。我什么地方做错了吗？最后会如我所愿吗？夏洛特睁开眼睛，流下两行泪，然后对我说发生了什么。

"一切都是错的，你对珍妮的治疗，你让珍妮恢复的记忆，它们现在混在一起，珍妮根本就分不清什么是什么，然后她觉得……我的天哪！她对你说了吗？她说她没对任何人说过，但是她就是在你这儿想起的！你知道这件事情吧？"

"夏洛特，"我说，"冷静点，告诉我，珍妮说了些什么，然后我才能知道我对这件事情知不知情。"

她的思绪很乱，我从她的眼睛里就看出来她脑海里现在一团糨糊。无数个夜里，她曾经想过很多事情，现在她的脑海里一团乱麻。

"她觉得是鲍勃！珍妮觉得是鲍勃强奸了她！你能想象吗？"

"原来如此。"为了平淡地说出这句话，我练习了千百遍，我觉得自己挺成功的，因为夏洛特全部身心都在这件事情上，无暇细思我说了什么，“这是怎么回事呢？”

“珍妮告诉我，你想用声音唤起她的记忆。她说，她觉得那天晚上是鲍勃的声音。她还打开一些汽车广告给我看，指认他，她在汽车店里见过鲍勃很多次。鲍勃是汤姆的老板，我的天哪！”

“她有说为什么吗？我们的确用声音和话语来唤起过记忆，但她当时说自己没有任何感觉。我还以为这条线索已经断了。”

夏洛特双臂环住自己，在沙发上不安地动来动去，她的脑袋忍不住摇晃，这些都是人在极度紧张下的生理反应。

“她说她突然想起来的。她昨晚上吃饭的时候很安静。然后她走进房间，我听到她在看一些有鲍勃说话的广告片。我进门，问她在干吗，然后她扭头，脸上满是泪水。她的神情就跟她那天晚上想起她被强奸的那件事时一样。”

“所以，她又想起来一些事，并且觉得那是真实发生过的？”

“对，她又想起来了！但是她绝对是记错了。她对鲍勃声音的记忆，应该是那天下午……鲍勃那是在救她啊！然后她误以为是强奸那天发生的事情！她觉得她在被强奸的时候，听到了鲍勃的声音！你发现了吗？一切都混淆了！”

我摩挲着下巴，看向远方，表现出对这件事恰到好处的惊讶和关注。

“这也是有可能的。我没考虑到，她昏迷之后，潜意识里还留有那天下午的记忆，但是有这种可能性。人们在昏迷中也会听到声音，留下回忆。这是潜意识里大脑发挥的作用，和很多种因素有关。”

我停顿了，假装在思考。夏洛特关切地看着我，好像我是她的救命稻草。我能给她带来什么呢，是让她脱离苦海，还是滑向深渊呢？

“好吧，”我说，“我不得不问一件你可能不愿我这么问的事。即使她听到的声音和记忆错位了，我们也许可以先搞清楚——”

“绝对不会！”她打断我，又快又急，“鲍勃·沙利文绝对不可能强奸我的女儿。”

“好吧，”我说，“不过，她本来不该知道去找那些广告的声音来听的。除了我的治疗，她还找了更多的办法，来促成自己记忆的恢复。”

“你真的也不知道？我看了她的浏览记录。她搜这些已经好几天了，搜鲍勃的广告，一遍遍点开它们。她还问了卢卡斯，跟鲍勃待在一起的时候，会不会觉得不舒服。好像鲍勃会猥亵一个10岁的小男孩一样！她搜鲍勃的一切信息，把这些都记下……在她脑海里已经认定鲍勃是凶手，她觉得自己好像真的有这样一段记忆。”

“这是什么时候的事？”

“周三，她从互助小组回来的那天。不过那只是她第一次在电脑上搜，我不确定她更早之前有没有在手机上搜过。我不想因为这件事责备她，让她觉得自己做了错事。”

很好，周三。看来互助小组结束后，肖恩果然告诉珍妮他在我办公室听到了什么。他们说了很长时间的话，离别的时候还有一个拥抱。我问夏洛特，珍妮还做了什么别的。她告诉我，珍妮从互助小组回来后，还去了两次乡下。看来她又去找肖恩倾诉那些她不愿对我说的秘密了。

“你可以阻止这件事吗？在她告诉汤姆之前，我的天哪……”

“你觉得会发生什么？”

“你在装傻吗？汤姆会和鲍勃对质，鲍勃别无选择，只能告诉他真相。”

“关于你们婚外情的事？然后解释为什么珍妮的脑海里会有他的声音？”

“对！对！”

我点头附和她：“我能理解这的确不是什么好事。你跟鲍勃说了吗？”

“当然没有，他会主动找汤姆说出真相的。他会把珍妮的指控撇得一干二净。你不懂，他有钱、有地位，我发誓他绝对会这么做！”

“既然这样，他一定也不希望婚外情的事情公之于众，不是吗？”

“那也总比被当成强奸犯好。”

“好吧，放宽心，现在什么都没发生。我待会儿见一下珍妮，会跟她聊一下这件事，了解一下，她听这些广告可能影响到了她记忆恢复的过程。我会让她先不要告诉她的爸爸。我会让她谨慎一些，给我们更多的时间，找回那晚真正的记忆。”

夏洛特喜极而泣：“谢谢！太感谢你了！谢谢！”

“但是夏洛特，你要知道一件事情：我不会告诉珍妮她是错的，因为我现在还不能确定。呃，我尊重你的判断。但是对我来说，最后还是要看珍妮的记忆。我会努力帮助她，看她是不是真的把那晚的事情和别的时间的事情搞混了，让她分辨那个声音到底是不是来自强奸她的人。我觉得因为她当时昏迷了，所以很可能会把当时听到的声音和那个强奸犯的声音混淆。这会带来很大问题。我只能说，我会努力去治疗。”

“只要你让她意识到，她听到的声音不是被强奸的那个晚上听到的，就足够了。提醒一下她，她见过鲍勃很多次，也看过那个广告很多次。可能她是在车上的广告中听到的呢？谁知道呢，一切皆有可能！鲍勃绝不能被怀疑是强奸犯！我也绝不能让汤姆发现我做了什么！我不能！这些事情不能挤到一起发生，汤姆会崩溃的，或者他会离开我，而我是罪魁祸首。”

这简直是夏洛特的噩梦。她为了维护家庭做出了非常多的努力。她之前甚至还跟我讨论过，她已经厌倦了鲍勃，觉得是时候结束和他的关系了。我没有对她说我的建议：把一切告诉汤姆，她的童年，她分裂的两个人格。只有这样，她才能完全摆脱两种人格给她带来的影响，一劳永逸。我知道汤姆迟早会发现真相的。事实上，夏洛特跌落神坛，汤姆认清妻子的真面目，她美丽，但也有很多缺点，这有助于汤姆找回自己的男子气概。这是一个漫长的过程，现在已经没时间等那么久了。

夏洛特走了。我觉得我埋下的种子奏效了。肖恩果然告诉了珍妮，鲍勃很有嫌疑。珍妮的注意力转向了鲍勃，根据鲍勃的样子和声音勾勒出了一段错误回忆。就像是那些没有在超市走丢过的人一样，你给了他们一些细节，他们就把没发生过的事情误以为真。我觉得我就像是小说中反派，一个聪明绝顶却满肚子坏水的教授，一个用人体做实验的科学怪人。我对自己的成果有点满意。我用另一个人转移了他们的注意力，保护了我的儿子。我几乎能想象到下一步会发生什么：鲍勃不会被告，但是他的名声很快就会臭掉，媒体会闻风而动。而他为了澄清自己，会付出更大代价。帕森斯警官会被责问，他的调查也会停滞。没人会再注意到几个游泳队的孩子，也没人还会留神蓝衣服的事情。

我放任自己做出这种坏事，我刻意不去想，这些会对珍妮和肖恩带来什么影响。我告诉自己，我会继续治疗他们的，我沉浸于自己一厢情愿幻想出来的未来中。肖恩会在未来的某次治疗中，从沙发上一跃而起，对天大喊着："我想起来了！我想起那扇红门后面发生了什么！"然后跑回家，自此和妻子、孩子过着幸福美满的生活。至于珍妮，我刻意不去想珍妮，她的病要严重得多。我还不敢想那么多，这个无异于我治疗了癌症。我不能，也不想，让她完全回忆起那个噩梦般被强奸的夜晚。

这周，我一直按照自己的思路来做。我原先埋下的星星之火被点燃了，火势乱窜，无法控制。我从没想过，会有不在自己掌控中的事情，助推了火势，让事情超出了我的预料。

周一下午，我见到珍妮时，信守我对夏洛特的承诺。我没必要做得更多，现在事情进展得很好，我只需静观其变。

珍妮知道她妈妈跟我说了她记忆的事情。我问她，她第一次觉得鲍勃·沙利文是凶手是在什么时候，因为什么。

“我不想告诉你。”

我尊重她的心情，也庆幸她的耿直。假如她真的告诉了我事实，我反倒要不知所措了。肖恩告诉了她从我办公室听到的事情，为什么我会和帕森斯警官说起鲍勃·沙利文？我有两个解释方案：第一个是让鲍勃洗清嫌疑，“肖恩听错了，他误会了我的意思……”第二个是给出我为什么怀疑鲍勃·沙利文的理由，当然，这就得靠我瞎编了。珍妮不愿回答，省了我不少工夫。

“好吧，我不会逼你告诉我的。”

“我不能说，我答应过要保密的。”

“你妈妈的判断，我觉得有一定道理。你的这段记忆不一定准确。第一，这是你在没有专业人士帮助下，自己回想起来的。第二，鲍勃·沙利文几乎没有犯罪动机，他开公司，事业上很成功。他结婚快30年了，风评一直很好，连出轨的丑闻都没有。他还是你爸爸的老板，因此有很大可能性你之前就见过他，听过他的声音，不单单是那晚。”

“所以呢？很多强奸都是熟人作案。互助小组里，一半女生都是被认识的人强奸的。”

珍妮的声音和以往不同。她对我说话的语气表明，我不再是可以帮助她的人，而是一个不理解她的局外人。我不喜欢这种转变，我想要改变，维护我们之前好不容易建立起来的信任。

“你说得对。我对你说实话吧，我们进行的治疗本身非常矛盾，还记得我告诉过你那些有了错误记忆的人吗？为什么他们会因为别人的一些诱导就有了错误的记忆？这种记忆是如何形成的？他们为什么会相信自己真的在超市里走丢过？”

“我记得。”

“好，你不需要现在告诉我，你的记忆恢复的诱因，但是至少要知道，你肯定是由于某个原因，才觉得自己想起了那些事情。”

珍妮整个人靠在沙发上，脸上浮现出一种困惑的表情。

“我的担心在于，如果我们马上根据你的新线索调查，最后证明这是一段错误的回忆，之后你想起的任何事情，恐怕可信度都要大打折扣，人们不会相信你的话。所以现在我们先弄清楚让你恢复记忆的诱因是什么，之后再考虑告诉别人你的记忆。”

“包括警察吗？”

“对的。”

“也包括我的爸爸吗？”

“我不能告诉你下一步怎么做。但你可以想想，假如他知道了这件事，会怎么做？”

“我想他会告诉警察，甚至做出更糟的事。”

“更糟？”

“他真的很愤怒。”

“可以理解，他毕竟是你的爸爸。”

“嗯，我觉得对这件事，他比我愤怒多了。”

“事实上，你看起来和愤怒似乎扯不上关系。”

珍妮耸耸肩：“我觉得很累，我觉得头痛，我真的记着他的声音。但是妈妈和你都告诉我那是我记混了。这好像是一道我不会做的数学题，我真的很努力去想，但就是做不出来。我想放弃了。”

我心中警铃声大作。

“在你跟你妈妈说之前，你的感受是什么呢？你是什么时候想起鲍勃声音的呢？”

“我不知道。我就觉得很高兴，好像我解决了一个问题。我对肖恩说了，我哭了一会儿，我看沙利文先生的照片、他的广告。我想起他愚蠢得根本不像他的儿子。我想到我的爸爸，他可能会杀掉沙利文先生。”

“等等……你还记得吗？上次你闻到消毒水时，你想起了在树林里的事情，表现得非常激动和慌乱，你还问我为什么他要这么侮辱你。现在，你说你自己看到了凶手的照片，你有类似的感觉和情绪吗？”

珍妮看起来很困惑。我的嘴唇嗫嚅了一下，想要论证鲍勃·沙利文为什么没有强奸他。她潜意识里不记得他强奸了她，她脑海里对他的声音没有恐惧，甚至还隐隐有一些被救的感激之情。我可以去跟她解释，但我不能，我需要她继续这么想，继续保持着错误的记忆。我假装想要说服她，但我没那么做，我闭上嘴，把所有的话和真相通通咽进肚子里。

“我只想结束这一切。”

她抽泣着，又说了一遍这话。我简直想摇她的脑袋让她清醒点，这是为什么？因为肖恩吗？珍妮不想再继续治疗了吗？他们的关系如此亲密了吗？不过，这些对我没有意义。她现在只想起一小段记忆，她知道记忆恢复很有用。她曾经告诉我那对她是一种解脱。直到上周，在互助小组，肖恩告诉她鲍勃·沙利文，她的态度突然转变了。她开始觉得，更多的记忆恢复会变成更多的困扰。

我有点生气。我跟她说过多少次了，我能做到这一步是很不容易的，而现在她居然想要轻言放弃。我也憎恨肖恩，因为他的友谊，珍妮才这么想的。我也气我的儿子，正是因为他，我才会这么被动。我为了救他，很可能不得不中断对珍妮的治疗了。

我整理了一下自己的心情，重新开始治疗。珍妮和我又开始回忆那晚小树林的事，这一次，我让她闻了消毒水，放了当时的音乐，我一言不发。我没有再放鲍勃·沙利文的广告片，我想让事情回到原来的轨道上。就像是之前那样，我希望珍妮能再次恢复记忆，恢复她真正的、真实的、原本的记忆。

可惜没有。珍妮受影响了，她像是被困在了里面，而我独木难支。她走之后，我坐在桌子上，心里既失望又苦涩。

就在这时，帕森斯警官的一个电话打破了我的困顿。他让我的心思重新活泛了。

帕森斯的声音很苦恼。我感觉到，他不相信鲍勃·沙利文会做这种事。他不想看到这种事。我不愿责备他，这种怀疑永远不会有确凿的证据。在任何警方对嫌犯的调查中，当事人都会被大众关注，受到一定影响。这种影响对鲍勃·沙利文来说，与克鲁兹·德马科或者当天参加派对的男孩相比，不是一回事。鲍勃·沙利文在费尔维德高望重，甚至在本州都很有权势。帕森斯警官如果要调查他，警方的一举一动都会被媒体放在显微镜下，受到很大关注。

这也是为什么即使我的儿子也在被问询的人员中，我仍有时间和机会去布置这件事。没人会关注一个十几岁的毛头小子。

上周五下午，我给帕森斯打电话的时候故意提起："我突然想起，我的儿子也在你的问话名单里。抱歉，我现在才想起来，他在游泳队，也参加了派对。"

帕森斯跟我预料中一样，没仔细看过有哪些人在他的问话名单里。

他说："是吗？让我看看。咦？对，真的有他。他排在下周四。因为每个小孩都约了律师陪着来，我们不得不做了个时间安排表。"

"我知道，我估计我妻子也给那小子请了律师。没事啦，你该怎么做就怎么做，但是我不想因此影响到我对珍妮的治疗。"

帕森斯警官沉吟了一下，他在思考："我想，克莱默夫妇应该知道你儿子，呃，杰森，那晚在派对上吧。克莱默夫妇应该知道吧？"

"啊，我不知道他们知不知道。我一直把工作和生活分得很清楚，不过我觉得我应该告诉他们，至少得告诉汤姆。我会注意这点的，过几天就找个机会。"

这就是我们上周五谈话的全部内容。我的妻子为我安排了接下来一周的行程。我见到汤姆时，他又在气恼警方办事不力，现在还没找到穿蓝衣服的人，我顺口对他提了我儿子的事情。

然后，话题很快转移，到了鲍勃·沙利文这节。我就像是在公路上小心翼翼地把一个罐子往前踢，但是这条路一直看不到尽头。

我正在走神，帕森斯警官在电话里说道："艾伦，我们调查了鲍勃·沙利文，你那里有更确切的进展了吗？"

"对，有。但是我还不确定。现在下定论还为时过早。"

"听着，我需要你手头有的一切证据。这件事情快要失控了。"

"发生了什么？是你发现了什么吗？"

有时候生活是很奇妙的，你永远不知道下一秒会发生什么。你无法判断，只有一件事发生时，你才会相信，有时候简直冥冥之中自有安排。

"哎，我简直不想说这件事情。我听你的话，只足够我去调查他，不够作为证据去质问他。”

“这是当然。”

“嗯，但是1982年春天，我发现劳德代尔堡（美国佛罗里达州东南沿海城市）的斯基德莫尔学院也出过类似的事情，当时鲍勃正好在那里上学。也是一起性犯罪，没有任何证据和指控。受害者是个16岁的小姑娘，她和朋友出去玩，参加了一个大学生春假前夕的派对。听起来好像是这个小姑娘跟人上床之后后悔了。但是当时留下来了一张照片，上面有紧身上衣、迷你裙、黑色眼线笔。你看过那张照片，对吧？”

“对。”

“沙利文的父母为他请了律师。在校方知道这件事情后，指控被撤销了。这是件小事。如果不是汤姆·克莱默耐心寻找那些陈年的强奸案，我们甚至不会知道这件事情。这种事情足够毁掉一个男人的一辈子，而且这和我们的强奸案基本没有联系。”

哦，这简直是瞌睡了就有人送枕头。

“嗯，好，我明白你的处境。需要我做什么呢？”

帕森斯警官叹气，我可以听出他对我的恼怒：“我需要知道，为什么你要给我找这种麻烦。我想知道珍妮·克莱默想起了些什么。33年前的这件事，绝对不足以让我们去调查他，当时他甚至没有坐上被告席。他之前那次应该是无辜的。”

“但是，不放过每一个嫌疑人，难道不是你的职责吗？即使是要面对鲍勃·沙利文这样的大人物。也许还有更多的线索。他很明显是那种有很强控制欲、攻击性的男人。你从他的成就就可以看出来，毫无疑问，他野心勃勃。”

“你想让我因为这种捕风捉影的事儿去找他？认真的吗？好吧，假如你很成功、很有野心，那你就可能会很粗暴地强奸一个本地的小女孩……”

“警官，”我打断帕森斯，“我先问你一个问题：在这个案件中，你应该做的一件事情，是不是应该找一下本地哪些人有性犯罪前科？然后才是蓝色思域？如果之前学校的那个指控属实，你是不是应该至少问一下他的不在场证据，才能排除他的嫌疑？他如果真的清白，他会理解你并且配合你的工作。你对待那些牵扯到案件里的中学生时，做得比这过分得多，不是吗？”

“这不一样，那些男生，他们参加了派对。这大家都知道。可我要怎么对鲍勃·沙利文解释我们挖出了他几十年前的档案呢？他也有自己的私家侦探，甚至律师团队。这一切不是我能掌控的，他不是我能招惹的，你懂吗？”

“他开了公司，他比你更急切地想证明他自己的清白。你可以告诉他是某个人举报了他。”

“我……这好像有些越界了。根据州法律，我们最后都是要在法庭上拿出证据的。即使我不告诉他，我为什么要他出示不在场的证据，我也必须有个说法。要是有什么线索，你还是告诉我吧。你可别真的打算随便用个陈年旧案的借口，就糊弄我去做这种无用功。”

我假装在考虑，然后叹了口气。我清了清嗓子，纠结地开口了。我能感觉到帕森斯警官紧张地握着话筒。

“的确是有点什么，但是那不可靠，也不能在法庭上当作证据，不过用来调查他，已经足够了。”

我觉得，这不是帕森斯警官想要听到的。帕森斯警官心里觉得鲍勃·沙利文是无罪的。他对这个案子的热情是有条件的。当嫌犯是费尔维之外的人，他就像是机敏的捕食猎豹，比如寻找蓝色思域，抓住德马科。当德马科有了不在场证明，嫌疑人转到了游泳队穿蓝衣服的成员身上，他就少了一点兴致。他甚至没看过那天晚上游泳队的嫌疑名单，因此听到杰森也在其列时才会感到那么惊讶。什么侦查的工作会是这样？我不知道。也许他只是不希望自己的辖区出乱子。有一段时间，他做的事完全是为了安抚汤姆，除此之外再无动作。不过汤姆从来都不是好糊弄的。

帕森斯挂了电话。鲍勃尚不知道，他距离自己被提审不远了。然后他会去找夏洛特，夏洛特会告诉他，珍妮想起他的声音，并且把记忆弄混了。然后呢？然后会发生什么？这是个问题。火会从哪个方向烧起来？鲍勃的婚姻，他的公司，还是夏洛特？

我接完这个电话，就回家了。我的注意力已经无法集中在工作上了，不能再帮任何人解决他们的问题。我服下更多的安定，剂量很谨慎，刚好足够安抚我的神经。

我很兴奋。这是天赐的时机，老天都在帮我。我也意识到我的天空已经灰蒙蒙一片，满是阴霾。我不知该如何解释这种感觉，可能有些人会懂吧。你来我的办公室坐下，向我倾诉自己做了一些不该做的事情，或者身上发生了什么事情。生活的本质，只是一种情绪状态。我们迈步踱向坟墓，努力不去想注定一死的命运，努力寻找人生的意义，过好自己的生活。看看四周，你现在所能看到的一切，不过百年间就会烟消云散：配偶、孩子、朋友、你自己，那些爱你的人、憎恨你的人，那些加重税负、制定愚蠢政策的政客，那个给你孩子打低分的老师，那对没有邀请你参加晚宴的夫妇……

我咀嚼着人类与生俱来的孤独，感到惆怅和寂寞。生命来过一遭，糟糕的分数、愚蠢的政客，甚至是别人对你的歧视。即使能够留下瞬间的足迹，便也是永恒了。

不幸的是，人世间有太多的事情发生了。这些琐事消磨了我们所剩无几的时光，它们永远没有尽头，也无法更改既定的结果。我们会后悔，但后悔比内疚还要低级，比嫉妒更加有害，只比恐惧略好一些。

“为什么我既不愿看泳池，也不愿看道路？为什么要欺骗我的妻子？为什么要利用我的病人？”

人们努力不让自己后悔，不让它偷走最后一丝快乐。有时候他们通过忙碌来逼自己忘记这些，工作，送孩子上学，做饭。这是个痛苦的过程，非常痛苦。有经验的人试图战胜它。但每到夜晚来临，每个清晨时分，巨大的空虚攫取他们的内心，将他们推向万丈深渊。

我内心非常悔恨，我自己已经做了无法弥补的错事，我觉得自己肮脏不堪，恨不得自我放弃。我想起很多，白色桌布上放着的红酒，夏洛特袖子上的血迹。我想到鲍勃·沙利文，一个小人、骗子，但起码在这件事上，他是无辜的。我想起肖恩·洛根，一个英雄、一个本就饱受折磨的灵魂，现在对鲍勃·沙利文的愤恨让他内心的暴虐进一步增长。我想起珍妮，我想到她的血顺着楼梯一直流。还有，曾经离我帮她恢复记忆、回归正常生活只有一步之遥，然后，我做了什么？我把这些无辜的人都推向了深渊。一切都是因为一个龌龊的理由——我要救我的儿子。它们之间不能两全。

我的妻子在厨房给我儿子做点心。我可以听到客厅里传来笑声和游戏的声音——枪声、爆炸声，他还在笑。

“怎么了？是发生了什么吗？”我的妻子关切地问我。

我不知该如何回答，忍不住哭了起来。我就是为了救这样的一个儿子，打开了潘多拉的盒子。我的眼里有着恐惧，今天，有太多的眼泪了。

我略过妻子，走到客厅。我没关掉他的游戏，我抓住儿子的双手，用力把他摁住。

“爸爸！”他惊慌地叫。

我夺过他手上的遥控器，狠狠地砸向电视，砸烂了屏幕。我妻子尖叫，从厨房跑出来，手上还端着一盘食物。

“艾伦！”

我抓着儿子的胳膊，摇晃着他，怒不可遏：“告诉我！你现在就告诉我，你到底为什么去了树林？你在那里做了什么？”

“我没去！我跟你说过我没去！”

我不停地摇晃他。我的妻子放下盘子冲到我旁边，抓住我的胳膊，希望把我从孩子身边带走。

“你知道你做了什么吗？你知道会发生什么吗？告诉我！为什么你当时会在那里？为什么你会出现在树林？”

朱莉定定地看着他，也在等一个答案。时间过得越久，她就越怀疑杰森是不是真的强奸了珍妮。我能够看出她眼里的强颜欢笑和强忍的哀伤。

我看到他的手机在沙发上，我拿过来，我知道密码，我妻子告诉我的。她还告诉我，她在杰森的电脑里找到不少色情网页。我打开屏保，看他的浏览记录。

“你在干吗！住手！”杰森尖叫，他想拿回手机，但我更快，他扑了个空。

我看了他下载的图片，一些色情女星性交的图片，还有些视频和动态图。我点开一个，里面立刻传来嗯嗯啊啊的呻吟。我的妻子倒抽一口气，用手捂住了嘴巴。“妈……”我们的儿子扭头想要让他妈妈帮他。妻子看看杰森，看看我。我的愤怒影响了她。

“你平时就是在做这些？想想那些警察看到你的手机会是什么表情！你还嫌自己不够像个强奸犯吗？”

“我的天啊，爸爸，每个人都看这些的。这些真的很普通啊！我看这些不代表我会去强奸别人！”

“普通？”我气急了，把手机举到他面前，“这些可一点都不普通，一点也不！”

朱莉乞求地看着他：“杰森，你说实话！不管怎样我们都是爱你的，我们都会帮你的。告诉我们，求你了！告诉我们真相吧！”

杰森的脸红一会儿白一会儿，我知道我们已经让他有所改变，他正在下定决心。有那么一瞬间，我真的觉得可能是他对可怜的小珍妮犯下了不可饶恕的罪行。我真的这么想过。我和朱莉的心揪着，很虚弱，很脆弱。

“好！”他冲我们大喊，挣脱了我的钳制，“放开我！”

我们坐在客厅中间，朱莉和我屏住呼吸，打起十二分的精神。杰森鼓起勇气，我关掉手机，随手把它放在沙发上。

“我在那里，行了吗？！我刚好就在那里！现在你们满意了吗？！我要去坐牢了，你们开心吗？！”

朱莉大口喘气：“你做了什么？上帝啊，你做了什么？”

“杰森……”我低低说道，几近呢喃。我的思维几乎完全失控了。

杰森开始哭。我说过，今天有很多眼泪。他坐在沙发上，双手抱住了头。

“我去找那个男的，坐在蓝色思域里的人。”

“克鲁兹·德马科？”我问，“那个毒贩子？”

“我拿了一百美元去找他。”

“你哪儿来的一百块？”

“我拿的，从厨房的小钱包里。我不知道谁放在那里的，但是我一直都从那里拿钱。”

“所以你偷家里的钱去买毒品？”

“都是那个女孩，她问我有没有那个。我记得毒贩就在外面。所有人进进出出，讨论他手上的货，很全。”

“你想过你买了毒品，然后会发生什么吗？那个女孩就会跟你一起出去？”

我看着妻子，她几乎快要笑了。我擦擦脸上的泪，努力保持严肃。我们之间的凝重一扫而空。

“然后呢？你怎么又从马路上走到小树林旁边了？”

“我……我走近那辆车，但是很害怕，于是我假装只是经过。然后从那辆车的对面走了，就是小树林那个方向。刚好马路上有辆洒水车，然后我就从几棵树那里绕了一下，回到派对的屋子里。我跟那个女生说，卖毒品的人已经走了，后来我把钱放回了厨房的钱包。”

“所以你根本没进小树林？”我的大脑飞速运转。问出口是一回事，但是知道答案又是另一回事。有些问题不需要问，不知道比知道轻松。

“没有！”

这个回答铿锵有力，我的心漏跳了几拍。谢天谢地！上帝啊！感谢你！

我的妻子抑制不住喜悦，让我的儿子一头雾水。

我坚定地下了定论：“那就不是你。”我难以控制自己，飞快地思考着。

“不过你居然还偷钱想去买毒品！”

杰森一屁股跌回沙发上，无可辩驳。

“你回房间去玩游戏吧。我很抱歉，我刚刚关掉了。”

“我被关禁闭了吗？”

“是的，直到下周末。”

杰森站起来，抱着他的X-Box和游戏手柄。他蹿上了楼梯，很快就进了他自己的房间。

朱莉靠在我的怀里，我们都笑了。恐惧消散了，我们的阴霾一扫而空。但是留下的问题还有很多，我的卑鄙并没有减少，我做的错事催生出来的后果，现在还没解决。

带着信念和目标，我继续找寻真相。与其说是我要找到证据，证明我儿子没有强奸珍妮，不如说我希望还他的清白。他曾经对我们撒谎，说那晚没有经过树林，现在才告诉我们真相。从他坦白的方式、腔调，一字一句，我知道了他是无辜的。

他是我的儿子，我的孩子。他与我血脉相连，是我在这世间的延续。别人伤害他，就如同伤害我。我有了一种此前从未有过的感觉，就好像是狮子想要保护幼崽。

我没有放弃自己先前的打算，我清醒冷静，进一步完善了计划。我觉得其实这个计划不错，既让我的儿子免于调查，也能让珍妮的生活回到正轨。我变成了两个分裂的人格。一个是医生，殚精竭虑想要治好他的病人；另一个是傀儡师，隐在暗处用线操控着一切，来达到自己的目的。

两天后，我见到了夏洛特，她气急败坏："你告诉了警察！鲍勃的声音，是你告诉警察的！"

“冷静点，夏洛特，我并没有告诉他们任何关于珍妮记忆的事情。是发生了什么吗？”

夏洛特勉强冷静一下，仔细地看着我的每一个表情。我说过，我对自己的计划很镇定并且冷静，没有露出一丝一毫的破绽。她十几个小时的怒气和怀疑，就在这短短一秒间，消散了。我再一次成功了。

“鲍勃说要见我。我们见面之后，他没有碰我，甚至连一个吻也没有。他很沮丧、焦虑。我问他怎么了……然后我想掩饰自己的恐惧，假装什么都不知道。我不知道他信不信我，应该信了吧。”

“我确定他会的。因为你确实什么都不知道，不知道他为什么低落。”

“嗯，但我觉得我像是在撒谎，我很内疚，自己隐瞒了些什么。”

“你告诉他吗？”

“没，我套出了他的话。帕森斯警官拜访他了，表现得非常和蔼，有点歉意。帕森斯拿出了一百万年前的一段老皇历，鲍勃当时还在上学。”

“上大学？”我问。

“对，他说当时是春假前夕，一个女的对他谎报了年龄，他们一起过夜了，结果第二天早上起来那个女生对朋友哭诉了这件事情。然后女生家长就知道了，最后警察也介入了，毕竟她还未成年。虽然最后这事不了了之，但是鲍勃现在担心又被发现。你知道的，因为现在在选举，这种丑闻很可能成为政敌攻击他的理由。我想他现在连睡觉都做梦，生怕有谁挖出这段往事。”

“这个和我们现在手头的事有什么关系吗？和珍妮有什么联系呢？”

“当然，不管怎么说，这是一起性犯罪案件。帕森斯警官说他就是看到这个案子，才会例行公事地过来问一问的。”

“所以帕森斯想要鲍勃的不在场证据？”

“对。”

“那他有吗？”

“他说他记不清了。得等他看看妻子的日程安排，问一下才能知道。然后帕森斯走了，鲍勃也的确问了他太太。她提醒他，当时他们在参加一个俱乐部的春酒晚宴。我本来也想去，不过后来有了别的邀请。”

“我记得，你当时是和汤姆一起开车过去的。”

“对。然后鲍勃就跟汤姆说了他那天的安排。”

“好的，所以他有不在场证据？”说实话，我之前没考虑过这种可能性。不知为何，我之前一直觉得鲍勃当时是和他的妻子在一起，没人能提供不在场证据。他妻子的供词则无效。但是俱乐部的晚会有迹可循，有很多目击证人。不过，我还没有放弃。

“我觉得很奇怪，他记不得自己当时在做什么。我觉得，当天晚上发生那么大一件事，费尔维的人应该会对自己当时在干吗印象很深刻才对。毕竟强奸案一出，大家都很震惊。”

“上帝啊，我也不知道该怎么说，我……”

“怎么啦？希望你说个好消息。”

“那天鲍勃本来是要参加那个晚会，但是，他的确是去了别的地方。”

“等等，你说他没在那里？你怎么知道的？”

“我就是知道。他妻子弗兰，当天晚上是在场。哎，说来不好意思，那天晚上我有个朋友也参加那个晚会了，她后来为了让我分散注意力，别太伤心，跟我八卦鲍勃那天没来。弗兰和我朋友坐在一起，对她不理不睬，一个劲儿地跟她老公聊天。如果是别人，我可能不会在意，早就忘了。但是弗兰是鲍勃的妻子，我也很久没见过鲍勃了。因此我当时印象很深，我担心他和别的女人去约会了。”

我的火种，燃成了一条线。

“我知道，那你跟鲍勃说了你知道这件事吗？”

“我当然没有告诉他我当时的担心。但是我提醒了他，有人看到弗兰整晚都是一个人，和我朋友坐在一起。他表现得很惊讶，好像真记不起他那天晚上去做什么了。就像你说的，有点奇怪。”

“对，不过，你问过吗，他有说他那天晚上去哪儿了吗？”

“没有，事实上，他一直跟我强调，我记错了。弗兰明明记得他俩整晚都待在一起，帕森斯也相信了。这件事情到此了结了。”

“那你应该觉得松了一口气。”

夏洛特并没有觉得轻松。她开始怀疑情人是否真的和女儿的强奸案一点关系都没有。她也怀疑他那晚是不是和别的女人待在一起。我观察她的肢体语言、面部表情，甚至跷起二郎腿抖腿的样子。她不害怕，只是焦虑。接下来的事情让她更有压力。

“然后他就没有谈论那些事情，他摸我的屁股，我们做了。然后我回到家，和家人在一起，我装作自己就是那个好夏洛特。”

“你就是夏洛特，没有好坏之分。你就是你，知道吗？”我医生的那一面重新上线，夏洛特接受了我的说法，好夏洛特和坏夏洛特逐渐融合，然后成为一体。她会更少受到坏夏洛特的影响，也更少被好夏洛特束缚。我对她的期望就是，她能让二者和谐共处。

我用了很多比喻。简单点，就像是过山车从顶点滑下，汽车刹车失灵。有短暂一瞬的停顿，然后一切都要加速。

夏洛特和我努力弄清她内心的纠结和挣扎。那天我充分发挥了专业素养，时机、语言，让她认识到潜藏在内心里的真实。她不再自我厌恶，困扰于她的行为。坏的夏洛特被驱逐，我继续一步步剖析好夏洛特。我们谈到她和珍妮的关系缓和了，好夏洛特、夏洛特天使的那面，是永远不会懂女儿的痛苦的，也感觉不到女儿那夜究竟经历了什么。夏洛特之所以懂，是因为她有相似的经历，她所走过的路，成就了如今的她。

离开之前，她告诉我最后一件事情："哦，差点忘了跟你说，你这周见汤姆之前，做好准备。他从一本年刊里找到一张照片，上面有一个穿蓝色连帽衫的男孩。没有正脸，只有背面，他站在人群里。我觉得好像是在看足球赛。我不知道汤姆是从哪儿找到的，但他现在完全投入进去，试图找蛛丝马迹。他恨不得拿放大镜来看照片上的每一个细节。"

"嗯，我想他会跟我提这件事的。他把那本年刊给帕森斯警官了吗？"

"他早上6点就给帕森斯打电话了。你想得出吗？他完全疯了，我真的是累了。"

我微笑。夏洛特离开了，我极度冷静。

"帕森斯警官？"夏洛特一出门，我马上拨通了电话。

不再详述我和帕森斯说了什么。我又一次背叛了我的病人，让帕森斯再次确认核实鲍勃的不在场证据，他没追问我。他不太高兴这个案子还没结束。我打电话之前，汤姆跟他说了蓝色连帽衫的新发现。我觉得帕森斯警官的心情应该很糟糕，不过这和我有什么关系呢。

不知道你有没有见过杂技演员，可以在两根柱子中间绷紧的一根钢丝上走的那种人。

下午，肖恩·洛根来找我了。他的表情有着不寻常的焦躁。

“发生了什么？你看起来不太好。”

“不，我很好，医生。”他语带讽刺。

“肖恩，我知道这话有点越界了。我们作为医生和病人不应该过于关心对方的私生活。但我觉得，我不能发现了什么却又装作没看见。我觉得你这几天心里装了事情。”

肖恩定定地看着我，表情粗鲁不耐烦。他耸耸肩。一天前，这会让我觉得难受，生理上的难过。我的病人，一个心地善良的退伍残疾军人，失去了往常的笑容、乐观和幽默，这会让我很受伤。但是今天，我只觉得吃惊，我知道他迟早有一天要回来找我。

“肖恩，我知道你和珍妮走得很近。我也知道她现在压力很大，因为她想起来一些被强奸的事情。或者说，她觉得她想起来了。她的情绪状态不稳定，我不知道她的记忆到底是真是假。”

肖恩大口喘气，他还是这么容易生气，那些内疚、那些幽灵一直伴随着他，根本不曾远离。

“医生，告诉你，我不知道这个畜生为什么没坐牢。我不知道为什么你能安坐在这里，明明知道一切，却还讲着那些狗屁大道理，不去把那个浑蛋抓起来，让他不能再作恶。你的脑子里装的都是什么？你有为那个可怜的孩子考虑过一秒吗？”

我坐回椅子上，心跳得很快。他的愤怒不同寻常，他不像是局外人，倒像是因为什么关系，而有着出乎寻常的愤怒。

“我当然有为她考虑，肖恩。我非常努力不让别人插手我的工作，从而保护我的病人，不管是你还是珍妮。”

我一声叹息，看向别处。脸上满是痛苦的表情，这种表情我从别人脸上见过很多次，现在只是我最好的掩饰。

“我关心珍妮，发自内心地关怀她。”我维持痛苦的表情，缓缓说道，“那段记忆和那个人，正在受到调查。我不能再说更多了，这不是我该管的事情。我的职责只是让一切回到正轨。他不会跑掉，所以再多给我点时间，让我找到更多的证据，现在还有很多疑点，如果证据不确凿，我们就不能认定一个人是强奸犯。”

肖恩再次看向我，这次脸上的表情松动了不少。

“你知道你在伊拉克那段糟糕的回忆有多容易受到影响和干扰，对吧？仔细想想，我们当初是怎么一点一点地还原当时的情形，然后你才慢慢想起那些事情。过程非常危险，也非常容易出问题。我害怕一个不小心，珍妮的记忆就受损了。”

“不会的，她很肯定！”

“你再仔细想想，她提到那个人的时候，一丝悲伤、愤怒或者害怕都没有，是一片空白，非常平静。”

肖恩仔细回忆，他知道我是对的。我看出他的表情松动了。他突然想到了什么，醒悟了过来。

“你希望凶手是他，对不对？”

我内心想着：“珍妮需要这件事情有个结束，你知道的。她需要继续新生活，向前看，而不是一直活在过去！”嘴上却假惺惺地说：“她需要想起一切。只有这样，那些幽灵才会离开。你也一样。那我们现在可以开始治疗了吗？”

我对肖恩的治疗持续了两小时。我们回到了那片沙漠，回到了他的任务中，录音显示他的战友一个一个在那个村庄死去。瓦伦西亚一直在他身边，然后他们看见一扇红色的门，几个当地人麻木不仁，见到他们不怕也不躲。女人、孩子、老人。今天，他内心的愤怒更胜以往。因为他想着珍妮，挂念着珍妮。他后来离开的时候，冷静了一些，他现在已经能够控制一些自己的愤怒了。他天性不是一个残暴的人，有时候我刻意不去提醒自己，但却无法忘记，他终究是个军人。

格伦·谢尔比去世前，我曾经见过他。不是在萨默斯，时间大概在珍妮被强奸之后。我的爸爸妈妈从小教育我，要慷慨，要善良，要帮助那些更弱小的人。

因此，我之前有一次在肖恩的治疗结束之后，晚上见了格伦。一年前，他出狱之后，我心里一直很挂念他。我常常觉得对他有点愧疚，但马上又被其他的事情分走了注意力。从狱警那里，我很快就知道他假释之后的去向。他在家里成立了一个小工作室，为一些卑鄙的互联网公司做数据输入工作，就是那些窃取你的个人隐私，给你发垃圾信息的公司。他在波士顿的阿姨把这份工作介绍给他的，也是她这么多年一直为他在克兰斯顿的公寓付租金和物业费。当然，钱来自格伦父母留下的为数不多的遗产。他的阿姨上了年纪，仅仅是出于面子照顾他，并没有多少关怀。我觉得可能格伦父母的遗产里面，有一部分是给她的，作为照顾格伦的酬劳。她对格伦漠不关心，甚至不知道格伦最后是因为什么坐牢了，只知道格伦有过违法行为，之前有两次别的前科。

在这份在家办公的自由职业之前，格伦还曾经在物业维修公司上过班。因为这份工作会经常跟人沟通，因此格伦没做多久就被解雇了。这让他很苦闷。他喜欢自然，比如泥土、草地，也喜欢和人打交道。每个新认识的人，他都会用自己的本领，让别人迅速和他熟络起来。倒霉的是，他有一次误解了别人的意思，一个沉默寡言的乡村妇女，她的礼貌回应让格伦觉得她对自己很感兴趣，因此对她喋喋不休地讲了很多事情。

格伦·谢尔比是个悲剧人物。我之前就跟你说过：第一，他很善于把别人向他倾诉的事情给人们绘声绘色地讲出来，而有些隐私当事人只希望亲密友人和爱人知道。有时候我听到他用一些我们治疗中发生的事甚至我的一些事情作为谈资。第二，他是我唯一一个没能治好的病人。

我那天晚上去了他的公寓。在那跟他见面的确有点不习惯。公寓构造很怪，布置得像旅馆，大门没什么特别的，但里面只有一个房间。很多汽车停在户外，不过都看起来又脏又旧，无人看管。院子里有一个泳池，我觉得更像一个露天污水池，住户经过都远远避开，已经被流浪汉占据，成了他们的落脚点。大多数居民都有犯罪前科，就像格伦这样。他们依靠着好心亲戚的照料，赖以维持生活。格伦引诱这些人敞开心扉说出自己的故事。之前在萨默斯治疗时，格伦就把这些人的事情告诉过我，所以我记得他们大部分人的事情。

他过来开门，穿着T恤和卡其裤，看起来很整洁，穿得好像要出门寻找工作一样。屋子里味道很冲，带着一股消毒水和咖喱的味道。之前雇用格伦的公司，把工作外包给了一些印度人。毕竟印度人成本低嘛。

他们齐心协力，守望互助，善于彼此配合。在他们的衬托下，格伦显得有些暗淡无光，但他因此爱上了印度食物。

格伦摇摇摆摆，脸上又挂起了他不真诚的招牌式假笑：“好极了，好极了，看看是谁来了。”

“嗨，格伦，我可以进来吗？”

他后退一步，把我引进门，我坐在房间里的那个小沙发那儿。

“你过得怎么样？”我刚刚坐定，问他。

他的住所很整洁，盘子干干净净，摆放在橱柜里。餐巾在桌子上摆得整整齐齐，每一张折的弧度都一样，摆成一沓。就连手艺工人也会为他的一丝不苟而叹服。这类病人过度的洁癖和强迫症是一种心理疾病，并会给他人带来很多困扰。有点讽刺。

格伦耸耸肩。他坐在旁边一把木椅子上，放松地跷起二郎腿，看向我：“我很好，艾伦。”

“希望我过来没有打扰到你。作为医生，我本来不应该管这么多，但是我真的一直很担心你。”

格伦坐好。他有被打扰的不悦，但他此刻更需要我帮助他。他前倨后恭，非常明显：“我还在想，你还要多久才来找我呢。”

我对他微笑。他眼睛睁大。我突然回到了我们在萨默斯的相处模式。我后来在萨默斯没有再对他进行治疗，因为他丝毫不尊重我们之间相处的界限。而我做的最愚蠢的事，就是因为希望帮助他，而容忍他越界。

“格伦，我本来应该早点来的。我听说，你现在不去找威斯克医生了。上周我在监狱里碰到他，他说，自从你出狱后你就再也没有找过他。能跟我说说发生什么了吗？”又是这样，当人们已经打破界限之后，底线只会越来越低。毕竟这又不是砖瓦泥墙构成的边界，只是我们脑海中只可意会不可言传的准则。我之前把格伦转给了另一个治疗医师——丹尼尔·威斯克医生，而且他也同意在格伦出狱后继续进行治疗。准确来说，更多的是照料，而非治疗，以免格伦情绪压力太大，再度失控。

格伦看着门，满不在乎道：“不一样的。”

“你是指什么？他是个很优秀的医生，而且他的诊所正好在克兰斯顿。”

“你知道原因的，艾伦。”

我背上一个激灵，头发都竖起来了。在格伦的治疗逐渐由威斯克医生接手期间，我在家里收到了格伦的来信。我不知道他是怎么得到我家的地址的，甚至还知道我妻子和儿子的名字。我把这件事告诉了威斯克医生和狱警。格伦被勒令禁止这种行为，这让我松了好长一口气。

边缘性人格障碍患者[①]比其他病人有更高的概率，对心理医生产生依恋。实际上，高达40%的这类患者会产生依恋情绪。因此，作为医生，我们很大一部分职责就是和病人严格划清界限。我当时碰见他时，还很稚嫩，因此，我破例了。我们超越了医生和患者的关系，他对我有

---

① Borderline Personality Disorder，简称BPD，是精神科常见人格障碍，主要以情绪、人际关系、自我形象、行为的不稳定，并且伴随多种冲动行为为特征，是一种复杂又严重的精神障碍。

了情感依赖，他有很长一段时间一直在窥视我，不过因为他对狱警的畏惧，还没有什么实际的过激举动。

对于别人来说，这可能是很好的研究案例，可以证明Ⅱ型重抑郁轻躁狂是可以治疗的。采用和缓的方式，胡萝卜加大棒对待他们，十分有效。病人为了获得奖励，避免惩罚，自然就会约束自己的行为。

这种病人可以治疗，却无法完全治愈。一旦胡萝卜给得太多，或者棒子打得太狠，他们就会完全回到之前的状态中。我后来再也没收到过格伦的信，即使是他已经出狱了。但我很快就发现，他绝对没有就此放弃接近我。因此我过来看他，顺便让他收敛自己的行为。

我们说了一个小时的话，然后我就回家了。

一周后，格伦被人发现，在屋子里上吊自杀了。

我听到这个消息时，回想起那天在他家里见到的情形。我当时没有注意过自己看到的东西，它们看起来都那么普通无害。那根绳子，当时卷成一团放在角落。厨房的脚蹬，还有浴室旁边天花板上的拉杆，当时没有引起我的注意。天花板很高，大概八英尺。我现在闭上眼睛，好像能想象出他挂在上面的样子。白色的脚蹬就在旁边，离他的脚几步之遥。绳子系得很短，他的脚不会着地。他身上赤裸，只穿了一条蓝色的短裤。我不愿意一直陷在这个场景里。但是我忘不掉，这种失败，和大多数人在工作上犯错不同。我的错误，是一条人命啊。而这个人，我还曾经跟他相处过很久，最后他只剩下一具冷冰冰的恐怖尸体。我无法忘怀这件事情，也就此明白，我无法治愈每个病人。

我当时离开的时候，格伦一直在发抖，我说的话让他很受刺激。我开车回办公室，见了另一个病人，然后才回家。

第二天，我接到帕森斯警官的电话。这个电话我盼了很久。我做好了一切准备，迎接崭新的一天。我知道，事情正朝我预期的轨迹发展。鱼儿已经上钩了，一切都在我的掌握之中。

“艾伦，你说得对。那个不在场证据，根本都是假的！”

“啊？我很抱歉，真的很不好意思。”我假惺惺道。

“你是怎么知道的呢？能告诉我吗？你还瞒了我一些什么？”

“我不能说。我解释过的——”

“好吧，你必须保护病人的隐私。上帝啊，艾伦，我觉得你有时候真的是快要把我逼疯了。”

“好吧，报信的人总是得不到好脸色。我都习惯了。反正我说的都是实话，绝无半点虚言。”

帕森斯重重地叹了口气：“我知道，抱歉，只是，现在是我最不希望看到的场景。我有不好的预感，内心觉得这件事情不会这么简单了结。他是个大人物，有一整个律师团队，一个一口唾沫，也够我喝一壶了。”

“但是毕竟还是到了这一步。这就是结果。”我冷静地说，“你询问过沙利文和他的夫人，他们是怎么说的？”

“他们说大概是我误会了。但是，俱乐部的账单显示，的确当天只有一个人出席了。这个总是真的，结尾的签名只有弗兰。沙利文，他没有不在场证据。”

“嗯，我知道。”

“虽然他有嫌疑，但他的支持者们肯定会选择性无视。他也会的。”

“我觉得也是。”我知道，帕森斯一直觉得鲍勃是无辜的，我也没想纠正他的想法。我没忽略他话音中的恐惧，万一这件事出了什么差池，这很可能毁了帕森斯的事业。

“然后发生了什么？”

“沙利文已经从哈特福德那儿请了个厉害的律师，叫卡尔·舒曼。他在20世纪90年代给一个青少年犯罪团伙辩护，成功地让他们无罪释放了。”

“我记得那个案子。”

“他一战成名。现在只要价码够高，他什么案子都接。而且现在除非拘留他，审问他，我们根本接触不到鲍勃了。但是拘留他，媒体就会知道，那这件事情就闹大了。”

“唉，我很抱歉让你陷入这种境地，希望我能做些什么来帮你。”

“艾伦，那就拜托你，告诉我你的消息到底可不可靠。给我一点小提示，一点点就好。我现在得做决定了。”

“帕森斯，事实上，我给不给你提示并不重要。麻烦在于，我在办公室得到的信息，不能成为证据。珍妮是，肖恩也是。即使他们的记忆恢复了，在法律上能否采用，还有很大不确定因素。我看过很多案例，即使这些病人败诉了，法庭也没有别的办法。”

帕森斯沉默了几秒，他不想挂电话。因为他纠结许久，鼓起很大勇气，才拨通了我的电话。他钻进了死胡同，不知如何是好。即使他什么都不做，假如媒体发现了这件事，他也会被认为是畏惧权势的小人。如果他继续把费尔维的无辜孩子拖下水，那他光是面对投诉和质询，就疲于奔命。他想着种种后果，越想越害怕。不管现在怎么做，都是错的。帕森斯进退维谷，现在唯一能让帕森斯解决困境的就是，鲍勃·沙利文真的有罪，那帕森斯所做的一切才能合情合理。

可怜的帕森斯。

怀疑的种子一旦埋下，有了养分，就会不断成长壮大。

夏洛特又来了，她坐在我对面，她已经开始怀疑鲍勃了。她后来一直没见到鲍勃，鲍勃给她打了个电话，说了下不在场证明的问题，还有他请了新律师。他的语气没有之前那么随意，也没再给夏洛特发过那些调情的短信。他开始变得非常小心，就像是心虚了一样。

“看到你为鲍勃的事情烦恼，我真的很同情你，可以看出你因为这件事情非常焦虑。”

“对的，这件事情真的很麻烦。我不懂他到底在隐藏些什么。我甚至直接问过他：‘告诉我，你那晚究竟在哪儿？即使你和别的女人去约会了，也没关系，我不会介意的。’他只是一直说，他真的在那个俱乐部。别人针对他，只是因为他挡了别人的路，觊觎他的钱等。他就一直反复这么说。”

“是的，这的确有点奇怪。难怪你这么担心。”我故意沉吟几秒，

“珍妮现在情况怎么样？”

“老样子。之前她还没想起声音的时候，她满怀希望。现在感觉她快要放弃了。她现在不相信治疗，而且一直很痛苦、焦虑。我简直不忍心看到她的样子，状态真的非常糟糕。”

“了解。我觉得可能她多跟别人交流，情况会好一些。我的病人互助小组里，还有其他人情况跟她相似。一直以来，因为珍妮的年龄，我们都束手束脚。但是别担心，这对她会有好处。这对她继续回想被强奸那晚的事情，身体被进入时的一些细节，也会很有帮助。”

夏洛特的眼睛睁大了，身体前倾：“她把自己被强奸那晚所有的细节都告诉你了吗？”

“嗯，对，不然你以为我们治疗的时候在做些什么？”

“我确实不清楚，我以为她只是想起来了，然后她告诉你她想起来了。我没问过她当中的细节，我也没想到，她会告诉你。因为这件事情……太隐私了……哎……我不是这个意思，我简直不知道自己在说什么……”

“没关系，我能理解。听起来很奇怪，你女儿把这件事情的细节告诉我，一个成年男人，尤其是在她已经经历过那些伤害之后。”

夏洛特出神了，怔怔地看着角落的盆栽。她的神情变幻莫测，好像在思考什么痛苦的事情。

“你想知道她当时发生了些什么吗？可能了解一下，对你会有帮助。”

“嗯，大概，会吧。我想知道，我想知道她说的每一件事。”

一切都水到渠成。

我告诉夏洛特，珍妮被进入时的情形。其实，我说的不完全是珍妮被强奸的事情，有点小出入。其中不少小细节，是鲍勃·沙利文在汽车展厅里诱奸他的小秘书时的举动。一只手扶住她的肩，她的脸被按在地上，另一只手在她的头上，手指缠绕她的长发。

夏洛特跌坐回沙发里，抱住双臂。从她的表情，我知道我成功了。鲍勃·沙利文在和她做爱时，也有这些细节。现在她开始怀疑，那晚的人会不会真的是鲍勃。

一个大风暴悄然酝酿，五天之后，就会彻底爆发。不过我们还是先说眼前的事情。

我们都非常关心珍妮治疗暂时被搁置这件事情。我抓住机会，用了点小手段，让我儿子悄然而退，暂时脱离了怀疑范围。现在，我又要自私地继续治疗我的病人了。

"觉得怎么样？"我又一次见到珍妮，熟稔地跟她打招呼，"你还觉得自己无能为力，想要放弃吗？"

珍妮耸肩，不置可否。

"你今天心情看起来不太好？"我换了个问法。

"不，我感觉好多了。但我老是想起肌肤上冰冷黏糊的触感，好像他的手一直在……我想起那些瞬间，想要尖叫，哭喊，蜷起身子，立即去死，好像只有这样它才会消失。不管我想什么、做什么，都没办法摆脱！"

"对！"我有点激动，"你的那些情绪找到了正确的情感联结，记忆随之恢复，因此你现在就无法避免那种情绪！这就是记忆恢复的工作机制。随着时间的推移，那些感情会慢慢变淡，画面会慢慢模糊，你的记忆会慢慢平复、褪色。它还是会出来作祟，但是你体内已经有了安全感，因此就不会再畏惧它。”

珍妮点头，叹了一口气。

“然后呢？还有别的吗？”

“呃，我觉得剩下的不想说。”

我心里有了底，问道：“关于肖恩吗？”

她的脸失去了血色。

“你可以对我说，肖恩知道我们会讨论这些的，他也会对我说这些。”

“真的吗？”

“当然是真的。”

“好吧，我也说不清楚，我觉得自己对他不好，我老是给他一些负面情绪。”

“比如？”

“比如这次，他就很生气，他觉得就是沙利文先生强奸了我，然后……”

“然后怎么了？”

“他非常愤怒。我们现在见面，不管我说什么，他都会提到为什么沙利文这个小人、伪君子还没有被抓，还没有得到惩罚。难道就因为我接受过心理治疗，所以受害者的证词就不能作为依据了吗？”

“嗯，你觉得你那晚在树林里听到的声音就是鲍勃的声音，对吗？”

“对的，一模一样。我记得清清楚楚。不过我待在他身边，确实没有什么害怕的感觉。这也有点怪，是吗？上周，我在爸爸工作的时候看到了他，除了有点紧张，我没有任何别的情绪。”

“你觉得肖恩知道，警方已经审问过鲍勃·沙利文了吗？”

“什么？”

“你妈妈没对你说吗？好吧，可能她暂时不希望你爸爸知道。”

“我的天哪！难怪我见到沙利文先生的时候，感觉他有点躲着我。”珍妮捂住脸，好像很不好意思的样子，“我的天哪！”

“别害怕，放轻松。他不是因为你的事情被调查的。他之前做过一些类似的事情，他后来还对警察撒谎了。警方并不知道我们的进展，还有你的记忆的事情。我发誓。”

“但是总会知道的，对吗？然后法庭上，每个人就都会知道，我的脑子里一团乱麻！然后肖恩也会知道……我的天哪！”

“你怕肖恩知道，为什么？”

“他……他会生气的。他说他……”

“他说了什么，珍妮？”

“我不能告诉你。”

“没关系的，你相信我吗？”

“我相信你，但，肖恩是我最好的朋友，有时候觉得他是我唯一的朋友。”

“所以，你告诉我，才是真正对他好。他说了些什么？”

珍妮看着我，像只畏缩的小鹌鹑。她张嘴，轻轻说出来几个字：

“他说他想杀了鲍勃。”

“好吧，”我不以为意，“人都有冲动的时候。就今天早上，我还骂了我的狗：‘我一定要杀了这条蠢狗！’放宽心，这只是说说而已。人们经常说这样的气话。”

“不，你不懂他。他说他觉得沙利文先生就像以前他被派去消灭的那些恐怖分子一样可恶。他说，沙利文先生必须为自己的所作所为付出死亡的代价，这样才能永不再犯。然后他说，他说他想到沙利文先生用木棍戳伤了我的背，他就……他就无法忍受。他想到就觉得难受、气愤。他说他有枪，他知道怎么只用左手开枪杀人，他之前好像练习过。”

“真的吗？他哪儿来的枪？”

“我不知道，他只说了，假如法律不能制裁鲍勃·沙利文，那他就会动手。他说他现在有枪，可以杀死坏人。我告诉他，我宁愿自己死，也不愿意他因为我惹上这种麻烦。然后他，他紧紧地抓住我的胳膊……”

珍妮说着说着哭了起来，我的心揪成一团。她需要哭出来，她需要感知到更多的情绪。看出来了吗？每段记忆都有与之对应的情绪，反映人们当时碰到这件事情的感受。于是我们会回想起之前发生过的类似事情，想起一些快被我们忘记的事。这是一种理论，我很认同这种说法。

现在肖恩的愤怒明显非常强烈。我觉得他应该是把这件事情和他自己的事情联系起来了，恐怖分子藏在红色的门后面，那天他失去了一条手臂，那些人应该受到制裁，被枪毙。我对肖恩的心理状况有点担心，很想快点见到他。

但是现在我还有些别的事情要做。

“珍妮，”我语气轻柔，“当他握住了你的胳膊，你的感受是什么？”

“他只是当时激动的时候，抓了我胳膊一会儿。我觉得还好，他说我就像他的妹妹，也像他的同伴，就是那个跟他一起出任务然后死了的新人战友。他说他会为了维护我、保护我而战斗，甚至死。”

“我知道，这是一种军人的信仰。我觉得你们的友谊好像有点变味，这对你可能有些不好的影响。”

“不管怎么说，我仍然信任他。我觉得他是我现在唯一的希望了。”

“嗯，我们可以考虑改变一下现状。”我身体前倾，用我的手握住她的双手，声音带着蛊惑，“一切都会回到最开始的地方，你会想起关于那晚所有的事情。把所有的幽灵都留在身后，让你自己获得新生。你听懂我的意思了吗？”

珍妮很惊讶，我对她治疗了这么久，从来没有碰触过她，一直都是冷静、有礼、自持的。我没有失控，我只是给她下了一剂猛药，让她摆脱从肖恩那儿受到的影响。

“你听懂我的意思了吗？”我又问了一遍。

“懂了。”

“那你相信我吗？”

“我不知道，我害怕希望越大，失望越大，我也害怕想起。我觉得自己可能有罪，只能远离别人，谁接近我，谁就会受伤。”

“不，珍妮，”我缓缓地说，“你不是罪人，你是来救赎别人的。”

其实一直到这本书结束，所有事情都了结了以后，我都没能再见到肖恩。当时我并没意识到这一点，太多的事情让我殚精竭虑，我一刻也不能松懈。

帕森斯警官捏着鼻子，不情不愿地开始调查鲍勃·沙利文。鲍勃对帕森斯和夏洛特都撒谎了，伪造了自己的不在场证据。夏洛特开始怀疑鲍勃。鲍勃的妻子一直包庇他，为他遮掩，律师也为他辩护。我继续努力治疗珍妮，以期找回她失去的记忆。肖恩认定鲍勃就是强奸犯，是侵犯珍妮并且用棍子戳伤她的无耻浑蛋。只有汤姆和我的儿子暂时置身其外。

首先，汤姆一直没有放弃追查蓝色连帽衫这个线索，我对他越来越有耐性。我从来没有轻视或者讨厌他，相反，在我心中，他就是个任性的孩子，老是违背我的意愿。

“我不明白，为什么他们每个警察都不看看这张照片！”汤姆手上拿着年刊的那一页，上面有我儿子穿着蓝色衣服的背影。汤姆脸上的表情几经变换。

“这个是学校的曲棍球比赛前照片吗？”

“对的！而且时间就是珍妮被强奸的那个春天！”

“然后你觉得这张照片能够说明什么呢？能有更多线索吗？这就是个普通身高的男生，戴的帽子也是费尔维中学发的，一切都平淡无奇。我觉得你肯定一寸一寸地看过这张照片，但是别的什么都没发现，对吗？”

汤姆看着这张照片：“对的，我看了……咦，你看！我能认出旁边的人，他后面站的那个女孩，我认识，她旁边的男生我也认识。如果能把当时参加过这次活动的人都找出来，一定有人能想起这个人是谁的！”

“可能是。但是找到这些人也是个大工程啊。所有参加过派对的学生都已经再次被警察局问话了，现在还要扩大这个范围，有些太过火了。那些学生未必会站出来承认自己在场。他们没犯法，这个全靠他们自愿。但是如果这么大规模去找，人们可能会觉得我们是在找作奸犯科的人，就更不愿意出来承认了。”

“是吗？真的会这样吗？”

“对的，我知道你很内疚。我们之前讨论过，从小你的爸爸妈妈对你的教育方法让你很没有自信。你的自我认知水平一直很低，也一直有一种负罪感。这种一直以来的歉疚感不会因为你能找到伤害你女儿的强奸犯而有任何改变。”

“上帝！我找到了这么重要的一条线索，现在还需要谈什么自我认同水平吗？我就想直接找到那个浑蛋！到那时候，我们再回来说我父母如何教育不当，还有如何改变我在妻子和老板面前不太自信的情况，这样不行吗？”

我现在脑海里就两个字：“见鬼！”

“好吧，”我说，“可能你现在更关注这件事情的进展，所以我们的心理治疗需要暂告一段落。但是你先好好想想，这张照片，只有一个穿连帽衫的男生，你看不出他实际的高矮胖瘦。而且你关注连帽衫，只是因为一个毒贩子的话，谁知道他是不是为了开脱自己而随口一说。你知道我的关注点吗？”

“老实说，没有。我一点也没懂。”

我俯身，手撑着膝盖，定定地看着汤姆。我看到他也在看我，希望我纠结之后，能给他一个答案。这招很有用。我俩对视完之后，我迅速想好了一个说辞，然后神情也变得坚定起来。

“过去的几个月，我们深入了解并分析了童年对你现在造成的影响，你现在已经可以正视对于自己父母的愤怒了。汤姆，你对他们的这种愤怒，和他们人多么好、你的家庭多么支持你没有一点关系。你在教育孩子的时候，和你父母的教育方式完全不同。这说明你知道，你觉得他们的教育方式是不妥当的，对孩子心理会造成很大影响。你觉得你不配拥有生命中的美好，就是因为你对自我的认同感很低。你对你获得的这一切有一种负罪感。汤姆，你一直活在对自己无能的愤怒和对美好生活的负罪感里。”

汤姆听着我的话入神了，这正是我希望让他思考的。

我想让他的注意力从那件该死的蓝色连帽衫上挪开。

“那你的愤怒和歉疚最后去了哪儿？”我从他手上抽出那张照片，“汤姆你看！就在这里！”我挥了挥照片，“你把它们都转嫁到了这里，把炮火对准了这些碰巧穿了连帽衫的小男生。你找这些照片，不是为了调查，是为了让自己的心得到平静。”

我每次长篇大论，经常是以我的病人哭了收尾。你可能都看烦了，但是我自己知道，每一个这样帮助他们发现自我的过程，我都非常小心谨慎，思虑再三，生怕出现什么问题。

汤姆哭了，你可能会觉得我很卑鄙，没关系，看下去。

我握住汤姆的手，最后给了他温柔一击。

“汤姆，你想过吗？警察可能已经有了别的线索，只是他们可能暂时还没告诉你。因为你这段时间已经被愤怒遮蔽了双眼，也许你该相信警方，让他们去寻找真相。这对你来说，也是个解脱，对吗？”

汤姆看着我，眼里跳动着火焰：“他们发现了什么？他们发现了什么没告诉我？我参与调查这件事情已经整整一年了，从这件事发生那天开始！他们瞒了我什么？！”

我耸耸肩：“汤姆，我也不知道。我只是让你考虑这种可能性。我希望你能放轻松，你现在随时随地处于防备状态，我希望你能轻松一会儿。”

“我得走了，艾伦，不好意思！我知道自己不是个好病人，但是我得去查查你提的这个事情，我们下次再聊吧，下次吧！”

我们站起身，握手的时候我把另一只手也放上去，攥着他的双手，语重心长：“汤姆，请记住我说过的话，放轻松，相信警察，他们是专业人士，一定能找到凶手的。”

汤姆没有在意，急匆匆地告别了。

接下来轮到我儿子的事了。

我儿子去警察局接受问话的事不能再拖了，不然反倒会引起怀疑。布兰迪诺律师陪着他，我也陪着他。我让妻子在家待着，因为她没办法掩饰自己的情绪。两个年轻的男警察对杰森提问，看得出来他们已经厌烦做这种事了。汤姆·克莱默每天打电话过来询问进展，追问很久之前发生的强奸案。他们每天光是接电话就非常头疼，没有一点浑水摸鱼的时间。他们家也在本镇，因此无意为一个强奸案将镇里搅得天翻地覆、人心惶惶。每天把别人当成嫌疑人询问，被别人防备甚至反驳，真不是什么轻松的事。

但问答还是要继续，例行公事。

“你什么时候到达派对地点的？你什么时候离开的？和谁一起？中途有离开过派对现场吗？和谁一起？你当时见到珍妮·克莱默了吗？她和谁在一起？你有一件蓝色连帽衫，上面绣了红色的字母，或者别的什么吗？”诸如此类的问题。

杰森应对得很好。他的害怕看起来就像是青少年见到警察的那种害怕。让我想起一个毛头小子第一次见到心爱的姑娘的爸爸时的样子。他是个好孩子吗？是的。他喜欢那个姑娘吗？是的。他想跟那个姑娘亲热吗？是的。他会因此强迫她吗？不会。杰森的紧张表现得十分自然，他很有技巧地说了真话。我之前说过我对诚实的定义，以及我们在相处时有必要用一些善意的谎言。假如那个毛头小子告诉他的岳父，我在幻想你女儿的裸体，想揉她的胸，想吮吸她的嘴唇，想把手伸进裙底，每次自慰脑子里都在意淫她。然后，你能想象会发生什么吗？我这个比喻比较粗鲁，但我觉得你应该能领会我的意思。

杰森回答连帽衫的事情："我不记得了。"回想了几秒，"我不确定，我现在肯定没有，但我不记得以前有没有。"

聪明的回答，他表现得简直完美。

"你中间是否有离开过派对？"

杰森停顿了一下，看向律师，直到律师对他点头示意。他看着我，我也对他点头。如果可能，我甚至还会开口鼓励他："说吧，儿子，说出真相就好了。"

杰森叹气。他之前没排练过这种情况。他撒谎的天分不高，他是个好男孩。我的儿子，是个好男孩。

"我出去了几分钟，我在找一个人，那个男人在蓝色思域汽车里。"

两个警察对他的话稍微有了点兴趣，但是他们的关注点歪了。他们问过每个人，但因为没有证据，别人的态度都是死不承认。克鲁兹·德马科那天晚上发了笔小财，但一直以来，只有约翰·文森特不得不承认自己买了东西。剩下的人个个都好像成了道德模范，每个人都是清清白白、毫无黑点。

"我知道，"其中一个警察说，"所以你是去买毒品了吗？"

杰森温顺地点头。

"那你用了吗？"

"没有。看到那辆车的时候，我觉得很害怕，然后我从车旁边走过，拐了个弯又回到了屋子里，所以他应该没看见我。”

“当时大概几点？”

“我忘了，9点半之前，8点之后，我不确定。”

“那你有看见别人吗？”

“没有。但是那天晚上很多人都出来，到街边想找他买东西。每个人都在讨论他的货，所以我觉得他应该进了屋子，也去了后面。”

布兰迪诺律师跳起来：“结束了吗？警官，你看到我的当事人有多诚实和正直了吗？他本来没必要告诉你，他想要去买毒品的。我希望你能对他多一点信任。”

对，信任。有了这个，我的儿子说的那些事情就多了几分可信度，他也就不用解释自己的紧张，还有提到蓝色连帽衫时那短短几秒的停顿。

警方还想要知道更多，但他们注定不会得到什么结果。我儿子在提到蓝色连帽衫时那短短几秒的不自然就这么被无视过去了。

我们回家时，妻子在厨房，她正在喝红酒。当时还很早，但她需要舒缓自己紧绷的神经。

“亲爱的，我要告诉你些事，然后你就又要头疼了。”

她没理我，冲到我们的儿子面前，一把搂住他：“你还好吗？杰森！我的宝贝！”

杰森让她抱了一会儿，才推开她：“我很好，我能上楼了吗？”

我们让他上楼玩游戏去了。声音响起，又是那种枪战热血暴力游戏，不过此刻我完全不介意了。

朱莉看着我，有很多问题想要问我，我没让她等太久。

“还好，会没事的。”我让她放心。

她依偎在我怀里：“你发誓？”

“嗯，我发誓。”我郑重地许下诺言。

假如不能保护我们的孩子，生活还有什么意思？

当鲍勃·沙利文再次见到夏洛特，并从她脸上看到恐惧和怀疑时，你能猜到他的心情吗？

夏洛特告诉我，上次我跟她见面之后，过了五天，鲍勃和她又在克兰斯顿的郊区见面了。

夏洛特记得他们亲热时，鲍勃喜欢一只手扶着她肩膀，另一只手穿过她的头发。充满激情时，他从后面猛烈地进入她，伴随着他发泄出来的低吼。当她发现鲍勃有嫌疑，再和鲍勃做爱时，就会想到珍妮也曾经被他这样玩弄过。她没对我明说过，这个话题太私密了，但是我能想象得出她的想法。

“我甚至无法看他的脸，我觉得这个世界的一切都扭曲了，事情好像看起来没变化，但其实跟我想的完全不同。不过我想的重要吗？一直都有这种事情发生，对吧？人们突然发现自己的伴侣偷钱，或者偷情。我简直没办法想象，汤姆发现这件事情的时候会用怎样的眼神看我。假如他发现了我做了些什么，然后知道一直以来那个好夏洛特都是假象，从未存在过，都是我在骗他的。”

“今天我们先不要纠结好夏洛特的事情。我们研究一下鲍勃是怎么了，这很重要。这个过程可能会有些痛苦，你要做好心理准备。你爱鲍勃，或者说至少你爱自己想象中的那个他。你相信他也同样爱你，即使知道了你全部的秘密，仍然爱你。”

“我不知道自己具体的感受，艾伦。我真的不知道。我现在跟你说一下具体发生了什么，然后你说说你的看法，好吗？”

我点头：“好的。”

“我没有再提起关于俱乐部晚餐的事情，他之前坚持说我记错了。我很想知道我跟他在一起的感受，我是否能够忍受他的谎言以及一些别的事情。”

“夏洛特，”我说，“你现在还没必要怀疑鲍勃就是对珍妮做出那些事情的凶手，不是吗？还是说，你现在只是疑虑，他那天晚上到底在哪儿，是不是和别的女人在一起。”

“不！我的意思是，我再也不相信鲍勃了！”她在说谎，“我知道他记得他那天晚上在哪里，为什么他不能告诉我呢？”

“好吧，你接着说。”

“他当时给我倒了一杯酒，以前如果我们见面的时候不赶时间，我也是会喝一杯的。他给自己也倒了一杯。在我们无意碰触对方时，手上拿点东西真是很好地缓解了尴尬。我问他所有事情都解决了吗，他说没有，警方对于那天俱乐部晚餐的事非常疑虑，事情慢慢超出了他的掌控范围。他说他请了一个律师，他和他的律师拒绝回答警方更多问题。我觉得他有点小题大做了，对吗？”

“是的，他没必要这么做的。这看起来感觉他在虚张声势。”

“对，他也这么说，他想吓退警方。现在除非警方有逮捕令，否则不能找他麻烦了，不过那样就会被公众知道。他的律师想得很精明，这样他马上就可以控告警方，对他的生意、选举、名誉、家庭都造成了损失。他们在赌，警方高层不会想看到事情走到这一步。这样对他们有什么好处呢？现在唯一的证据就是他大学期间遭到的指控，还有一年前他没有参加某个晚餐，却谎称自己参加了。这些都不能作为逮捕他的证据，对吧？”

“我不知道，夏洛特。不过听你说起来，鲍勃好像很担心这件事，他对于这个博弈有信心吗？”

“没有，他毫无信心。他很生气，嘴里一直在说：‘事情怎么会变成这样？该死！他们怎么会怀疑我强奸那个小女孩！我有两千万的财产，我马上就要成为州议员！我还见过总统！’他说他觉得自己的脑袋就要爆炸了，这一切都特别不可思议，太戏剧性了。他觉得这是对他人格的污蔑。”

“老实说，我对这些不感兴趣。难道他不明白他们的处境吗？他们有义务配合警方的调查。”

“通过这件事，我看到了他不同的一面。我没办法再像以前那样，假装什么都没发生，跟他做爱，然后回家……我这次做不到。你刚刚说的，有不少也是我心里想的。他们一直不愿面对，在遮掩些什么。我告诉过他，只要告诉警方他那天晚上去了哪里，一切就都解决了。我不理解他为什么不这么做。”

“然后他的反应是什么呢？”

“不太好。他生气了，他把手上的杯子摔到地上。他的脸气得发红，眼睛也瞪大了。他逼近我，抓住我的胳膊，仔仔细细地看我，探究我的每一个表情。然后他直接问我是不是觉得他强奸了我的女儿。”

夏洛特呼吸急促，她用手捂住自己的嘴巴，看向墙角的盆栽，缓缓地摇头。

“我说我没有，我相信他不会做这种事。但是为什么……为什么他不肯说出他那天在哪儿？然后珍妮又说她记得鲍勃的声音。我确实不知该怎么办。他现在也不相信我了。”

她完全沉浸在当时她和鲍勃见面的情形里。我没有惊动她，让她自己好好想想那些心底的疑虑。你知道为什么，对吧？一个人脑海中的记忆，并不是当时实际发生的事情。一旦她脑海中有了怀疑，记忆中的鲍勃就会处处可疑。

“夏洛特，然后呢，后来还有什么别的吗？”

“哎，后来的进展很不顺利。他爆了粗口，说了句‘我×’，然后就离开了。”

“他就说了句‘我×’，然后就走了？”

“嗯。我跟他在一起处了快三年，我们有过很多海誓山盟、温情脉脉，还有欢畅的性，每次他都会深情地看着我的眼睛。可事情怎么会变成现在的样子啊？曾经觉得有些事情永远不会改变。即使我们不再偷情，我们的那份默契和感情都不会褪色。现在怎么会变成这样了啊？我觉得我不再相信任何事情、任何感情、任何誓言了，我甚至不相信爱本身，都是一些屁话，根本就只是多巴胺、是欲望、是寂寞，是人们用来填补自己内心的空洞，我们本就只是各取所需。事情没有看起来那么简单。”

“好吧，夏洛特，这个够我们讨论很久了。你说得对，人们只是彼此需要，相互慰藉，但有时不仅是这样。脆弱的爱，被欲望驱使的爱，填补空虚的爱，有时候也可以变得更多。这种短暂的情感联结，有时也是个依靠，可以帮我们抵御寒风，有时也会在困境中转变成更加坚固的锚点。大多数有稳定感情的人，都经历过这种感情逐渐加深的过程。感情，以及对感情的需要，就像我们需要别的一样。我们渴望别人的关怀，渴望被照顾，这也是爱的一种形式。但是这种感情不是一夕之间建立起来的，对吧？告诉我你现在怎么想的，鲍勃说了句‘我×’就走了，你后来的感受呢？”

“我觉得浑浑噩噩，好像一瞬间人生变得怅然若失。”

“这很好，夏洛特，这很好。”

“很好？但我觉得很痛苦。”

“我问你，如果鲍勃给你打电话道歉，你还会跟他出去吗？你还会继续跟他做爱吗？”

“我想，但我不能。发生了这些事情，我怎么还能这么做呢？我看穿了他，他狡诈、残忍，逢场作戏，野心勃勃，玩弄人心，但我还是想靠近他。我有点狠不下心结束这段关系，他让我觉得我的人生圆满了。”

“我知道，你很难戒掉鲍勃。那能答应我一件事情吗？不要找任何替代品，暂时忍耐一下。先失去他一段时间，看你能忍耐多久。就像你被沙发绊倒，摔了一跤，开始很疼，我猜你能忍一忍的。”

夏洛特同意了。她决定暂时消灭一个她生活中的隐患，至少现在是这样的。我为她感到骄傲。没错，我是很执着地在保护我儿子，但是我也想尽善尽美地完成对珍妮的治疗。至于汤姆和夏洛特，则不在我的考虑范围内。我没精力再治好他们，但我也不会一点都不管他们，我对他们两个都非常用心。他们是个难题，但属于我能解决的难题。作为医生，我怎么能放弃治愈别人的这种成就感呢？我的天职就是让病人重获新生。

我之前的计划里没考虑到他们两个，但是现在可以开始考虑。要想让夏洛特完全戒掉鲍勃，可能要花好几年。没错，以年为单位！如果不下剂猛药，等到那时候就太晚了。我对夏洛特这个病人很满意，她很配合我。我对自己也很满意，我总是有那么多办法。夏洛特很快就会好起来的，尽管这种心理上的戒断非常困难，但我有信心。

鲍勃不会得意太久的。

弗兰·沙利文是个很对我胃口的女人。这真是个古怪的形容，但是你应该能领会到其中隐含的意思。她不是个随和、善良的好人，而且特别会为自己考虑。

弗兰和鲍勃在高中时就认识了。她是个很随性的人，从来不锻炼，也不节食，不太注意体形。她穿自己喜欢的衣服，即使夏天穿的吊带裙暴露了她胳膊上的赘肉也毫不在意。她很富态，和丈夫、儿子一起上街时，身上的肥肉趾高气扬地摇晃。冬天，她穿皮草大衣，穿从动物身上剥下来的皮毛，这让很多人都觉得不适。她的头发一大蓬，妆容厚重，隔得老远就可以闻到她身上的香水味。我很怀疑，如果鲍勃刚认识她时，她就是现在这样，他们还会不会结婚。不过我知道鲍勃为什么娶她，她是个很好的合作伙伴。

我没有单独见过弗兰·沙利文。我们的社交圈子没有交集。但是她在镇上很醒目，也很出名，你很难不注意到她。

很多人说，没有弗兰，鲍勃根本走不到今天这一步。我也这么觉得。我想，她最初见到鲍勃的时候，就看到他眼底巨大的野心，然后决定和他搭伙，互相利用。他们在克兰斯顿发家，开始只是最普通的中产阶级，通过努力，他们的财富像滚雪球一样不断壮大。弗兰从没上过大学，她开始是做秘书，帮鲍勃付大学学费。鲍勃后来在一家汽车经销商找到工作，每天晚上回来，他都会讲那些汽车销售为了业绩如何尔虞我诈、钩心斗角的故事。做销售的，在人们心中，本来就没什么好名声，对吧？弗兰非常精明，有生意头脑，而且道德底线不是很高。因此，她帮助鲍勃，屡屡战胜其他对手，在一群汽车销售里脱颖而出。

当然，这些都是我根据流言揣测出来的，我觉得离真相也不太远。

弗兰也知道别的女人口中的这些流言，并且还很有一种优越感。那些更年轻的女人、更漂亮的女人，甚至更成功的女人，都没她好命。弗兰了解男人，了解他们更看重什么。就算是色令智昏，一个前途无量的运动新星也不会赌上身家，就为了跟一个脱衣女郎鬼混。因此，她相信鲍勃不会赌上前程，就为了让别的女人体验他的雄风。

当然，她也很有头脑。她一直梦想着把汽车连锁店开到首都华盛顿。在她和鲍勃终于达到这个目标时，她请了个私家侦探，来调查他那些不老实的举动，未雨绸缪，留作证据。

弗兰还对夏洛特解释过她的动机，然后夏洛特告诉了我。

“弗兰说，留下那些录音和照片，很有风险，但是值得。她知道，既然私家侦探会因为钱帮她调查，有一天也可能因为更高的价码背叛她。好在这些年来，她开价足够高，所以他一直忠心耿耿。弗兰一直保存着所有的证据，她丈夫和别的女人在一起的每一张照片、每一段录音。她说这些就是她的依靠，假如有天鲍勃要离开，她也不怕。她和鲍勃的婚姻遭遇过两次大危机，一次是他单独出去度春假的事情。弗兰简直不想再提，她在家里忙得要死要活，他跑去佛罗里达度假寻欢。还有一次危机，是鲍勃曾经想要和弗兰离婚。”

过去的很多年里，鲍勃和数不清的女人有风流韵事，大部分都留下了录音和照片。有些是一夜情，有些是脱衣女郎，还有一些是长期炮友，比如夏洛特。私家侦探在鲍勃常去偷情的地方都安上了监控设备，汽车展厅、情趣酒店、克兰斯顿的朋友家、克莱默家泳池旁的小屋子。他甚至还在鲍勃的公文包里也放了监控——大部分都是录音设备，而且需要在一定半径内才有信号可以监听。每个晚上，不管鲍勃是加班还是应酬，他都会跟着鲍勃。他把收集到的录音和照片都交给弗兰，弗兰把这些东西收在一个保险箱里。除了她本人，只有她在哈特福德的妹妹那里有备用钥匙。

鲍勃对夏洛特说完“我×”，愤然离去的两天后，弗兰尾随着夏洛特，进了一家超市。夏洛特买完东西出来，发现弗兰在停车场里等着她。

“我当时把我买的东西放进后备厢里，然后听见她喊我的名字。我转身，心跳几乎停止了。她脸上在笑，一个大大的、过分刻意的笑容，让人看着有点害怕。我向她打招呼：‘你好啊，最近怎么样？好巧啊，在这里碰见你。’我认识她很多年了，我们在很多社交场合碰见过。我们还在鲍勃公司组织的活动中一起打过高尔夫。她帮我整理我的东西，然后她拉开另一侧车门，上了我的车。”

“你当时肯定很害怕。”

“说害怕都是轻的！她一言不发，坐在那里，看着我，然后拿出一个播放器，按下开关，是鲍勃的声音……”

夏洛特的心被击溃了，那段声音让她想起当时的情景。

“等等……”（夏洛特说。）

“什么？”（鲍勃警觉道。）

“浴室的门……是关着的。但是从门缝里，我感觉灯是开着的。”（夏洛特小声道。）

（一阵杂响，然后就是安静。）

（夏洛特尖叫。）

“天哪！我的天哪！”（鲍勃惊恐。）

（夏洛特更加尖锐地惊叫。）

“救她！我的宝贝！我的女儿！救她！”

“她还活着吗？该死！”

“把那个淋浴头的管道拿下来，用那个缠住她的手腕！缠紧点！”

“我的宝贝啊！”

“缠住她的手！缠紧点！我的上帝啊！好多血——”

“我感觉到她的脉搏了！珍妮！珍妮！你听得见我说话吗？把那些管道线给我！上帝呀！我的上帝呀！”

“珍妮——”（夏洛特绝望地哭喊。）

“快打911！珍妮，醒过来！珍妮！”（鲍勃。）

“我的手机呢？”（夏洛特很慌乱。）

“在地板上，快点！”（鲍勃。）

（脚步声，兵荒马乱，向911快速报地址、接近崩溃歇斯底里的女声。）

“马上来！现在！请你们马上来！”（夏洛特大叫。）

“这血不能止住了！上帝哪！”

夏洛特继续说道：“我看着她放那些录音，想到那可怕的一天。我的女儿，浑身是血，倒在地上！”

“我的天哪，她在监听你！”很少有事情能让我惊讶，这算是一件。

“对，这些年来，她录了很多磁带，她亲口告诉我的。然后她又拿出一盘磁带，开始播放。”

“你的爸爸妈妈去哪儿了？”（鲍勃低沉悦耳的男声，语带蛊惑。）

“他们出去了。”（挑逗的女声。）

“嗯……”（享受的男声。）

（摩擦声，接吻声。）

“既然你爸妈都不在家，那我要狠狠地×你这个小骚货。”（鲍勃充满侵略性的声音。）

“哦不，别进来，我不能这么做。”（女声。）

“嗯，你根本没在听我的话，对吗？现在我要×死你。”（鲍勃。）

（剧烈的女声喘息。）

“不，别，停下……”（她苦苦哀求。）

“真恶心，他就是一只随时发情、恶心的沙文猪。”夏洛特有点愤慨。

“那这个女生是谁呢？”

“他汽车店里的一个员工，好像是叫莉拉。她现在才20岁！这件事发生的时候，她才19岁啊！他和她家里人认识很多年了，他还跟她爸爸一起打过高尔夫球！”

“既然弗兰有那么多磁带，为什么她偏偏要给你听这一盘呢？”我疑惑道。

“因为这是那晚……鲍勃没能去参加俱乐部晚餐那晚发生的事情。”

我也曾经想过，鲍勃那晚是不是和别的女人在一起，但是我觉得，这种事情不会有证据。鲍勃是不可能主动说出他又在哪儿偷欢，当晚那个女人也不会出来做证，因此我觉得这个线索可以拖延警察很长一段时间。

“这就是当晚他在哪儿的证据。他没有强奸我的女儿，他强奸了别人！”

“可你说，这种强奸，也可能是他们之间的情趣。”

“她还是个孩子，他已经53岁了。不管两人是你情我愿，还是他强迫的，我都很不齿他的行为。”

“好吧，抱歉，夏洛特。现在有证据可以证明，鲍勃就是个大浑蛋。但我还是不懂，她为什么给你听这些录音？”

“这是威胁，简单粗暴的威胁。她告诉我，她已经把那盘磁带交给了警方，帕森斯警官。交出去之前，律师也前去和警方沟通，要求他们对这件事保密。她想尽快并且悄无声息地洗清鲍勃的嫌疑。她仍然觉得她能够避开公众的视线。她对我说：‘我知道你会从警官那里听说这个消息。你可能会觉得自己被背叛。鲍勃给你很多不切实际的诺言，对吧？他说他爱你，是吧？你怒而向公众揭穿他，然后呢？羞辱他，毁了他的事业？不如就这样吧，你做好自己的事情，让这件事过去，然后礼尚往来，我也会做自己该做的。你和我丈夫之间的那些磁带，永远不会泄露出去。’弗兰就这么自信满满地对我说，她笃定我会答应。”

“了解，所以汤姆永远不会发现这件事情。”

“对，然后她还说了：‘我们现在都是同一条船上的人了，对吧？如果那些关于你女儿被强奸的荒唐指控一直没完没了的话，我就把一切事情都抖出去，所有事情。’”

“那你会怎么做呢？”

夏洛特看向我，她脸上有挫败，还有一种盲目的勇气，就像是已经一无所有的人，只剩一腔孤勇。

“我今晚会主动告诉汤姆全部的事情，我不会受弗兰·沙利文摆布的。让她见鬼去吧！你是对的。我需要正视并且战胜那些痛苦。从我见到鲍勃开始，我一直试着这么做。从他说完‘我×’拂袖而去之后，我早该这么做。”

“夏洛特，我为你骄傲。这需要很大的勇气。”

现在跟你说两点：第一，夏洛特撒谎了，她之前说她试过放弃鲍勃。第二，夏洛特今晚没有机会告诉汤姆真相，因为汤姆今天晚上不会在家。

夏洛特离开后，帕森斯警官给我打了个电话。看起来弗兰·沙利文效率挺高的。

“沙利文先生是清白的，你应该知道了。不管因为什么你觉得他跟珍妮的事情有关系，好吧，现在证明是你弄错了。”

“真的吗？发生了什么？”

“我不方便透露太多细节，但是我跟你说，他的确有不在场的证据。嗯，我们查过，是真正的不在场证据。”

我后来得知，弗兰·沙利文还有律师一起去见过帕森斯警官。她没有放这盘磁带，只是告诉帕森斯当时发生了什么，然后让他去找莉拉求证。帕森斯非常紧张地去莉拉家里拜访了。莉拉的父母一直被蒙在鼓里，警察上门之后，他们才向莉拉追问出了真相。他们一直以来的朋友、周末的高尔夫球友，一年前上了他们的女儿。莉拉的爸爸非常震惊和气愤，帕森斯花了整整一个小时安抚他，让他冷静。

“好吧，也许这是个解脱。”我对帕森斯说。

“可能是吧，但是我真的觉得这个世界太可怕了。”

“那你现在对这个案子的进展到哪一步了？”

“好吧……又回到原点了。汤姆·克莱默追在我屁股后面催我。现在没嫌疑人，没线索，就只剩下蓝色连帽衫，还有年刊上那张照片。好吧，不过还有一点……”

“是什么？”我承认，我没在听他说什么。我没想到鲍勃·沙利文这么快就洗清了嫌疑，没有惊动媒体，没有经历诉讼，就这么平静地度过了一场大风波。我有点失望，我本来不想执行第二方案的。

“俄勒冈州的警方给我回电话，告诉我可能有个线索。有个老警察想起来，之前有个小孩背上也是被划了道伤口，跟珍妮一模一样，在骨盆上方，一道划得很深的疤。很久之前的事了，不过他说他会努力找出当时的案件记录。他不记得当时那个案子是不是和强奸有关，不过可能会是个线索。”

“好吧，但是听起来关系不大，对吧？我的意思是，首先这是一起有预谋的强奸案，那个伤口可能只是偶然留下的。跟那个孩子受伤的关系可能性不大，更别说俄勒冈州跟我们隔得这么远。你觉得呢？”

“艾伦，我会追查这个案子的每一条可能的线索。”

好吧，那我们就走着瞧吧。

这是一个发生了很多事情的晚上。过山车行至最高点，开始呼啸向下冲刺。棉花糖一缕一缕卷成一团，差一点就快要成形。

这个晚上，鲍勃·沙利文死了。

夏洛特对我撒谎了。我知道原因，而且这个谎话不重要。她说自己要放弃鲍勃，并且下决心回归家庭，跟汤姆摊牌。其实她做不到。他的那句“我×”一直在她脑海回响。她很怀疑是鲍勃强奸了她的女儿。这不光是因为我的话，还因为当她突然发现爱人并不是她心中所想的样子，随之而来的幻灭感。无数次的“爱你”以一句“我×”结尾，她恨。她因此觉得鲍勃是这个世界上最卑鄙无耻的浑蛋。她咽不下这口气，每个深夜，她反复咀嚼着这段情事，嘴里慢慢蔓延出苦涩来。

夏洛特并不天真。就像我之前提过，夏洛特知道汤姆努力寻找伤害珍妮的强奸犯，吃也吃不好，睡也睡不香。他放弃一切娱乐活动，脸上也再没露出过笑容，即使是对卢卡斯和珍妮。不过这只是他的掩饰，他通过这种方式来表现自己作为父亲的责任心。他另外的热情用在了曲棍球比赛上，早上看到球队运动员时，他也是会笑着跟他们打招呼的，但他的内心一直非常不安。

这是我刻意这么对他的，如果他能够战胜自己的内心，他就能真正蜕变。他需要正视自己心中的阴暗面，这需要一个过程，道路是曲折的，前途是光明的。夏洛特也需要经历这条路，现在她已经放弃了鲍勃，但她想得更多的不是如何和自己的内心和解，而且怎样报复鲍勃。

其实在弗兰·沙利文找到她，给她听录音之前，她就觉得鲍勃是无辜的。她只是对鲍勃很生气，以及她有点怀疑他是不是强奸了珍妮。那天，她离开我的办公室回到家，等晚上孩子们都上床睡觉了，对汤姆说了这件事情。

汤姆对这件事的感受非常复杂：

“我简直不敢相信我的耳朵，鲍勃·沙利文，我的老板，我们家多年的好朋友，是我女儿强奸案的嫌疑人。艾伦，你之前对我说他们可能有怀疑对象。正是因为这样，他们才对我在年刊里找到的那张照片不感兴趣。我问帕森斯，但是他没告诉我。夏洛特告诉我了，她跟我说，鲍勃很多年前被怀疑强奸了一个女生，还有珍妮出事的那晚，鲍勃的不在场证明是假的，他对警察撒谎了。而且最主要的是，珍妮想起了他的声音，这才是最关键的一点。早知道我就该杀了他，我坐在床上，脑子里想的全是怎么让他去死，比如用棒球棍把他的脑袋打得稀巴烂。”

“我走进珍妮的房间，她已经睡着了。我翻她的手机，看到她和朋友之间发的短信，就是那个退伍军人，在伊拉克失去了一条手臂，并且同样接受了遗忘治疗的人。我看到珍妮的话，‘我觉得是他……我记得他的声音’。之前两个星期，他们发了很多短信。没有人告诉我这件事，我好像知道为什么这段时间大家都怪怪的。所有人都知道，除了我，对吗？你、珍妮、帕森斯、夏洛特，所有人都知道，除了我。”

汤姆强忍着怒气过完了第二天，他的忍耐已经到了极限。

“我知道他晚上应该在捷豹汽车展厅里给一个顾客介绍汽车。我和家人一起吃完晚饭。我吃得干干净净，牛排、土豆、青豆……我吃了很多，但是还不够。珍妮出事之后，我还是第一次有这样的好胃口。我跟家人说，我要回展厅整理一些资料。我走之前吻了夏洛特，一个绵长的吻，她很惊讶。我也亲了我孩子的额头，把他们抱得紧紧的。我觉得这可能是我最后一次见到他们了。我走下楼梯，脑袋无比清醒。我拿了个球棍放在车里，然后出发了。”

那晚，汤姆不是唯一一个准备动手的人。

自从肖恩·洛根上次告诉我他对鲍勃·沙利文的憎恨之后，我就再没见过他。他也坚信是鲍勃强奸了珍妮，他把对伊拉克那些恐怖分子的憎恨转移到了鲍勃身上。鲍勃就是敌人，珍妮是瓦伦西亚，是他想要保护的战友。他对我们的不作为非常失望。我们治疗的进展一直卡在那道红色的门那里，他迫切地想知道，是不是他的失误造成了战友的死亡。他内心非常痛苦，鲍勃成了他发泄的出口。

肖恩的心理活动：“我已经犯过一次大错，怎么能让这种事情再度发生，这种情况再度重现！我没能保护瓦伦西亚，但我可以保护珍妮。这会让我心里好受一点。我之前因为帮助珍妮，感受到了对自己孩子的爱，记得吗？你当时对我分析，这是情绪的共鸣。所以，现在我对沙利文的憎恨和珍妮一样。这个念头在我心里酝酿了很久，我无法控制。我之后没来你办公室治疗，因为我知道你会看出我的想法，并且试图阻止我。但我不能，我必须做些什么来平息珍妮和我的愤怒。我必须做些什么。我上好子弹，在抽屉里给我妻子留了一张便条。她有一天会看到的，但不会马上看到。我花了一整天找他、跟踪他，直到晚上。我盯着汽车展厅好几个小时，耐心等待。”

汤姆把车开到汽车展厅隔壁的街区，停下。

“我的心跳得很快，简直要从我的胸腔蹦出来了。我大口喘气，但还是觉得缺氧，呼吸困难。我脑海里回荡着那个想法，一个声音督促我赶紧去做。我想起我女儿在树林里，想起鲍勃在汽车展厅中和另一个年轻姑娘，两件事混合在一起。但我没有动，我想我爸妈对我说的话，我妻子说的话：‘他不会做的，他没这个胆量……不是每个人都能当军人……我们要学会正视自己的缺陷……’我的脑海一片嘈杂。”

肖恩看见那个客户开着车离开了，隐进夜色，再也看不见了。肖恩下了车，给枪拉好保险，慢慢走进汽车展厅。

“我走下来，不自觉地想起另一番场景。好像回到了那一天，那条街，一个老人拿着烟斗，三个孩子玩着球，他们看着我。这个场景是一幅凝固的画，没有人动。这次我看见他们，不像以前你对我念的报告里写的那样。我看到了新的东西，那条街上，那扇红色的门。我停下脚步，挥去脑海中的回忆。我看见了展厅里的灯，我准备杀了他，门刚好开着，可能上一个人出来的时候忘了带上。”

肖恩回忆起了过去的事，手上的枪让他回想起他在战场上的感受，对目标的专注、杀戮的冲动，这种感受是之前治疗时无法模拟的。现在这些情绪慢慢唤起了肖恩当时执行任务时的回忆。

肖恩下车的时候，汤姆开动了。他把车从停车场开回到了街上，然后开到另一条更近的街上，停了下来。

“我不能说出我感受到的愤怒。我当时犹豫地停下时，听到爸爸妈妈在笑我，他们看不起我，说我是个懦夫。我已经决定要杀了他的！我只是还需要一定准备，一点考虑。以后，我的孩子还要生活，我的家庭就会失去经济收入，珍妮和卢卡斯都会失去爸爸。然后呢？珍妮还是个受害者，杀了那个强奸犯，也不能改变已经发生的事实。她无法想起，也就无法解脱。杀了沙利文，也不能帮珍妮找回记忆。然后我又想起了自己一直追求的公平和正义，其他受害人看到罪犯被法律制裁，感觉到欣慰，但是珍妮永远看不到法律对那个坏蛋的审判，我会让她失去这个机会。我看着汽车的仪表，慢慢冷静下来。”

肖恩一步一步，走得很慢，走向那扇门。他失去的记忆片段，如潮水般涌来。

“我当时失神了，注意力不能集中在我的目标上。我不得不屏气凝神，赶走那些琐碎的烦人记忆，我能做到。我准备踏上台阶的那一刻，突然看到瓦伦西亚出现在我跟前，我试探性走过这一步，然后扭头，他又不见了。他还是在我前面！我已经从窗户上看到了沙利文的影子。我一步一步走，瓦伦西亚一直出现在我面前。‘见鬼了！真是见鬼了！这很不对，这很不好！’我嘟囔着。瓦伦西亚一直在我跟前，非常近。我看到他的眼泪落下，冲刷掉他脸上的灰尘，留下两道白印。他脸上都是恐惧，我知道他要做什么了！我记得他说：‘我不害怕！’这就是他当时说的话！我想起来了，我在去杀鲍勃·沙利文的最后一段路上，想起来了！”

事后，汤姆才想起来。有一辆开得很快的车，横冲直撞，经过了他停着的那条街。不过当时，他还在沉思，并没有注意到。

“什么才是真正的男子汉？是身体的强壮吗？我一直在想这些问题。咽下这些愤怒，等待法律制裁他，还是我为了女儿亲自动手杀了他，才是一个真正强大的人呢？尽管我已经45岁，我还是想不明白这个问题。我不知道怎样才算是一个真正的男人。”

肖恩膝盖一软，这非他自愿的，而是他内心的情绪太过激烈，他有些无法控制。

“该死。我感觉这短短几步路，沉重如千斤，几乎要压弯我的脊梁。我把枪放下，手抱着头，闭上眼睛，想要回想起更多当时的事情，全部的事情。瓦伦西亚转过脸，毅然决然，朝那扇红色的门走去，我想拉住他的胳膊，但是他挣脱了我。街上的人们是静止的，但他们知道接下来会发生什么，他们知道那扇红门后面有些什么。我追着瓦伦西亚大喊：'菜鸟，有些不对！站住！'我赶到门前，差点就能阻止他了。然后我的记忆就此戛然而止。"

肖恩当时痛苦地哭了，我很好奇鲍勃·沙利文有没有听见他的哭声，并且因此警觉。但是我们永远都不会知道这个问题的答案了。

"我睁开眼，重新拿起枪，跑回了车上。我想开车回家，我不能去杀人！就像是我不能眼睁睁看着瓦伦西亚去送死！医生，你知道吗？我不是故意的！但瓦伦西亚知道前面有危险，他还是走在了前面！我在后面！我在后面！"

汤姆也发动了引擎，做出了决定。他没有再停下犹豫，我想肖恩没准和他擦肩而过了。

"我觉得我至少要出发，去和他当面对质，让他忏悔自己犯下的罪行。我至少应该做到这些。我告诉自己，这是一个折中的办法。我开到了汽车展厅，看见后面办公室的灯还亮着。我下车了，没拿上球棍。我怕自己因为一时冲动，做下不可挽回的事情。可能我就是个傻瓜，可能我根本没有勇气，可能我不想面对真相。总之，我打开门，走了进去。我想着自己等下要说什么，有了腹稿，默默练习着，然后走进了展厅。然后我突然听见声音，有个男人在哭。

我停在了转角，上次我看到鲍勃和莉拉在偷情时，也是站在这个地方。然后我就看到了里面……上帝啊！”

当汤姆在车里做心理斗争时，那辆横冲直撞地经过他的车里坐着的是莉拉的父亲。就是珍妮被强奸的那天晚上，跟鲍勃上床的年轻姑娘的父亲，他们两个经常一起打高尔夫。汤姆看到他坐在展厅台阶上哭，旁边是血流不止的鲍勃。

“他手上拿着撬棍。鲍勃倒在一辆银色的捷豹旁边，脑袋上一直在出血。‘我可怜的女儿啊！’这个中年男人哭号着。我跑过去看鲍勃的情况，他的脉搏还在跳动，微弱，但还在跳动。他头上的伤深可见骨，我看到红红白白的脑浆。我非常震惊，说不出的震惊。简直太荒诞了！我掏出手机，拨打911，告诉他们这里有个男人被袭击，要死了。我告诉他们我的位置。”

“汤姆，”我问道，“为什么你不告诉他们，鲍勃当时还有心跳？”

“我忘记了，可能我就是故意的。我不知道。我没有做任何事情，延缓鲍勃的伤势。我让他躺在冷冰冰的地面上，失血过多，直到死去。我坐在那个爸爸的旁边，他不停地说，鲍勃强奸了他的女儿。我当时还不知道他是谁，我不知道那个不在场证明的事情，但他的话，让我觉得同病相怜，他就是世界上另一个我，苦苦地追求正义。他绝望地哭着，我用手扶住他，他吓了一跳。我没有解释，只是觉得他好像哭出了我的苦楚。我能理解他的心情。”

这就是结果，这就是人们矛盾冲突的爆发点，很戏剧性吧？但这还不是故事的结局。

对于我在鲍勃之死这件事中的推波助澜，我毫不后悔。迟早会有这么一天的。他对别人的妻子和女儿有特殊的兴趣，还有更多类似的事情记录在磁带上了。某个愤怒的父亲用撬棍打碎了鲍勃的脑袋，随后在这起谋杀案的审判中，鲍勃的所有录音都被拿出来作为证据，包括夏洛特的磁带。

这些内容就此封存了。如果公布出来，会毁了费尔维的，大家都不想这么做。我之前一直强调，费尔维是个小镇，这话值得再说一次。没有人希望被牵扯其中，没人想看到妻子、朋友、孩子的老师、女儿甚至妈妈被影响。这个镇子太小了，已经无力承受这样的暴风雨了。因此，只有录音的日期，以及当事女性的年龄，作为证据提交给法院。录音磁带最后会还给弗兰·沙利文，我猜她会给它们找一个更安全的新去处，比如，她在迈阿密的新家。她搬家了，她当然不会再住在费尔维。她还要养孩子呢。汽车店也卖掉了（其中有两家分店卖给了汤姆·克莱默），然后沙利文一家搬去了非常远的地方。

夏洛特最后还是对汤姆坦白了婚外情。在汤姆为鲍勃打了911，然后冷漠地看着鲍勃死去的那一天。

“我不能让他陷入那种愧疚。他直面了鲍勃的死状，脑袋上的伤口，红红白白的脑浆和血到处都是。杀人凶手坐在楼梯上，哭得很伤心。汤姆看到这个场景，心中为他之前想要这么做悚然而惊，更为他已经做过的事情感到害怕不安。是我逼他到了这一步的，如果不是我，他根本就不会对鲍勃起了杀心。我必须承担这个后果，让汤姆解脱。”

夏洛特没有对我明说，但我知道，汤姆因为愤怒产生的勇气，已经改变了夏洛特对他的一些看法。她把他看成一个男人了，一个可以保护家庭的男人，而不是过去那个只知道对他人哼哼唧唧，催促他们去办事的窝囊废。他不完美，对，鲍勃虽然会死，但是汤姆什么都没做，这就让他显得很冷血。汤姆也有瑕疵，这让夏洛特觉得，好像好的夏洛特和坏的夏洛特之间的差别也就没有那么重要了。

而对汤姆来说，看到夏洛特的瑕疵，让他终于不再觉得自己配不上妻子、配不上家庭、配不上他的生活了。

不过事情不总是这么简单。大多数夫妻是不会经历这样的事情，给他们当头一棒的。大多数人的生活就像一潭死水，日复一日，死气沉沉，没有遭逢巨变，惊不起任何涟漪。

鲍勃·沙利文的死，改变了他们两个人。

“我要疯了。困顿、焦虑、绝望。我的身体好像有一个黑洞，吸光了我全部的能量。我有很长一段时间不想再看见她。在我的要求下，她告诉我他们之间的细节，他们在哪儿见面、多久见一次面、一次幽会多长时间，还有她找到珍妮那天发生的事情。她说了句抱歉，然后告诉我她的童年。她很冷静，她根本不是在让我原谅她，只是希望我理解她。她说你让她理解了自己，如何让她体内的两个人格和平相处，她之前一直不能接受负面的自己。说到她的继父，以及她和继父之间的第一次，她哭了。我听着，然后她说完了就径直起身，留我一人在屋子里。后来的两周，她没有提过任何关于她坦白的事情。”

夏洛特说，那两周是她人生中最漫长的两周，比珍妮被强奸之后，还让她觉得漫长。

“因为我没有任何事情可以做。没有打电话，没有出门，没有约会。我只是沉默着，让我丈夫了解全部的我，然后决定是否还要跟我继续在一起。这很艰难，因为我向他坦白之后，我对他的爱也随之达到了顶点。或者说，在经历这么多事情之后的巅峰。”

汤姆在一个周四晚上，走进了夏洛特的房间。这段时间，他们睡在各自的卧室，家里很安静。

“我走进去的时候，她站在梳妆台旁边，正在照镜子。我从镜子里看见她的脸，她也看见我进来了。这是我第一次见到她，见到她真实的样子。她不再是我心中那个完美的妻子，但是，她依旧美丽！抱歉……我最近哭得太多了。她真的是太美了，那个敏感脆弱的女孩，那个坚强果敢的女性，两种特质杂糅在一起，构成了她。我只想抱住她。”

夏洛特也记得那个晚上，我觉得他们两个都不会忘。

“开始我没看见，他快站到我身后我才注意到他。他双手环住我的腰，下巴靠在我的肩膀上，他说他爱我。他说我是他见过的最美丽的女人，他看到了全部的我，觉得比以前还要美。我沦陷了。我心里的墙轰然倒塌，再没有什么隔在我们中间。我们做爱了，酣畅淋漓，整夜，我都睡在他的臂弯里。”

鲍勃·沙利文死后，肖恩和妻子关系融洽了不少。他在他差点杀掉鲍勃·沙利文的第二天，就跑来见我了。因为他想起了之前的事情。

“我跌跌撞撞地开回了家。恨不得快一点，再快一点。我想告诉我老婆，我没有杀鲍勃·沙利文，瓦伦西亚也不是我害死的！我甚至想过要救他！我想起来了！我想起来我因为傲慢，走进了那扇门。我一直对生活中绝大部分事情都很自信。我长久以来的焦虑，让我做了很多冲动的事情。我不畏惧死亡，所以我在战场上并没有逃避或者退缩。你知道吗，医生，我还不是那么浑蛋。我没有因为自己的愚蠢害死别人！”

“不，肖恩，你从来就不是浑蛋。事实上，你跟着他想要阻止他。你愿意代他而死，你是个英雄。”我说道。

“我想当英雄。我以为我杀了沙利文，就能够救珍妮。如果那天我没有想起来，我真的会这么做的。假如我真的那么做了，用自己的好恶替代法律来制裁他，那我就是个浑球儿。”

“我觉得你不会对鲍勃·沙利文开枪的，你不是那样的人。”

“也许吧，”肖恩低头，看向地面，慢慢点头，“也许吧，医生。但是现在我们永远都不会知道了。”

肖恩因为他的焦虑来拜访我，并且成功摆脱了那些长久以来围绕着他的幽灵。他找回了在伊拉克战场上的完整回忆，得到了解脱。因为爆炸和受伤而导致的创伤后应激反应，终于不再时不时出来困扰肖恩。肖恩当年就回去继续上大学了，他和妻子又生了个女儿，取名叫萨拉。他依然是珍妮的亲密好友，愿意做她的情绪垃圾桶。

这些都是圆满的结局。这些人能成功改变他们的生活，不能说全部的功劳在我，我只能说自己很高兴能在其中做一点微小的贡献。

然后我来说说格伦·谢尔比的结局。

鲍勃·沙利文死后的第七天，格伦·谢尔比的尸体被发现了，在公寓里。天气逐渐温暖，他的尸体发臭了。

克兰斯顿的警方搜查他的住所时，发现了黑色的滑雪面罩、黑色手套，还有一个笔记本，上面记着他强奸珍妮的各种细节。

不知道你是否还记得，我之前提过，格伦假释后开始是在做物业，因为同事的排挤离职了。他在物业公司做的最后一件事情，是照顾费尔维的两栋房屋，他几乎做了一切，除草，修剪灌木、树枝，还打扫他们的游泳池。

帕森斯警官告诉我这个新闻。

“这真是太吃惊了！他真的是个变态狂。两项关于跟踪的指控，还有，不管是狱友还是物业的同事，都对他怨声载道。这个杂种简直是疯了，他早就准备在那个派对上强奸别人。他注册了一个小号，在埃恩艾思上关注了好几个男学生。这些傻孩子！他们太在意别人的点赞和关注了。在网上暴露出太多个人信息，我觉得有一半的关注者他们都不认识。费尔维的学生在派对前一周就开始讨论，并且还刷了个话题。这给了谢尔比充足的时间准备。他本来的目标应该是个男孩。我们还在调查他盯上的人是谁，还有，是哪个孩子带他加入了这个派对。可能很快就会有所发现。”

我已经知道答案了。我之前登录过杰森的账号，为了删光他所有穿蓝衣服的照片。我不玩埃恩艾思，但我注意到，有个我儿子的关注者，给他的每一条动态都点了赞，评论他，而且还让杰森回赞。很难解释为什么我当时突然就有一种感觉——那个人的主页的照片和动态看起来根本不像格伦·谢尔比——但我就觉得是他。我知道是他。我的心揪住了，一页一页地翻着他们的互动。

谢尔比在跟踪我的儿子。

谢尔比跟踪我的儿子去了派对。

现在你能明白，当我知道我的儿子那天晚上也去了树林却支支吾吾不肯承认时，我突然有一种突如其来的惊慌，担心他也是受害者。

不过我没告诉帕森斯这件事情。

“这真是件大事啊！警官，一个大消息！我问一下，你之前是说关于强奸的事情，谢尔比有文字记录是吗？”

“是的，他把一切细节都写下来了。和事实完全吻合，真恶心啊！”

“我知道这听起来很奇怪，但我觉得我可以用这本记录帮助珍妮恢复记忆。你觉得我能看看它，或者复印下来吗？”

“我的天！这太奇怪了！是珍妮自己的想法吗？她想知道那个强奸犯所有的想法和感受？”

“我会征求她和她父母的意见的。所以先问问你，如果这份东西不能拿出来，那我就不问他们了，省得让他们失望。”

“当然可以给你。”

“谢谢。”我真心实意。

“哦，对了，差点忘了，你还记得俄勒冈州那个老警察吗，就是发现了相似的疤的线索的那个？”

“当然记得。”

“他说找到了当时的报告。事情发生在学校，一个老师看到孩子身上的衣服上有血，然后带他去医院，发现了这个伤口。她觉得那个不像是意外，因为那个伤口非常干脆，好像有谁故意划了道口子。”

“好吧，警官。我猜这件事已经没关系了，对吧？格伦·谢尔比那时候还是个小孩子呢！”

“对，我跟他说了，我们不需要看那个报告了。谢天谢地。这件事情总算了结了，我总算可以开始休假了。”

“你是该好好放个假了。”我心里想的和嘴上说的截然不同。

“你也一样，艾伦，你对克莱默一家太敬业、太负责了。我觉得他们一定很感激你。”

“我很荣幸能帮到他们，我只是在完成自己的本职工作。”

同理心的定义是：一种理解和察觉他人感受的能力。

就像是女人在饭桌上可以聊很久，男人每周末都跑去打高尔夫，年轻女生爱玩手机……人都会有自己的喜好和期待。我们在说自己的事情，尤其是说到一些细节时，也希望别人能理解我们。我们想要看到他们的同情、他们的愉悦、他们的理解。有了这些情感慰藉，让我们不至于觉得我们生来就是为了孤零零步入死亡。共情是我们所有情绪中非常重要的内核。假如没有它，人生该多么痛苦和乏味。

故事快要到尾声了。

帕森斯警官给了我格伦·谢尔比的笔记本。克莱默夫妇跟我沟通了这个情况，然后同意了。初夏的一个傍晚，强奸案发生了一年以后，珍妮·克莱默走进我的办公室，为了了解那天晚上杜松路旁小树林里发生的全部真相。

她穿上了和那天晚上一模一样的衣服，当然，是又买了一件一样的，不是原来的。她化了同样的妆，喷了相同的香水，连发型都是一样的。

珍妮在过去的两周里消化了发生的这一连串变故。她说她很庆幸那个人不是鲍勃·沙利文，而是一个精神病。我觉得用精神病来描述格伦，简直太轻了。假如她见过格伦真人，看到他平时表现和正常人几乎没什么不同，可能她的感受就会更不同。因为格伦心理有问题，她觉得被强奸的事情只是个意外。当然，她并没有原谅格伦，只是把这件事情抛开了，继续过接下来的生活。有些时候，有些事情就是没办法理解的。你好好地走在路上，突然有个坑让你摔了一跤，然后接下来的每一步你都会小心翼翼。鲍勃·沙利文也是个奇怪的人，他在珍妮眼中和蔼可亲，在人们心中有权有势，能够得到任何他想要的女人。假如真的是他强奸了珍妮，珍妮可能就没这么容易接受，并且把这件事情抛在脑后。这种熟人犯罪可能会让她很长一段时间都不相信任何人。

“你想从什么地方开始？”我问珍妮。

她有点紧张，还有点尴尬。

“我不知道。我应该躺在地上吗？还是坐着闭上眼睛就好了。”

“坐在椅子上，闭上眼睛，放轻松，慢慢回想，这就足够了呀。”

我让她闻了消毒水的味道，我播放音乐。我拿了一袋树林里的泥土和落叶，打开放在旁边。珍妮深呼吸，慢慢进入状态，闭上眼睛。我打开帕森斯给我的笔记，然后开始念格伦·谢尔比写下的话。

“我把车停在几个街区之外，步行进了杜松路。走进树林里，可以很方便观察外面的情况。屋子里灯火通明，那些学生喝着酒，大声谈笑。有些偷偷摸摸进了卧室，穿过后门去找毒贩子买药吃。我看见了那个男孩也去找毒贩子了。时间紧迫，机会只有一次。毒贩的车停在外面，跟树林挨得很近。我可以到时候把他拖进去。”

我把目光从笔记本移到珍妮身上，她很专注，也很平静。

“那个男孩出来了。但他没去那辆车那儿，他沿着马路一直走，离开了杜松路，消失在我的视线。该死！这时，一个女孩来了，我听到她跑出来的时候，屋子里爆发出一阵大笑。我听到她在哭，我被她吸去了注意力。她看起来很难过。”

我听到珍妮的呼吸有点不平稳，我想知道她想起了什么，但是我没有出言询问，我不想打断她。这些话让她慢慢回到当时的情形，我能感觉到。

“我走向她，她看到我吓了一跳。我才意识到自己现在戴了滑雪面罩。我长了张人畜无害的脸，当我走向别人的时候，很容易让人放下戒心。他们会喜欢我。我想摘下面罩，但我突然意识到不能。‘别害怕，我不是坏人，我在等人。’她开始往回走，她的眼睛睁得大大的，好像想看附近有没有人能帮她。‘我跟你说了别害怕！你为什么不看我，小姑娘！难道你感觉不到我对你的善意吗！别跑！我不是坏人！站住，小姑娘，别跑！’”

我听到一声啜泣，很小声。我看向珍妮，眼泪从她脸上滚落。她的嘴巴无声地重复那个词：“小姑娘，小姑娘。”

“从树林里走出来，我又看到了那个男生。他回到派对去了，我的机会没有了。我不能再待在这里，这个女孩已经发现了我。我也不能无功而返，白跑一趟。她回去一定会告诉别人，她看到了我。这样这群小鬼可能就会警惕，不举行派对了，我就再也没有机会了。没这么容易了，幸亏我之前有个聪明的医生，他让我知道怎么解开我的心结，我知道如何变通一下。这个女孩激怒我了，我想好好对她的，我本来没想对她做什么的，可她却对我这么残忍。我受够了这种感受，她没权利这么对我，这么推开我。之前有人这么对我，但我绝不会再容忍第二次。我一巴掌把她扇到了地上，爬到了她的身上，开始做我之前想要对那个男生做的事情。我没必要用任何迷药。她这么脆弱，而我这么强大。我不用迷昏她就能得到自己想要的。我把手伸进她的裙底，她的皮肤真软。我很久没有摸过别人了。”

“小姑娘……别叫……别叫……我真是爱死了你这身皮肤了。我真是爱死了……”珍妮自己开始重复当时的话，我还没读的话。我的心脏快要爆炸了。她回到那天晚上了！她想起来了！

“我脱掉她的衣服，给自己戴上套。她太弱了，我一只手就能轻松制住她。然后我强暴了她，她在哭，但是我一直很温柔。然后我突然意识到，我本来不打算温柔的，我来这里是为了完成一个故事，如果太温柔，就不是那个故事了。‘抱歉啊，小姑娘。’我停下了爱抚，开始猛烈地进攻和冲刺。我幻想身下的是个男孩，这样让我比较硬得起来。然后我掏出包里的木棍，没忘记要留下个标记。我扎进她的皮肤，我知道该怎么做。”

我停下了，我知道他的意思了。

他说的故事，跟我有关。我闭上眼睛，想起来了。他是为了让我痛苦。

这个故事是我曾经告诉格伦·谢尔比的，我越界了。我吐露心扉，对他说了我的事情。我哭的时候，他笑了。

他为了报复，把我的经历加工并复制到这个女孩身上。他在嘲笑我，在侮辱我。

我擦了擦不自觉流下的泪水，睁开眼睛，继续念格伦的笔记。

“我擦掉棍上沾到的血肉，甩到地上，继续完成自己的作品。”

珍妮张大嘴，她想起来了一些：“他开始只是比画来比画去，让我觉得有点痒。我以为他过会儿就会停下，然后突然，痒的地方开始火烧一样疼痛，我才感觉到，他刺破了我的皮肤。”

对，珍妮，没错！“然后，血液从背上流下来，温暖黏糊。他说这是他的标记。他说他要一寸一寸品尝我的身体。”

珍妮好像听到了我内心的话。此刻我们两个人好像是一个人，有相同的故事。我心里很后悔，但是没有表现出来。

珍妮继续说着我俩共同的故事：“我觉得很痛，他刺进了我的神经，我痛得哭了出来。他停下来，然后说……”

我心有灵犀，接着她继续往下念：“‘抱歉，小姑娘。’我必须完成这个故事。我停下在她背上刻标志，继续插她。她又哭闹起来，老实说我也不觉得享受。这真不是一个简单的故事，首先，她不是男孩，我不是很感兴趣。而且我怀疑这个故事真的有那么长吗？一个小时会不会太长了。我的手臂都酸了，她还一直叫。‘小姑娘！别叫了！’我中途被打断了很多次，不得不停下来等她安静一点。”

珍妮加入了我，我们现在就像是二重奏，两个人完全在精神上共鸣了。

“小姑娘！别叫了，小姑娘，哦天哪！”

我默默思考，珍妮说的一切，我都知道。我感受过相同的痛苦。那年我12岁，我身体小小的。他17岁，已经是个男人。他带我去林子里找蛇，他说我们能抓住一条蛇。“看，你抓住了一条蛇。”他对我说。我吓得大哭，一直哭，一直哭。没有一个小时，格伦问过我多长时间，我告诉他感觉像一个小时那么长。其实不是真的一个小时，还没到那么久，我们看到我妈妈开车回来了，他急急忙忙抽身而出，穿起裤子逃走了，不管躺在地上还在流血的我。

我继续念。

“我歇了一会儿，看了看表，让她平稳了一下呼吸。”

珍妮说了更多，她接了下去。她的记忆悄然无声地慢慢地回来了：“快结束了，还剩十七分钟零八秒。”

珍妮睁开眼睛，我们对视，我们离得很近，都哭了。这是我们共同的不愿面对的记忆。

“我想起来了，”珍妮说，“我想起他了。”

“我知道，从你的眼睛看得出来！看得出来！”

我看出来了，我看出了一切，甚至看透了我自己。我不再是独自一人了。

我的父母并不想报案。他们甚至没有带我去看医生，直到我在学校被发现了伤口，他们才带我去医院缝针。他们害怕他们会被剥夺抚养权，包括那个他们收养的、把我带进后院小树林里强奸的人。我妈妈说，我们能克服这件事情的。那个男孩非常可怜，需要我们的帮助。他的行为，没错，我妈妈说那只是因为他之前的生活非常不幸，所以我们不该对他太苛刻。校医看到了我衣服上的血迹，我告诉她是因为我摔倒了。但他们还是报案了，不过也就是留下了一个报告。这道伤疤，是我永远的秘密。

我还记得我跟格伦·谢尔比分享这个故事的那天。当时在萨默斯监狱里，我在治疗他。他告诉我，他尾随一个男孩，站在他家门外，从树林里悄悄偷窥他。他幻想抚摩那个男孩，我告诉他这些想法是不对的，会伤害到别人。他问我为什么，因为他想到这个情形都觉得非常美妙。他还给我举例子，他有很多性伴侣，他们之间做过的事情都让彼此很快乐。他和很多人上过床，男人、女人、小男孩。他们中大多数都是妓女或者鸭子，还有一些是性瘾患者，有一部分是被他的魅力所吸引，爱上了他，忽略了他精神状态上的问题。

我向他解释，他不应该跟那些小男孩上床，即使他们愿意为了钱出卖身体。我不希望他发展成恋童癖，所以我给他讲了个故事，一个小男孩被骗进小树林时，他的恐惧和痛苦。格伦追问我细节，他问我这为什么伤害到了那个小男孩。我给他说了我经历的更多细节。我没跟任何人提过这个故事，任何人都没有。他当时在我面前，仿佛只是个对我的故事好奇的人。我最后还是扛不住他的追问，把一切都说了。我太软弱了。我告诉他当时那个男孩肉体和精神的痛苦，因为这种强迫违背了他的意愿。我还告诉他，那个人在男孩身上留下了一道伤疤。我告诉了他，我就是那个男孩。

格伦按照我的故事，在树林里对珍妮还原了我的经历。一部分有出入的地方，是他为了保护自己，刮掉体毛，戴安全套。他从他的那些床伴那里对这些事情了解得很多，我努力不去想，他本来是为了我的儿子准备的这些手段，他想强奸我的儿子，通过这样来惩罚我，但可能后来随即变成给了我一份礼物。他让这个世界上某个女孩跟我有了相同的遭遇，就是珍妮，他觉得这样就能让我回到他身边。这是一份给我的大礼。那天，在他的公寓里，他得意地告诉我，他多么懂得变通，把惩罚变成了礼物。

开始时，我是非常真诚的。我最初治疗珍妮时，就只想帮助她恢复记忆，好让法律对坏人进行裁决，我觉得这样足够抚平她的创伤。当我看到警方的报告上提到背上的伤疤时，一切都改变了。这个消息让我很震惊，也把我的想法全盘搅乱了。我需要根据实际情况，来调整自己的打算。我读到警察的报告，就意识到了真相，这绝对不是巧合。这件事情绝对和格伦·谢尔比有关，是他强奸了珍妮。我知道是他做的，我还知道他为什么这么做，是因为我的事，我的故事。

那我为什么没有告诉帕森斯警官，也没有告诉汤姆呢？为什么我没有勇气说出真相，为我的病人伸张正义呢？问题在于我口说无凭，没有证据。还有一个原因，就是我一个人孤独了太久。没错，我有不少病人也是强奸受害者，但是没有任何一个病人像珍妮一样接近我，年幼，被划了一道伤疤，被粗鲁地像牲畜一样对待。除了她，这个世界上没人再能理解我的感受了。一直以来我踽踽独行，直到珍妮·克莱默的出现。我渴望她想起这件事情，甚至超过了我的良心。假如我直接告诉了他们真相，珍妮就没必要恢复记忆，我就会永远失去我唯一的同伴。

我去见格伦·谢尔比的时候，是因为我觉得我有必要采取另一个计划，来救我的儿子了。我也想确保格伦永远不会再接近我的家庭，他实在是让人防不胜防。

我翻看我儿子的手机，才意识到格伦那天晚上参加派对，本来是想伤害我的儿子。我之前天真地以为，他只是在那个派对上随机寻找目标。我甚至还想过，那个12岁的邻居家小男孩泰迪·邓肯会不会是他的目标，因为我当时也是12岁。

比起第一次见到格伦，我现在是个更合格的心理医生了，我懂得和病人之间划清界限。我了解他们病情的严重程度、他们具体的日常感受以及治疗之后他们的情绪会影响我多久。离开格伦的公寓时，我对他说了一些狠话。就是这些话让他自杀了。

“你失败了，格伦。你没有伤害我的儿子，而且你给我的这份礼物，我根本就不喜欢。珍妮是个女孩，我是个男孩。她15岁，我当时12岁。我永远都不会再来见你，今天过后，我永远都不会再见你。不管你做什么，都没有用。不管你做什么，对我来说都不重要。”

我还跟格伦讲过另外的故事，是一个纽约的病人的事。不是我的病人，我当时只是在那个医院实习，因此比实际的医生有更多的精力关注病人。有一个我看护的病人自杀了，我对她投入了更多的关注，但是没对她的主治医生说这件事。我不想显得自己愚蠢无能。后来，她把睡裙撕成布条，绑在一起，吊死在卫生间里。我告诉格伦，我永远不会忘记这个女人，虽然她不是我的病人，但是除非我死了，否则我的良心都会一直受到折磨。

格伦·谢尔比是个危险的人，一只野兽。因我而起。我知道是我的纵容和粗心，让他成了现在的样子。那么，我想，就让我来结果了他。

我没办法治愈格伦·谢尔比，也许上帝可以。

我有罪，尽情讨厌我吧。我想给你展示好的那一面，夏洛特、汤姆、肖恩，我让他们回归正常生活，找回了人生的意义。如果不是发生了这一系列事情，根本不可能办得到。但假如我没告诉格伦我的事情呢？假如珍妮没有去那片树林呢？假如我一旦察觉到这件事情和格伦有关就马上告诉警方呢？讨厌我吧，鄙视我吧。但是我对所有的事情都有自己的考量，而且每天晚上入睡，每天早上醒来，我不会有丝毫心理负担，我坚信自己做出的就是最好的选择。

克莱默一家再也没来找过我。经过一个夏天的治疗，珍妮已经正常地回到学校。和肖恩一样，找回记忆之后，她开始转而采用那些传统的治疗手段。那个秋天，她已经准备好迎接新生活。

每个病人治好的时候，我既开心又不舍，我很想他们。

我在镇上也看到过克莱默一家，我们彼此关系很好。汤姆和夏洛特看起来很快乐，珍妮也是。我看见她和朋友笑着打闹，和正常的青春期小姑娘没有任何区别。

有时候我和妻子坐在一起，她伸出手摸我后背上的疤，她这么做的时候，我总会想起，世界上还有珍妮和我一样，我不是孤独一人。痛苦已经过去了，我能治愈自我，迎接明天。

我的研究很有效果，现在在记忆恢复领域，我已经是个小有名气的专家了。有时还有病人从国外来找我，我开始考虑开个医院。创伤后的遗忘治疗方法继续在临床使用。我发表了很多文章，参加了很多会议。我支持这种疗法，却也限制它的应用。我知道它看起来很好，简单有效，不是吗？但是消除过去的记忆不是那么简单，现在你应该有更深的体会。

每个病人第一次来我这里时，我都会告诉他们，假如失去了记忆，你今后的人生就会一直被幽灵缠绕，就像是车钥匙再也没办法找到。他们对遗忘一切感到安慰，但我觉得，他们更应该欣慰的是，一切未曾遗忘。

后记

虽然小说中提到的遗忘治疗方法目前并不存在，但记忆科学的前沿已经开始研究改变事实记忆和情感记忆的方法。研究人员已经成功地实现了本书的部分设想，通过药物和治疗改变了真实记忆以及记忆的情感倾向。他们正继续努力深入钻研如何消除记忆。通过药物改变记忆，最初用于治疗在服役和退伍军人，减轻其PTSD的风险，但现在已经开始进入民用领域，并且将引起不小的争议。

鸣谢

《一切未曾遗忘》这本小说成形和出版，和我最初的构想已经完全不同了。整本小说从动笔到完成，一共只花了十周。但可以说，我花了十七年的时间来构思这本书。四本小说、两个剧本、法律行业的工作、三个孩子，我的一切生活经历，都构成了这本小说的一部分，构成了福瑞斯特这个人物。写作不易，知道该写什么更难。我深觉自己的幸运，因此惶恐，并且感恩自己能够说完这个故事。

最后，我要感谢我的代理人温迪·谢尔曼，她知道我应该写什么，并且耐心倾听我的想法，激发我的灵感。她懂得在文学创作和市场需求之间寻求平衡点，给了我很大帮助。我还要感谢我的出版社编辑珍妮弗·爱德琳，她非常热情地给了我很多指点；还有丽萨·桑兹、多瑞·韦恩以及圣马丁出版社的全体人员。在他们的不懈努力下，本书得到了出版，感谢他们对我的支持以及对市场的精准判断。我很高兴，也很荣幸能和这么多才华横溢的专业人士一起工作。还有西海岸，我的电影版权代理人米歇尔·韦恩娜，在她的努力下，我的电影版权被华纳兄弟买下，准备拍摄。还有珍妮·米娅，她将这本书的版权销往全世界各地，让更多的人能够看到我的作品。

文中关于记忆科学和心理学的描写大部分都是我虚构的，感谢菲利卡·罗杰博士在心理学角度给我文章做出的佐证，以及艾弗拉特·基诺博士和《无意识的神经心理学：心理质量中的大脑和思维》的作者，他们在记忆损伤、恢复、重建等方面给了我很多理论支持。

我非常感谢我的同行，他们绞尽脑汁完成自己的作品，还能抽空阅读我的小说，解答我的疑惑，感谢简·格林、比特丽斯·威廉姆斯、杰米·贝克、约翰·拉维特和马里帕萨南蒂他们。还有我最亲爱的读者们，瓦拉里·罗森博、乔恩·格瑞、戴安·鲍伊和辛西娅·巴丹，他们给我提出很多宝贵意见，并且给了我很多鼓励。最后，感谢无条件支持我的各位好友，对我讲述心路历程的病人伙伴休·霍尔，以及一直支持我工作、鼓励我坚持梦想的家人。

图书在版编目（CIP）数据

一切未曾遗忘 /（美）温迪·沃尔克著；侯茜译
.—成都：四川文艺出版社，2017.8
ISBN 978-7-5411-4773-9

Ⅰ.①一… Ⅱ.①温… ②侯… Ⅲ.①长篇小说—美
国—现代 Ⅳ.① I712.45

中国版本图书馆 CIP 数据核字（2017）第 200454 号

版权登记号：图进字 21-2017-488

YIQIE WEICENG YIWANG

一切未曾遗忘

〔美〕温迪·沃尔克　著　侯茜　译

策划出品　磨铁图书
责任编辑　谭　黎　奉学勤
特约监制　魏　玲　冯　倩
产品经理　聂　文
特约编辑　李芳芳
装帧设计　山川设计事务所

出版发行　四川文艺出版社（成都市槐树街 2 号）
网　　址　www.scwys.com
电　　话　028-86259287（发行部）　028-86259303（编辑部）
传　　真　028-86259306

邮购地址　成都市槐树街 2 号四川文艺出版社邮购部　610031
印　　刷　北京慧美印刷有限公司
成品尺寸　146mm×210mm　1/32
印　　张　10　　字　　数　220 千
版　　次　2017 年 9 月第一版　　印　　次　2017 年 9 月第一次印刷
书　　号　ISBN 978-7-5411-4773-9
定　　价　39.80 元